Bettina von Cossel

Totkäppchen

Inselkrimi

Wellhöfer Verlag
Ulrich Wellhöfer
Weinbergstraße 26
68259 Mannheim
Tel. 0621/7188167
www.wellhoefer-verlag.de

Titelgestaltung: Uwe Schnieders, Fa. Pixelhall, Mühlhausen
Satz: Lukas Fieber, Creative Design, Mannheim

Die Erzählung ist frei erfunden. Ähnlichkeiten mit wirklichen Personen oder tatsächlichen Ereignissen sind nicht beabsichtigt und somit rein zufällig.

ISBN: 978-3-95428-120-6

Bettina von Cossel

Totkäppchen

Inselkrimi

wellhöfer VERLAG

1990

1

Obwohl es nur leicht nieselte, war Stefan Schneider von Kopf bis Fuß durchnässt. Noch dazu taten ihm die Knochen weh, die Feuchtigkeit ging ihm durch und durch. Er fluchte. Kein Wunder, nach den zwei Stunden, die er vergeblich auf Ausschau nach den Papageientauchern gelegen hatte, die angeblich auf Helgoland gesehen worden waren, hier an der Steilküste. Höchst unwahrscheinlich, aber man wusste ja nie …

Missmutig richtete er sich auf, klopfte sich das Gras von der Hose und fuhr mit den Fingern durch sein bereits lichter werdendes Haar. Prompt verirrte sich ein Wassertropfen unter den Kragen seiner Regenjacke und lief sein Rückgrat hinunter. Eine Gänsehaut überlief ihn, die nicht nur von dem eisigen Tropfen herrührte. Irgendetwas lag in der Luft, den ganzen Morgen schon.

Er betrachtete die Regenwolken, die bleifarben über der Nordseeküste hingen und sich im Grau der Wellen spiegelten. Irgendwo dahinten zwischen Meer und Himmel war der Horizont, aber wo genau, war nicht auszumachen. Am besten, er ging zurück in die Pension, um sich mit einem heißen Tee aufzuwärmen. Außerdem war es kurz nach zwölf, Zeit für einen kleinen Happen. Andererseits … Hatte Sandra Krabbe nicht gesagt, die Papageientaucher kämen oft gerade jetzt in Sicht, kurz nach Mittag und genau an dieser Stelle, hinter der Absperrung? Außer Lummen, Möwen und einem einsamen Paar Eissturmvögel hatte er heute noch nichts gesehen.

Ein nettes Mädchen, diese Sandra. In der Pension lagen keine Zeitungen aus, deshalb war er in den letzten Tagen vor dem Frühstück schnell rüber in ‚Sandras Lädchen' gelaufen, um seine Morgenzeitung zu besorgen. Da stand sie dann immer schon hinter der Verkaufstheke, mit ihrem braunen Haar, das sich über ihre Schultern wellte, und dem fröhlichen Lachen. Jedesmal begrüßte sie ihn so herzlich als sei er ein ganz besonderer Kunde, einer in einer Million – und wie reizend sie immer nachfragte, welche Vögel er denn heute beobachten wolle. Schon mehrfach hatte sie ihm Tipps wie diesen mit den Papageientauchern gegeben, die sich als wirklich gute Empfehlungen herausgestellt hatten.

Seine eigene Frau fiel ihm ein, die jetzt sicher mit säuerlicher Miene in der Pension saß, in einer Illustrierten blätterte oder die Angestellten schikanierte und nicht das leiseste Verständnis für sein Hobby hatte. Manchmal fragte er sich, warum sie ihn überhaupt geheiratet hatte. Stefan seufzte. Wenn nur alle Frauen so wären wie Sandra Krabbe.

Schon um seine Frau zu ärgern, beschloss er, eine weitere Stunde auf seinem Aussichtsposten am Steilufer zu verharren. Außerdem wäre es doch wirklich blöd, gerade jetzt aufzugeben, wo die Vögel jeden Moment auftauchen konnten, oder zumindest ein einziger.

Der unverhoffte Schrei einer Möwe riss ihn aus seinen Gedanken. Keine dreißig Meter von ihm entfernt flog sie plötzlich auf und kreiste nun über der Steilküste. Sofort hielt Stefan sich das Fernglas vor die Augen und suchte die Umgebung ab. Trotz des Nieselwetters war die Sicht erstaunlich gut.

Hatte womöglich ein Papageientaucher die Möwe aufgeschreckt?

Doch nein. Enttäuscht verzog er den Mund, als er den Hund sah. Direkt dahinter näherten sich zwei Gestalten auf dem Spazierweg entlang der Klippen. Er stellte das Fernglas schärfer. Genau wie er es sich gedacht hatte: Max Wolff, der Besitzer der Pension, in der seine Frau und er abgestiegen waren, und dessen Frau Maria. Sie hatte die Kapuze ihrer roten Windjacke zum Schutz gegen den Regen über den Kopf gezogen, sodass man von ihr nicht mehr als ein paar Strähnen dunklen Haars sehen konnte, während er sich Wind und Wetter um die Ohren wehen ließ. Ein nettes, junges Paar, obwohl ihre Ehe nicht ganz im Lot zu sein schien. Nun ja, welche Ehe war das schon, seufzte Stefan, aber an Max' Stelle hätte er Marias ständige Vorwürfe nicht ertragen können. Da waren ihm die zu einem Strich zusammengepressten Lippen seiner eigenen Ehefrau lieber. Wenigstens redete sie kein Wort mit ihm, wenn sie beleidigt war. Da hatte er wenigstens seine Ruhe.

Der Hund sprang jetzt nicht weit von ihm durchs Gras, direkt am Rand des Kreidefelsens. Sein Herrchen rief ihn zurück, doch der Köter reagierte nicht. Ungehalten stieg Max über die Absperrung und auf das Tier zu, gefolgt von seiner Frau.

Allem Anschein nach stritten die beiden. Max' wütender Ausdruck im Fernglas sprach Bände und die verärgerten Gesprächsfetzen, die zu Stefan herüberdrangen, ebenfalls.

„... Scheidung ...", konnte er Maria schreien hören und: „Ich bring dich um."

Irgendwie war es Stefan unangenehm, diesem Ehekrach beizuwohnen, zumal die beiden Streithähne keine Ahnung von seiner Anwesenheit hatten. Er hatte sich zwar nicht gerade versteckt, sondern lag mit dem Fernglas lediglich im Gras, aber seine grüne Kleidung und das unwirtliche Wetter machten ihn unkenntlich, nahm er an – zumindest, wenn man nicht damit rechnete, dass hier jemand Vögel beobachtete.

Obwohl es sich eigentlich nicht gehörte, anderen Leuten nachzuspionieren, hielt er das Fernglas weiterhin vor die Augen gepresst, unfähig, sich vom Geschehen zu lösen. Es traf ihn wie ein Schock, als Marias Arme urplötzlich nach vorne schossen, um ihrem Mann einen kräftigen Stoß zu versetzen.

Mein Gott, er stand doch direkt am Abgrund!

Stefans Finger krampften sich weiß um das Fernglas, während sich Wolffs überraschter Gesichtsausdruck unauslöschlich in sein Gedächtnis prägte. Er sah seine Frau einfach nur an, ohne ein Wort zu sagen, mit diesem grenzenlos erstaunten Ausdruck in den Augen. Dann kippte er über den Rand der Klippe.

Stefan verharrte regungslos. Selbst als Maria längst das Weite gesucht und den Weg zurückgelaufen war, lag er immer noch da, zu geschockt, um zu kapieren, dass er gerade einen Mord beobachtet hatte. Nach einer Weile, die ihm vorkam wie eine kleine Ewigkeit, sah er auf die Uhr.

„12 Uhr dreißig", murmelte er wie in Trance und dann noch einmal: „12 Uhr dreißig."

Später würde man ihn danach fragen.

Vorsichtig wagte Stefan sich an den Abgrund, kniete sich auf den Boden und spähte hinunter. Wolff lag regungslos am Fuß des Felsen, neben ihm stolzierte eine Möwe über die Steine. Weiter hinten näherten sich die Schaumkronen der aufsteigenden Flut.

Eine Bewegung neben sich ließ ihn aufschrecken. Der Hund. War der immer noch hier?

Als er sich erhob, sah er die Hundeleine im Gras liegen. Er befestigte den Karabinerhaken am Halsband des Tieres und machte sich auf den Weg zur Polizei. Die Lust auf die Ausschau nach Papageientauchern war ihm gründlich vergangen.

2

Uwe Schmitt, Assistent in der Pension *Rote Kant*, stand geschützt vor dem Nieselregen unter dem Vordach des Kücheneingangs und rauchte eine Zigarette. Das miese Wetter ging ihm reichlich auf die Nerven, schon allein, weil die Gäste in der Pension herumhockten und ständig etwas von ihm wollten, statt lange Spaziergänge an der Steilküste oder durch den Ort zu machen wie sonst.

Heute Vormittag hatte er dieser grässlichen Frau Schneider mindestens drei Mal einen Earl Grey Tee aufbrühen müssen. Natürlich hatte sie bei jeder Gelegenheit etwas zu meckern gehabt. Einmal war der Tee zu schwach gewesen, dann zu stark und dann hatte sie auch noch moniert, dass keine Schokolade auf der Untertasse lag. Wer aß denn Schokolade zu Earl Grey?

Genervt zog Uwe an seiner Zigarette. Seine Arbeitgeber, Maria und Max Wolff, standen ihm auch bis obenhin. Dieses ständige Gezanke war nicht auszuhalten, und in letzter Zeit war es besonders schlimm. Anscheinend hatte Max ein Verhältnis, jedenfalls nahm Maria das an und war rasend eifersüchtig – aber dachten die Weiber das nicht immer? Seine Ex hatte auch immer Mücken zu Elefanten gemacht, sobald er in der Kneipe der schnuckeligen Bardame auf den Hintern geguckt hatte, und ihm unterstellt, eine Affäre nach der anderen zu haben. Alles hormonell bedingt, Männer flippten wegen solcher Kleinigkeiten nicht aus. Er hatte sowieso den Verdacht, dass Maria Wolff schwanger war, blass wie sie in letzter Zeit aussah. Neulich war sie urplötzlich aus der Küche gerannt und in der Toilette verschwunden. Wenn das kein Zeichen war … Uwe zuckte die Achseln. Schwangere Frauen drehten schon mal durch und redeten sich weiß Gott was ein, das war bekannt. Aber ihn weihten die zwei natürlich nicht in ihre Babypläne ein, er war ja nur ein unbedeutender Angestellter. Er verzog den Mund. Ihr *Assistent*.

„Assistent, dass ich nicht lache", fluchte er. Er sah einem Ring aus Rauch nach, der an die hölzerne Überdachung hochschwebte, wo er anstieß und irgendwo im Nichts zerstob. Schön blöd, beim Vorstellungsgespräch damals auf diesen Quatsch hereingefallen zu sein.

„In Wahrheit bin ich hier der Hausdepp, sonst nichts."

Das verdammte Mädchen für alles. Der Blödmann, der abends auf spät anreisende Gäste zu warten hatte. Der Flurfeger, Kloputzer und Ansprechpartner, wenn jemand eine Reklamation hatte. Alles für einen wahren Hungerlohn.

Uwe schob den Ärmel seiner Wolljacke zurück und sah auf die Uhr. Zwanzig vor eins. Jede Wette, dass die Wolffs jeden Moment von ihrem täglichen Spaziergang mit dem Hund nach dem Mittagessen zurückkamen. Nervös zog er sich das Nikotin in die Lungen. Max würde ihm einen tierischen Anpfiff verpassen, wenn er merkte, dass er beim Abstauben die große Kristallschale im Flur zerschmettert hatte.

Mit dem Fuß drückte Uwe seine Zigarette aus. Den Stummel kickte er hinter den Blumentopf neben der Küchentür.

Statt froh zu sein, dass dieses protzige Monstrum endlich hin war, würde Max ihm bestimmt den Wert vom Gehalt abziehen. Ausgerechnet jetzt, wo er bald verreisen wollte.

Aus den Augenwinkeln sah er Marias rote Regenjacke an sich vorbeihuschen. Die beiden mussten klatschnass geworden sein, die Jacke glänzte vom Regen und auch an Marias roten Gummistiefeln klebte der Matsch. Uwe folgte ihr mit den Blicken, als sie die Tür des Bungalows gegenüber öffnete, den Max und sie bewohnten, und im Inneren verschwand.

Keine Ahnung, wo ihr Mann steckte, aber wenn Maria vom Spaziergang zurück war, war Max auch nicht weit. Uwe verzog den Mund. Zeit, sich zu verdrücken. Vielleicht konnte er sich ein Weilchen an die Werkbank in der Garage verkrümeln, um den wackeligen Stuhl aus Zimmer 4 zu reparieren. Je länger er seinem Chef nicht über den Weg lief, desto besser.

2013

3

Kriminalhauptkommissar Dominic Grimm saß auf einer Umzugskiste, eine geöffnete Bierflasche in der Hand, und beobachte das Chaos um sich herum. Überall Kisten, Kisten und nochmal Kisten und natürlich hatte er alles nur verpackt und nichts beschriftet, sodass er jetzt keine Ahnung hatte, in welcher Kiste was steckte. Beim nächsten Umzug würde er sich nicht so dämlich anstellen.

Immerhin standen die Möbel bereits am richtigen Platz und vorhin war er schnell nochmal losgelaufen, um Bettwäsche, Handtücher und einen Vorrat an Lebensmitteln zu kaufen. Damit und mit dem Inhalt des Reisekoffers, den er sicherheitshalber mit Kleidung und Waschzeug gefüllt hatte, würde er die erste Woche gut überstehen. Anschließend hatte sich hier alles hoffentlich in ein wohnliches Refugium verwandelt.

Da er noch niemanden in Aurich kannte, konnte ihn eigentlich nicht viel vom Auspacken seiner Habseligkeiten abhalten. Es sei denn, es kam wieder ein Mord dazwischen, den er übernehmen musste, aber gerade in dieser Hinsicht erwartete er sich hier im verschlafenen Ostfriesland etwas mehr Ruhe als in seiner früheren Stelle in Hamburg.

Er stand auf und sah aus dem Fenster hinunter auf die Straße. Nett war es hier, sogar eine Kneipe befand sich genau gegenüber, die *Schöne Müllerin*. Ob hier früher tatsächlich mal eine Mühle gestanden hatte, in der eine hübsche Müllerstochter die Männerherzen verwirrt hatte? Er zuckte die Achseln. Nachher würde er rübergehen und es herausfinden. Nirgendwo lernte man schneller Leute kennen als in einer Kneipe.

Die *Schöne Müllerin* war eine düstere, muffige Bude mit Eichenvertäfelung und gemustertem Teppich. Als Grimm zufällig mit den Händen die Paneele berührte, wäre er fast kleben geblieben. Der gesamte Bierdunst, Schweiß und Mief der letzten fünfzig Jahre pappte daran. Er grinste. Alles beim Alten, seine bisherige Eckkneipe in Hamburg war vom gleichen Schlag gewesen.

Karsten, der Wirt, stellte sich als vierschrötiger Mann mit einem Ankertattoo auf dem linken Unterarm und gesundem Mutterwitz heraus.

„Ob hier mal 'ne Mühle stand? Schön wär's", grinste er auf Grimms Anfrage hin und schob seinem Gast ein Bier und einen Teller Grünen Aal mit Salzkartoffeln über den Tresen. Sein ausgestreckter Finger wies auf eine mollige Blondine jenseits der Vierzig, die hinter der Bar stand und ein kleines Helles trank. „Meine Süße hieß mit Mädchennamen Müller, daher der Name. Aber weil die Gäste ständig nach der ehemaligen Mühle fragen, haben wir hier alles mit Mühlen dekoriert."

Grimm sah sich interessiert um. Tatsächlich hingen verschiedene alte Stiche von Mühlen an den Wänden. In einer Ecke stand sogar ein alter Mühlstein. Da direkt daneben allerdings zwei Glücksspielautomaten bunt vor sich hin flackerten, fiel der Stein kaum auf, und auch die Stiche waren von einem schmierigen Dreckfilm überzogen.

„Sie sind 'n Bulle, was?", fragte Karsten und goss ein großes Helles für sich selbst ein.

Grimm nickte. „Gut geraten."

„Sie haben so was an sich, ich kann's schlecht erklären ... Aber ich hab' nichts gegen Bullen, im Gegenteil. Manchmal isses ganz gut, wenn die Kunden wissen, dass ein Polizist am Tresen steht."

„Dann benehmen sie sich wenigstens", sagte Karstens Frau und schob sich neben ihren Mann, das volle Bierglas in der Hand. Sie lächelte den neuen Gast herzlich an. „Ich heiße übrigens Susanne. Sie sind heute Nachmittag gegenüber eingezogen, hab' ich gesehen."

Grimm nickte. „Stimmt, bisher kenne ich hier noch keine Menschenseele."

„Wieso?", grinste Karsten. „Sie kennen doch uns."

Als Grimm nach dem zweiten Bier nach Hause ging, war ihm, als hätte er tatsächlich bereits zwei gute Freunde gefunden.

4

Die attraktive Kollegin, die sich als Elisabeth Jäger vorgestellt hatte, stand mit dem Rücken zu Grimm am Kaffeeautomaten, das Gewicht auf ihr linkes Bein gelagert, und wartete, während das dampfende Gebräu zischend in den Pappbecher lief.

Es fiel ihm auf, dass sie ungeduldig mit der Fußspitze auf den tristen Büroteppich tippte, bevor sein Blick nach oben glitt. Sie trug ein eng anliegendes Sommerkleid, das, obwohl es züchtig über dem Knie endete, ihre langen Beine und den knackigen Po eher betonte als verdeckte. Verdammt sexy.

Irritiert sah er weg, rüber zu der Topfpflanze auf dem Fensterbrett, dann wanderten seine Augen zurück zu ihr. Unter leicht gesenkten Lidern beobachtete er, wie sie ihr hellbraunes Haar nach hinten warf, das wellig auf ihre schmalen Schultern fiel, und den Kaffeebecher aus dem Slot nahm. Sekunden später stellte sie einen neuen Becher unter den Spender und startete die Maschine erneut.

Nett von Elisabeth, ihn mit einem Kaffee am neuen Arbeitsplatz zu begrüßen. Grimm machte sich nichts vor; ab morgen musste er sich seinen Espresso selbst holen, wenn er einen wollte.

Sie drehte sich um und kam mit zwei gefüllten Bechern zu ihm zurück.

„Danke“, sagte er und deutete mit den Augen auf ihren sonnengebräunten Arm. „Sie sehen aus, als kämen Sie gerade aus dem Urlaub.“

„Ah, dem wahren Kriminaler entgeht kein Detail ...“ Ihre blauen Augen funkelten. „Sardinien, meine Trauminsel. Überhaupt liebe ich alles Italienische. Pizza, Pasta, Chianti ... Die Ferien gingen viel zu schnell vorbei, aber Gott sei Dank ist der Sommer nun auch in Ostfriesland angekommen.“ Sie blickte auf die Tür, die zum angrenzenden Dienstzimmer führte. „Ich nehme an, der Chef will Sie gleich sprechen. Neuberger sieht aus wie ein Kampfhund, aber der Schein trügt. Er ist fair und ein richtig netter Kerl.“

Grimm war dankbar für die Information. „Wollen wir uns duzen?“, fragte er. „Ich heiße Nick.“

„Nikolas?“

„Nein, Dominic.“

„Gut.“ Sie lächelte. „Meine Freunde nennen mich Lily.“

Er sah tatsächlich aus wie ein Kampfhund.

Sven Neuberger, Grimms Vorgesetzter, lehnte rückwärts gegen seinen Schreibtisch, die Arme verschränkt, und bedachte Grimm mit einem nachdenklichen Blick. Abschätzend, als ob er sich vergewissern wollte, dass der Neue tatsächlich eine Bereicherung für das Team war.

Eine ziemlich lange Prüfung. Grimm begann zu zweifeln, ob Lilys Aussage wirklich stimmte. Unter einem netten Kerl stellte er sich etwas anderes vor. Die angespannte Stille lag so schwer über dem Zimmer, dass man sie fast schneiden konnte.

„Sie haben Erfahrung als verdeckter Ermittler, wenn ich Ihre Akte richtig gelesen habe“, setzte Neuberger endlich an.

Grimm zog die Brauen zusammen. Als er sich in Aurich beworben hatte, war von verdeckter Ermittlung keine Rede gewesen.

„In Hamburg wurde ich ein paar Mal verdeckt eingesetzt", bestätigte er. „Vor Jahren. Seitdem habe ich immer nur offiziell ermittelt."

Neuberger nickte und ließ den Blick erneut über Grimm schweifen. „Sie sind nicht ideal für diese Tätigkeit", entschied er. „Zu gut aussehend, zu wiedererkennbar ... Aber egal, ich brauche zwei verdeckte Ermittler, und mit Ihrer Erfahrung ..."

„Worum geht's?"

„Rauschgifthandel", erklärte Neuberger. „Die Spur führt auf die Insel Juist."

„Welche Spur?"

„Wir haben vor wenigen Tagen eine Buddelflasche beschlagnahmt, hier in Aurich. Sie wissen schon, so eine verkorkte Flasche, in der ein Segelschiff steckt. Der Schoner war mit feinstem Kokain gefüllt."

„Und woher weiß man, dass die Buddelflasche aus Juist stammt?"

Neuberger seufzte. „Auf dem Bug des Schiffs steht *Juist Ahoi*, deshalb nehmen wir an ..."

Grimm sah ihn scharf an. „Die Juister Polizei müsste doch lediglich in die dortigen Souvenirgeschäfte gehen und prüfen, ob solche Buddelflaschen im Regal stehen – gegebenenfalls mit Drogenhund – dann wäre doch alles klar." Er schob die Hände in die Taschen. „Warum die verdeckte Ermittlung?"

Neuberger fuhr sich durchs Haar. „Weil wir das verdammte Problem haben, dass der Schwiegersohn einer lokalen ... hm ... Persönlichkeit einen solchen Laden auf Juist besitzt. Wenn wir bei dem Mann offiziell ermitteln und deshalb unschöne Gerüchte aufkommen, bekommen wir einen Heidenärger. Wir können Namen und Familie dieses Promis keinesfalls mit Rauschgifthandel in Zusammenhang bringen, bevor es nicht absolut sicher ist, dass es wirklich einen Zusammenhang gibt." Grimm sah kleine Schweißperlen auf Neubergers Stirn stehen. „Wenn das die Presse mitbekäme ..."

„Und?", fragte Grimm. „Wenn sich tatsächlich ein Zusammenhang herausstellt, wird dann immer noch stillgeschwiegen, damit diese lokale Persönlichkeit weiterhin in Ruhm und Ehre residieren kann?"

Innerlich rauchte er. Er würde bestimmt nicht dabei zusehen, wie ein Verbrechen vertuscht wurde. Wenn Neuberger dachte, dass er bei so was mitmachen würde, hatte er sich geirrt.

„Hier wird nichts vertuscht", sagte Neuberger, ein entschlossenes Funkeln in den Augen. „Weder von der Polizei, noch von lokalen Größen, darauf können Sie sich verlassen. Glauben Sie nicht, dass mir dieses Spielchen gefällt, aber da wir wegen der Presse nun mal so agieren müssen, machen wir es so." Er fuhr mit der Hand über seine Stirn. „Wenn dieser Typ Rauschgift schmuggelt, wird er dafür geahndet wie jeder andere Verbrecher auch, Herr Grimm – egal, wer sein Schwiegervater ist."

Grimm atmete erleichtert auf. Anscheinend war Neuberger doch so fair wie Lily ihn beschrieben hatte.

„Bitte nennen Sie mich Nick", sagte er schließlich. „Wer ist der andere verdeckte Ermittler?"

„Sieh an, der Bulle und die Märchentante", grinste Karsten, der Gläser trocknend hinter dem Tresen der *Schönen Müllerin* stand. „Was darf's denn sein?"

„Eine Weißweinschorle, bitte", bestellte Lily und sank auf einen mit rotem Samt bezogenen Barhocker, der schon bessere Tage gesehen hatte.

„Ich nehme ein großes Helles." Grimm sah Lily fragend an. „Wieso Märchentante?"

Sie lachte, wobei eine leichte Röte ihre Wangen überzog. „Irgendwie hab' ich's mit den Brüdern Grimm", gab sie zu. „Ständig ziehe ich Parallelen zwischen Ereignissen im täglichen Leben und irgendwelchen Märchen. Ganz unbewusst natürlich, aber plötzlich ist die Verbindung da, und komischerweise stolpere ich dann ständig über weitere Zusammenhänge."

Grimm lachte. „Wie passend, dass ich Grimm mit Nachnamen heiße."

„Aber nicht Jacob oder Wilhelm, sondern Dominic."

„Na ja", sagte er. „Eigentlich heiße ich Dominic Jake. Jake steht für Jacob. Meine Mutter ist Amerikanerin."

Lily sah ihn mit großen Augen an. „*Jake Grimm*, nicht zu fassen. Davon habe ich mein Leben lang geträumt: Ich darf gemeinsam mit Jake Grimm ermitteln."

„Bitte sehr, die Herrschaften." Karsten schob die Getränke über den Tresen. „Eine Weißweinschorle und ein großes Helles. Darf's sonst noch was sein, eine Tüte Chips vielleicht?"

Wenig später saßen die beiden Chips kauend an der Bar wie alte Freunde. Obwohl Lily viel zu sexy war, um nicht von aufkeimenden Gelüsten abgelenkt zu werden, die absolut gar nichts mit alter Freundschaft zu tun hatten, musste Grimm sich nach kürzester Zeit eingestehen. Unruhig rutschte er auf seinem Hocker herum.

Verdammt.

Die eine Verhaltensregel, die er *immer* beherzigte, war, die Finger von Kolleginnen zu lassen.

„Bist du nach Aurich strafversetzt worden oder wolltest du in die Pampa?" Mit der Zungenspitze leckte Lily sich das Salz vom Zeigefinger.

Ihm wurde deutlich heißer. Machte sie das mit Absicht?

„Ich habe um die Versetzung gebeten. Meine Schwester wohnt mit ihrer Familie in der Nähe, und ich wollte aus Hamburg weg. Es gab Probleme ..."

„Im Job?"

Er nickte. „Die Frau meines Vorgesetzten hatte einen Narren an mir gefressen, mich mit Liebesbriefen bombardiert und mir aufgelauert. Ich wusste nicht, wie ich sie loswerden sollte, ohne eine peinliche Konfrontation mit dem Chef zu haben, und dann, auf einer Betriebsfeier, hat sie sich mir vor allen Kollegen an den Hals geworfen." Er stöhnte. „Das war's dann. Ihr Mann dachte, wir hätten was miteinander."

Lily sah ihn fassungslos an. „Das klingt ja fürchterlich. Konntest du die Sache klären?"

„Nein. Als sie merkte, dass ich wirklich nichts von ihr wollte und ihr Mann mit Scheidung drohte, hat sie alles daran gesetzt, ihn wieder zu umgarnen, und ihm vorgemacht, ich sei der Schuldige. Ich hätte mich in sie verliebt und sie in einem schwachen Moment verführt." Er verzog den Mund. „Mein ehemaliger Chef glaubt nach wie vor, dass wir etwas miteinander hatten. Dabei habe ich in der Hinsicht eiserne Prinzipien."

„Nichts mit Ehefrauen von Kollegen?"

„Auch nichts mit ihren Freundinnen, und genauso wenig mit Kolleginnen. Absolut ausnahmslos. Das bringt nur Ärger und ich glaube sowieso nicht an die große Liebe."

Lily legte ihre Hand auf seinen Arm. „Mach dir nichts aus der Sache mit dieser Frau. Du weißt, wie es wirklich war, und das allein zählt." Sie lächelte ihn aufmunternd an. „Hier in der Pampa ist es gar nicht so schlecht. Der ideale Ort für einen Neuanfang."

„Hast du hier auch neu angefangen?"

Sie schüttelte den Kopf, sodass sich eine hellbraune Haarsträhne in ihr Gesicht verirrte. Sofort schob sie sie zurück. Schade eigentlich. Das wilde Haar stand ihr ganz gut.

„Nein, ich komme aus Aurich."

Ihr Lächeln war scheu, fand Grimm, irgendwie verlegen.

„Ich wurde vor der katholischen Kirche gefunden", fuhr sie fort. „Nur ein paar Stunden alt und in eine Decke gewickelt. Aber ich hatte Glück und wurde recht schnell adoptiert. Meine Mutter hat mir jeden Abend Märchen vorgelesen."

Der verhaltene Ausdruck ihrer Augen sagte ihm, dass es besser war, nicht weiter nachzuhaken. Aber wer sprach schon gerne darüber, als Baby ausgesetzt worden zu sein?

„Daher kommt also die Macke mit den Brüdern Grimm", sagte er stattdessen und grinste sie an.

Spannende Märchen hatten ihn als Kind auch fasziniert, vor allem die Boshaftigkeit der Antagonisten. Damals schien ihm niemand auf der Welt durchtriebener als Wolf, Hexe oder Aschenputtels böse Stiefmutter. Erst viele Jahre später hatte er gemerkt, dass es solche grenzenlose Bosheit nicht nur im Land der Fantasie gab.

Er sah um sich. Mittlerweile war es in der *Schönen Müllerin* reichlich voll geworden, die Gäste drängten sich um den Tresen. Sein Blick fiel auf einen leeren Tisch in der Ecke, wo man ungestörter reden konnte.

„Was ist?", fragte er. „Wollen wir uns dorthin zurückziehen, um unseren Plan für morgen auszuhecken?"

Lily glitt von ihrem Hocker. „Exakt das, was ich auch gerade vorschlagen wollte."

„Tommy Johnsson, der Schwiegersohn dieser ... hm ... bekannten hiesigen Persönlichkeit, lebt gemeinsam mit seiner Frau und Mutter auf Juist, in zwei Doppelhaushälften", erklärte Lily, die sich bereits näher mit dem Fall befasst hatte. „Die eine Haushälfte bewohnt das Ehepaar, die andere die alte Frau Johnsson. Sie vermietet mehrere Zimmer unter dem Dach, und ich konnte eins für dich ergattern." Sie strahlte ihn an, sichtbar zufrieden mit sich selbst. „Gar nicht so einfach, mitten in der Hochsaison, aber Gott sei Dank hatte eine Familie kurzfristig abgesagt."

„Super, und du wohnst mit mir im Doppelzimmer und tust so, als seist du meine Freundin?"

Kaum waren die Worte aus seinem Mund geflogen, bereute er sie. Aber zu spät war zu spät. Vielleicht war es sogar ganz gut, die Anziehungskraft, die Lily auf ihn ausübte, mit flapsigem Geflirte zu übertünchen, das sie nicht ernst nehmen würde.

„Doppelzimmer." Lily zeigte ihm einen Vogel. „Nix da, du spinnst wohl. Ich habe mir ein süßes kleines Häuschen gemietet, ebenfalls dank der kurzfristigen Absage eines Feriengastes. Es liegt in Strandnähe und ich werde es mir dort herrlich gemütlich machen. Allein."

„Man wird wohl noch hoffen dürfen." Grimm zwinkerte ihr zu. „Aber mal im Ernst, wir können nicht die ganze Zeit Begegnungen vermeiden und so tun, als seien wir Fremde. Besser, wir lernen uns zufällig kennen, gleich zu Anfang und vor aller Augen. Dann denkt sich niemand etwas dabei, wenn wir zusammen gesehen werden."

„Eine harmlose Urlaubsbekanntschaft ..."

Er grinste. „Ich dachte eher an einen Urlaubsflirt. Ich könnte dich nachts in dem süßen Häuschen besuchen und ..."

„Vergiss es." Lily verpasste ihm einen Knuff in die Rippen. „Also, wie ist der Plan, wann und wo lernen wir uns kennen?"

„Auf der Fähre", entschied Grimm. „Das ist unauffällig genug und vielleicht ergibt sich gleich die Möglichkeit, mit anderen Reisenden Kontakt zu knüpfen." Nicht zum ersten Mal betrachtete er die verführerischen Sommersprossen auf ihrer Nase. „Bist du sicher, dass ein Urlaubsflirt nicht in Frage kommt?"

Sie schenkte ihm ein atemberaubendes Lächeln. „Todsicher. Außerdem lässt du dich nicht mit Kolleginnen ein, wenn ich das richtig verstanden habe, oder hast du deine Prinzipien bereits über Bord geworfen?"

„Meine Prinzipien sind mir heilig, aber für dich würde ich glatt eine Ausnahme machen."

Hatte er das gerade tatsächlich laut gesagt?

Irritiert griff Grimm zu seinem Bierglas. Diese Lily brachte ihn ganz durcheinander.

5

Die Fähre ging am nächsten Morgen um neun und sie standen pünktlich in Norddeich am Hafen. Grimm mit seinem schwarzen Rollkoffer gleich vorne bei den Gepäckwagen, Lily an der Frittenbude, einen Pappbecher Tee in der Hand. Neben ihr, ebenfalls Tee trinkend, lehnte eine Frau mit roter Kapuzenjacke am schlecht gesäuberten Plastiktresen und sah bereits zum fünften Mal in höchstens fünf Minuten auf ihre Armbanduhr. Ein akuter Fall von Reisefieber oder sie hatte es eilig, auf die Insel zu kommen.

Lilys Blick glitt zurück zu Grimm, der groß, breitschultrig und viel zu attraktiv für einen Arbeitskollegen war. Aufregend, anziehend, gefährlich ... wie immer man es nannte. Nick hatte mehr Sex Appeal, als ihr lieb sein konnte.

Schon gestern hatte er ihre Aufmerksamkeit dominiert. Sein dunkles Haar, das immer ein wenig windzerzaust wirkte, hatte es ihr angetan, genauso wie sein Kinn, der sinnliche Mund und vor allem die von dichten Wimpern umrahmten Augen. Ihr blieb jetzt noch die Luft weg. Ein

Blick in die grauen Tiefen von Nicks Augen und ihre Knie hatten zu zittern begonnen.

Schluss damit. Sie war seine Kollegin und kam somit nicht für ihn in Frage. Außerdem wollte sie nicht den gleichen Fehler begehen wie die Ehepartnerin seines ehemaligen Vorgesetzten und sich rettungslos in einen Mann verlieben, der nicht an ihr interessiert war.

Entschlossen riss Lily den Blick von ihm los und wandte sich der Frau zu, die neben ihr am Tresen der Frittenbude lehnte.

„Wollen Sie auch nach Juist oder nehmen Sie die Fähre nach Norderney?"

Die Frau zögerte mit der Antwort, als müsse sie darüber nachdenken, wohin sie eigentlich wolle, wobei sie sich krampfhaft an ihrem Pappbecher mit Tee festhielt.

„Ich fahre nach Juist", sagte sie schließlich, während sie nervös an den Knöpfen ihrer roten Kapuzenjacke drehte, den Blick auf die milchig-braune Flüssigkeit im Becher geheftet. „Ein paar Tage Ferien auf der Insel sind sicher gut, dachte ich mir."

Obwohl sie von Kopf bis Fuß in fröhliches Rot gekleidet war, schaffte die Farbe es nicht, sie aufzupeppen. Sie sah aus, als könnte sie Urlaub gebrauchen. Beim ersten Anblick hatte Lily ihr Gegenüber auf Mitte sechzig geschätzt, mit ihrer blassen Haut, dem braunen, strähnigen Haar, das deutlich von Grau durchzogen war, und dem verhärmten Gesicht – ganz zu schweigen von ihrer unsicheren Art. Aber bei genauerem Hinsehen wurde ihr klar, dass die Frau schlanke zehn Jahre jünger sein musste, etwa Mitte fünfzig. Sie wirkte zwar extrem blass und eingefallen, aber ihre Haut war straffer als die einer Mittsechzigerin. Ein gutes Tönungsmittel sowie ein neuer Haarschnitt und ein wenig Make-up würde sie um Jahre verjüngen, stellte Lily sich vor, aber eigentlich ging sie das nichts an.

Plötzlich kam Leben in die Frau. Ein Ausdruck freudiger Anspannung erglomm in ihren Augen, die sie aus den trüben Tiefen des Teebechers gehoben hatte, um über den Hafen zu blicken.

„Die Fähre hat angelegt", murmelte sie und stellte den kaum berührten Becher auf den Tresen. „Man gibt seinen Koffer bei den Gepäckwagen ab und holt ihn auf Juist wieder ab, stimmt das?"

Lily nickte. „Die Koffer werden separat verladen, man nimmt sie nicht selbst mit an Bord. Wichtig ist nur, dass Sie sich merken, auf welchem Gepäckwagen Ihr Koffer liegt, sonst finden Sie ihn nicht so schnell wieder. Wenn Sie Glück haben, wartet jemand von Ihrem Hotel am Hafen, um die Koffer zu übernehmen."

Die Frau lächelte sie an, scheu wie vorhin. „Danke für den Hinweis. Ich werde mir merken, wo ich meinen Koffer wiederfinden kann."

Dann nickte sie Lily freundlich zu, umklammerte den Kunststoffgriff ihres Koffers und rollte ihn hinter sich her in Richtung Fähre.

Lily sah ihr nach, wie sie sich in ihrer roten Kapuzenjacke und den farblich passenden Hosen den Weg durch die anderen Fahrgäste bahnte, die sich um die Gepäckwagen drängten, und schließlich in der Menge verschwand.

Lilys Nackenhaare stellten sich auf. Eine unangenehme Vorahnung durchzog ihren Körper. Sie zog die Augenbrauen zusammen. Irgendetwas an dieser Frau hatte sie aus dem Gleichgewicht gebracht, ohne dass sie greifen konnte, was es genau war. Ihre Nervosität? Ihre Schüchternheit? Die ungewöhnliche Blässe? Oder irrte sie sich?

Lily beschloss, ihrem sechsten Sinn zu vertrauen. Was immer diese Frau auf Juist machen wollte, Ferien waren es jedenfalls nicht.

Angespannt rollte Lily ihren Koffer zu den Gepäckcontainern. Eine Gänsehaut überzog sie, als der strahlend blaue Himmel plötzlich ergraute, sodass sich der Hafen verdunkelte und es deutlich kühler wurde. Sie sah nach oben, wo sich dunkle Wolken über die Sonne geschoben hatten. Ein Omen. Vielleicht lag es an der roten Kapuzenjacke, vielleicht an etwas anderem: Die Frau hatte sie deutlich an Rotkäppchen erinnert. Natürlich war diese Vorstellung Unsinn, dennoch krampfte sich Lilys Magen zusammen.

Sie konnte nur hoffen, dass kein böser Wolf auf Juist lauerte.

An Bord war es rappelvoll, wie üblich in der Hauptsaison, allerdings nahm Lily an, dass es sich bei den meisten Fahrgästen um Tagesgäste oder Einheimische handelte. Hauptanreisezeit für Juist war in der Hochsaison das Wochenende. Wer reiste schon am Donnerstag an wie sie, es sei denn, er hatte ebenfalls ein Gästezimmer erwischen können, das kurzfristig leer stand?

Die Rotkäppchenfrau fiel ihr wieder ein, die ebenfalls heute anreiste. Ob sie Verwandtschaft auf der Insel hatte, bei der sie unterkommen konnte, oder gar ein eigenes Heim? Sofort verbannte Lily den Gedanken. Wenn sie ein regelmäßiger Gast auf Juist wäre, hätte sie gewusst, wie die Sache mit den Gepäckwagen funktionierte. Es war wahrscheinlicher, dass sie zum ersten Mal hier war. Die Frau hatte sich verhalten, als bewege sie sich auf unbekanntem Gelände. Wie Rotkäppchen, das vom Weg abgekommen war.

Erneut fröstelte es Lily. Sie warf ihr Haar zurück, um die ungewollten Gedanken zu vertreiben, und steuerte die Bar an. Sie musste sich zusammenreißen. Es ging nicht an, dass sie bei einer ihr wildfremden, in Rot gekleideten Frau an Rotkäppchen dachte und Fantasien vom bösen Wolf bekam. Diese ständigen Parallelen zur Märchenwelt waren echt lästig und, mal ganz ehrlich, mit größter Sicherheit war dies eine stinknormale Touristin, die ihr Lebtag nicht vom rechten Weg abgekommen war. Eine, die sich den wohlverdienten Jahresurlaub gönnte.

Sie bestellte eine Limonade und bemerkte am Kribbeln auf ihrer Haut, dass Nick sich neben sie an den Tresen geschoben haben musste. Ein vorsichtiger Blick aus den Augenwinkeln bestätigte ihre Vermutung. So weit war es also schon gekommen, dass sie ihn nicht einmal sehen musste, um zu wissen, dass er in ihrer Nähe war.

Er lehnte lässig neben ihr an der Bar, die Ärmel seines Hemds hochgerollt, sodass man die dunklen Haare auf seinen Unterarmen erkennen konnte, und scheinbar völlig in die Getränkekarte vertieft.

Lily zahlte, legte ihr Portemonnaie auf die Theke und nahm ihr Getränk entgegen. Dann setzte sie sich an einen der Tische in unmittelbarer Nähe. Wie erwartet dauerte es keine Minute, bis Nick ihr vom Tresen aus nachrief.

„Entschuldigung, Sie haben Ihren Geldbeutel liegen lassen."

Die übrigen Fahrgäste im Raum hoben die Köpfe und betrachteten das kleine Schauspiel, das sich ihnen bot. Nick schwenkte den Geldbeutel durch die Luft. „Das ist doch Ihrer, oder?"

Lily schickte ein strahlendes Ich-bin-Ihnen-ja-so-dankbar-Lächeln zu ihm hinüber.

„Du meine Güte, dass mir das passieren konnte." Sie erhob sich, um die Geldbörse entgegenzunehmen. „Dafür lade ich Sie jetzt aber zu einem Getränk ein."

„Gerne. Ein Königreich für ein Bier. Machen Sie Ferien auf Juist?"

Sie nickte. „Als Kind war ich regelmäßig auf der Insel, deshalb dachte ich, es würde mal wieder Zeit ..." Ihre Adoptivmutter war tatsächlich ein Juistfan gewesen, bevor sie ihr Herz an den italienischen Besitzer eines Eiscafés verloren hatte. Mittlerweile war in den Ferien Sardinien angesagt, was Lily nur recht sein konnte. „Und Sie?"

Minuten später saßen sie einträchtig am Tisch, das Portemonnaie wieder sicher in Lilys Handtasche verstaut und ein großes Jever vor ihrem Gesprächspartner.

„Mein Gott, wie leicht hätte das schiefgehen können", sagte die Frau am Nebentisch, eine drahtige Rothaarige mit Designerbrille und modischer Kurzhaarfrisur, und lehnte sich zu ihnen herüber. „Ich weiß noch genau, wie schrecklich es war, als mein Mann und ich in Barcelona standen und unser Portemonnaie plötzlich weg war – mit allen Kreditkarten. Ich kann Ihnen sagen ... Ein Theater war das, bis wir die Karten gesperrt hatten." Sie seufzte. „Ich sag's ja: Am besten, man bleibt zu Hause."

Nick sah sie fragend an. „Wohnen Sie auf Juist?"

Die Frau nickte. „Die Liebe hat mich herverschlagen und ich habe den Schritt nie bereut. Mir wird immer ganz flau zumute, wenn ich in eine Großstadt wie Hamburg komme oder Barcelona, wie damals in den Ferien. Ein Gedränge ist das, und dann diese Hektik ... Kein Wunder, dass die Städter Erholung von ihrem Stress auf einer beschaulichen Insel wie Juist suchen. Kein Autolärm, keine Abgase, nur das unendliche Rauschen des Meeres und das heimelige Klappern der Hufe ... Nicht von ungefähr wird unsere Insel Töwerland genannt, Zauberland."

Lily grinste. „Sie sollten eine Werbebroschüre über die Insel entwerfen, so verlockend wie Sie Juist beschreiben."

Die Frau errötete. „Ehrlich gesagt ist das mein Job. Ich arbeite für die Kurverwaltung."

Nick musste schallend lachen. „Ein Kompliment an die Kurverwaltung. Scheinbar haben die ein Auge für exzellentes Personal." Er trank einen Schluck Bier. „Ich möchte mir heute Nachmittag gleich mal den Ort ansehen. Können Sie da etwas empfehlen? Ich hatte auch vor, ein paar hübsche Souvenirs für meine Verwandtschaft zu kaufen, dann habe ich das gleich hinter mir. Wenn ich so was nicht sofort mache, gerät es in Vergessenheit."

„Wir haben zwei Geschäfte mit Souvenirs und Geschenkartikeln auf Juist." Eifrig machte die Rothaarige sich daran, Namen und Lage der beiden Läden zu erklären.

Johnssons Souvenirgeschäft war gleich das erste, das sie nannte. Wahrscheinlich auch das größere, nahm Lily an.

„Aber bevor Sie heute Shoppen gehen, würde ich Ihnen einen Besuch bei Udas Teestube empfehlen", fuhr die Frau fort. „Dort findet heute Vormittag eine Buchpräsentation statt. Am Nachmittag gibt's dann einen Muffin-Wettbewerb. Jeder, der möchte, kann selbstgebackene Muffins mitbringen, die dann von einer Jury bewertet werden. Der Gewinner erhält eine Jahreskurkarte."

„Muffins?" Lily zog die Brauen zusammen. „Hätte man bei dem Wettbewerb nicht lieber etwas typisch Ostfriesisches gebacken, wie Teekuchen, zum Beispiel?"

Die Frau schüttelte den Kopf. „Sie haben bestimmt schon von der bekannten Fernsehköchin Betty Behrensen gehört, oder?"

Lily nickte, während Nick etwas dümmlich vor sich hin blickte. Entweder hatte er keine Ahnung vom Kochen oder sah sich keine Fernsehsendungen zu dem Thema an. Sie verzog den Mund. Warum auch? Ein Mann, der so aussah, hatte es kaum nötig, viel für sich selbst zu kochen. Das erledigten zweifellos zahllose Schönheiten, die ihn mit ihren kulinarischen Verführungskünsten umgarnten. Unvermittelt sah sie eine langbeinige Blondine vor sich, die, lediglich mit Strapsen und einem Hauch von Seidenslip bekleidet, in Nicks Küche stand und ihn mit einem duftenden Muffin zu sich lockte.

Lily biss sich auf die Unterlippe. Der Schmerz brachte sie auf den Boden der Tatsachen zurück. Warum dachte sie überhaupt über Nicks Liebesleben nach? Der Mann ging sie nichts an.

„Betty Behrensen ist die eleganteste Frau, die ich je gesehen habe. Selbst nach Stunden in der Küche sieht sie aus wie aus dem Ei gepellt“, sagte sie, um auf die Frage der Rothaarigen einzugehen. „Warum fragen Sie? Ist sie auf Juist?“

„Frau Behrensens neues Backbuch *Muffins für Feinschmecker* wird heute auf Juist vorgestellt“, fuhr die Angestellte der Kurverwaltung mit unüberhörbarem Stolz in der Stimme fort, als hätte sie selbst das Buch geschrieben. „Ab halb elf in Udas Teestube. Sie könnten nach Ankunft der Fähre direkt dort hingehen. Anschließend gibt es eine kurze Mittagspause, um die Frau Behrensen extra gebeten hat, weil sie ein frisches Blech Muffins für den Nachmittag backen möchte. Später kommt dann die Verkostung und Prämierung der eingereichten Kuchen.“

„Ich nehme an, die Muffins der Autorin sind außer Konkurrenz“, murmelte Nick. „Sonst wäre es nicht gerade fair, oder?“

„Selbstverständlich“, bestätigte die Rothaarige. „Frau Behrensen will demonstrieren, wie köstlich Muffins nach ihren Rezepten schmecken. Das soll den Verkauf des Buches anregen, was sehr erfreulich wäre. Zehn Prozent der Verkaufserlöse gehen nämlich an die junge Besitzerin von Udas Teestube. Frau Hansen möchte Garten und Terrasse hinter dem Gastraum verschönern lassen und könnte das Geld gut gebrauchen.“

„Prima“, sagte Lily. „Ich komme auf jeden Fall und kaufe ein Buch. Muffins wollte ich schon immer mal backen.“ Sie wandte sich an Nick. „Und Sie?“

„Möchten Sie wissen, ob ich komme, oder ob ich auch schon immer mal Muffins backen wollte?“

Lily verdrehte die Augen. „Ob Sie auch kommen, natürlich.“

Er verzog den Mund. „Mal sehen. Muffins sind nicht so mein Ding ...“

Typisch Mann. Wenn's um Bier ginge, wäre er bestimmt dabei.

„Mensch, Anette, du bist auch auf der Fähre?“, wurde die Rothaarige in diesem Moment von einer Bekannten begrüßt, sodass sie sich abwandte, um mit ihrer Freundin zu schnacken.

Lily und Nick waren wieder ungestört.

„Die Frau dort drüben, die in der roten Kapuzenjacke ...“, setzte Lily an. Sie deutete mit den Augen auf ihre Bekanntschaft aus dem Norddeicher Hafen, die schweigsam auf einem Platz am Fenster saß und aufs Meer blickte.

„Was ist mit ihr?“

Sie zuckte die Achseln. „Ich weiß auch nicht, aber irgendwie erinnert sie mich an Rotkäppchen. Wenn ich sie angucke, läuft mir ein Schauer über den Rücken ... so eine Art böse Vorahnung. Als sei sie in Gefahr.“

Nick warf ihr einen scharfen Blick zu. „Du denkst, dass da irgendwo der böse Wolf lauert?“

„Ich bin selbst nicht sicher, was ich denke. Wie gesagt, es ist nur so eine Ahnung.“ Sie sah ihn ratlos an. „Wahrscheinlich liegt es daran, dass ich letzte Nacht nicht genug geschlafen habe. Vor der Abreise gab es noch so viel vorzubereiten.“

In Wirklichkeit hatte sie die halbe Nacht wach gelegen und von heißem Sex mit Nick fantasiert, aber das musste sie ihm natürlich nicht gerade auf die Nase binden.

„Also mal ganz ehrlich“, sagte er. „Wenn ich mir die Frau so angucke, hat sie nichts von Rotkäppchen an sich. Überhaupt nichts, von der roten Jacke mal abgesehen.“

„Wieso?“

„Weil sie zu alt ist, natürlich. Rotkäppchen ist ein kleines Mädchen. Diese Frau könnte eher ihre Großmutter sein." Er machte eine fahrige Handbewegung über den Raum. „Guck dich doch um. Jede Menge Fahrgäste tragen rote Fleecejacken. So was trägt man hier an der Küste, du kommst doch von hier."

Lily seufzte. Natürlich hatte er recht, aber trotzdem hatte sie dieses mulmige Gefühl im Bauch, wenn sie die Frau am Fenster betrachtete. Eine dunkle Vorahnung, die man nicht einfach so wegargumentieren konnte. Vorsichtig warf sie einen weiteren Blick zu ihr hinüber und diesmal war es fast so, als stünde die Botschaft in deutlichen Leuchtbuchstaben über ihr, neongrell und rot wie Blut: ROTKÄPPCHEN.

„Egal, was für Ahnungen du hast, Lily", sagte Nick mit leiser Stimme. „Wir sind aus einem bestimmten Grund auf Juist, und darauf müssen wir uns konzentrieren. Vergiss Rotkäppchen einfach und denke lieber darüber nach, wem du eine Buddelflasche aus Juist mitbringen möchtest."

Eine, die mit Rauschgift gefüllt war ...

Lily sparte sich die Antwort und senkte den Kopf.

Vergiss Rotkäppchen einfach.

Wenn alles nur so einfach wäre, wie Nick sich das vorstellte.

6

Sie kamen gegen halb elf im Juister Hafen an, wo bereits jede Menge Menschen unter einem strahlend blauen Ferienhimmel auf die Fähre und ihre Passagiere warteten.

Lily verlor keine Zeit, sondern steuerte gezielt auf den Gepäckwagen zu, auf dem ihr Koffer lag. Dann zog sie den Ortsplan aus der Tasche, den sie sich vorab besorgt hatte. Ohne Nick einen weiteren Blick zuzuwerfen, der gerade seinen Koffer von einem anderen Wagen hievte, machte sie sich daran, ihre Unterkunft zu finden. Spätestens heute Abend würden sie sich ‚zufällig' irgendwo wiedertreffen und Neuigkeiten austauschen.

Das winzige Häuschen in der Nähe der Goldfischteiche, das sie gemietet hatte, befand sich unweit des Strandes –

wie eigentlich alles auf Juist. Nachdem Lily den Schlüssel bei einer Nachbarin abgeholt hatte, sperrte sie die blau gestrichene Haustür auf und trat in den Flur. Weiße Fliesen, mehrere gerahmte Juistfotos an den Wänden und eine hellblaue Tapete gaben dem kleinen Raum maritimes Flair. Ein großer Spiegel und das durch die Fenster einströmende Licht sorgten für Helligkeit. Sofort fühlte Lily sich wohl. Muffige, dunkle Räume waren nicht ihr Ding. Sie ließ ihren Koffer neben der Haustür stehen, um sich erst mal in Ruhe umzusehen.

Die Tür am Ende des Flurs führte in eine helle Wohnküche mit praktischer Küchenzeile und Theke, an der man auf modernen Barhockern essen konnte. An der Wand stand ein großes blaues Sofa, das kuschelig und einladend wirkte und sicherlich Lilys Lieblingsplatz werden würde, vom Strandkorb einmal abgesehen. Vor dem Sofa befand sich ein hölzerner Couchtisch, auf dem die Fernbedienung für den Fernseher lag; ein Flachbildschirm, der diskret an der Wand schwebte. Etwas spartanisch, das Ganze, fand Lily – keine Blumen auf dem Tisch oder sonstiger gemütlicher Schnickschnack – aber praktisch und geschmackvoll eingerichtet. Eine typische Ferienwohnung eben. Draußen gab es sogar eine kleine Terrasse mit schlichten Holzgartenmöbeln.

Ein Blick ins Schlafzimmer zeigte ein überraschend breites Doppelbett. King Size. Lily ließ sich auf die blaue Tagesdecke fallen und wippte mehrfach auf und ab. Hmm ... gemütlich, weich und ohne lästiges Gequietsche. Wie es wohl wäre, hier mit Nick ...

Irritiert verbannte sie den lüsternen Gedanken in die hinterste Ecke ihres Bewusstseins und betrat das Badezimmer. Weiße Kacheln beherrschten das Bild, von einem schmalen blauen Streifen abgesehen, der die Wand auf Augenhöhe horizontal unterteilte. Waschbecken mit Spiegel, Dusche, Toilette, keine Badewanne, erfasste Lily mit einem Blick und entschied, zuerst einmal den Koffer auszupacken. Anschließend würde sie einkaufen gehen. Leere Kühlschränke machten sie nervös, außerdem war es bald Mittagszeit.

Kurz vor zwölf lief Lily mit langen Schritten in Richtung Frischemarkt in der Friesenstraße. Über die Schulter hatte sie eine geräumige Einkaufstasche aus Bast geschwungen, die sie in der Küche gefunden hatte. Darin lag der Einkaufszettel. Sie hoffte dringend, nichts vergessen zu haben. Sie hasste es, wieder nach Hause zu kommen und zu merken, dass das Wichtigste fehlte.

In der Nähe der evangelischen Kirche fiel ihr ein Friesenhaus auf, das auch auf jeder Postkarte romantisch ausgesehen hätte. Der Kontrast zwischen dem roten Backstein und den weiß gestrichenen Türen und Fensterrahmen war besonders attraktiv, und in den Blumenkästen auf den Fensterbänken wuchsen weiße Geranien. Ein großes, geschwungenes Schild über der Tür verriet, dass dies Udas Teestube war.

Das Backbuch fiel Lily wieder ein. Sie schmunzelte. Für die vormittägliche Buchvorstellung war es jetzt zu spät, aber die Veranstaltung am Nachmittag würde sie sich nicht entgehen lassen. Nicht nur, weil sie Muffins liebte, sondern auch, weil garantiert der halbe Ort versammelt sein würde. Ideal, um inkognito zu ermitteln und harmlose Gespräche über Buddelflaschen und sonstige Mitbringsel zu beginnen.

Gerade als sie die Teestube passierte, öffnete sich die Tür und mehrere Leute traten auf die Straße heraus. Anscheinend war die Buchpräsentation zu Ende. Ihr Blick fiel auf eine Frau mit roten Hosen und roter Kapuzenjacke. Lilys Pupillen verengten sich.

Rotkäppchen.

Ob die Frau direkt von der Fähre aus zur Buchvorstellung gegangen war? Doch nein, sie trug ihren Koffer nicht bei sich, also musste sie ihn bereits zu ihrer Unterkunft gebracht haben. Oder hatte ihr jemand vom Hotel das Gepäck bereits am Hafen abgenommen?

Im Gegensatz zu den anderen hatte Rotkäppchen kein Buch in der Hand. Nun strebte sie in die Richtung, aus der Lily gerade gekommen war. Sie wirkte anders als heute Vormittag, fiel Lily auf. Am Norddeicher Hafen hatte sie bedrückt gewirkt. Nervös, vermutlich voller Reisefieber, aber doch so, als habe sie eine Last auf den Schultern zu tragen. Jetzt schritt sie fröhlich aus und schien sich der Welt zu freuen. Ob das das bekannte Juister Flair war, die Meeresluft, die wie Sekt perlte? Oder war etwas Erfreuliches passiert, das ihr Leben unvermittelt in Sonne getaucht hatte?

Trotz der beschwingten Ferienstimmung, die die Frau überkommen zu haben schien, tauchte vor Lilys Augen über ihr erneut blutrot leuchtend die Warnung auf: ROTKÄPPCHEN.

Vergiss Rotkäppchen einfach ...

Nick hatte gut reden. Wie sollte sie diese Frau vergessen, wenn sie ihr ständig über den Weg lief? Sie konnte nur hoffen, dass sie beim nächsten Treffen kein Rot trug. Dann würde selbst ihr märchengeschädigtes Hirn kapieren, dass diese Urlauberin nichts, aber auch gar nichts mit dem Rotkäppchen zu tun hatte.

Ihr Bauch grummelte. Mittagszeit. Spontan entschied Lily, doch zuerst essen zu gehen und erst danach einzukaufen. Mit leerem Magen sollte man sowieso niemals in den Supermarkt gehen und der Frischemarkt hatte bis 13 Uhr geöffnet.

Nach wenigen Schritten war sie am Kurplatz angekommen, wo fröhliches Kinderlachen aus Richtung des Schiffchenteichs zu ihr drang. Sie lächelte. Alles so wie früher, als sie selbst noch ein Kind war und ihre Ferien hier verbracht hatte. Auf Juist stand irgendwie die Zeit still.

Sie nahm an einem Tisch vor einem Bistro Platz, sank in den bequemen Korbstuhl zurück und genoss die Sonne. Als der Kellner kam, bestellte sie ein Gemüsegratin, dazu einen Orangensaft.

Es schmeckte köstlich, und als sie das Gratin bis auf den letzten Bissen verputzt hatte, hatte sie immer noch Appetit. Sie verzog den Mund. Das musste an der Meeresluft liegen. Wenn das so weiterging, wurde sie hier noch fett. Trotzdem bestellte sie einen Apfelkuchen als Nachtisch, mit Sahne und einer großen Tasse Kaffee. Die Kalorien konnte sie sich nachher am Strand wieder ablaufen.

Als Lily eine Dreiviertelstunde später in Richtung Frischemarkt schlenderte, war sie satt wie der Wolf, der gerade die Großmutter verschlungen hatte. Nicht, dass sie beabsichtigt hatte, schon wieder an Rotkäppchen zu denken, aber der Vergleich war ihr aus heiterem Himmel in den Sinn gekommen. Einfach so, und warum auch nicht?

Eilig schob sie ihren Rollwagen durch den Laden – der Frischemarkt schloss bald zur Mittagspause – und lud Brot, Milch, Kaffee und was man sonst noch so alles brauchte in den Drahtkorb. Gott sei Dank war sie eine der letzten Kunden im Laden. Lily hasste Schlangestehen vor der Kasse, und bei ihrem Pech ging der Kassiererin dann meistens auch noch die Papierrolle aus, oder es war Schichtwechsel.

Diesmal hatte sie Glück. Vor ihr standen nur zwei Kundinnen, von denen die eine gerade mit einem freundlichen Lächeln der Kassiererin verabschiedet wurde. Das grelle Neon-Pink ihres Lippenstifts bildete einen deutlichen Kontrast zum Weiß ihrer Zähne. Nun stellte die nächste Kundin, eine Blonde, ihren Korb auf den Tresen. Eine Flasche Rotwein, Brot und drei Packungen Muffins.

Lily musste grinsen. Die Muffins hätte die Kundin sich sparen können. Bei dem Wettbewerb später gab es Muffins in Hülle und Fülle, aber vielleicht ging sie nachmittags lieber zum Strand als in eine Teestube. Was Lily zum nächsten Punkt auf ihrer Liste brachte: Gleich nachher würde sie sich einen Strandkorb mieten, sofern sie einen ergattern konnte.

„Muffins sind nicht gerade typisch für Ostfriesland", hörte sie die junge Kassiererin zu der Blonden sagen, während sie den Scanner über die Einkäufe gleiten ließ. „Falls Sie Zeit haben, sollten Sie unbedingt zur Domäne Bill gehen und unseren Juister Rosinenstuten essen. Mit Erdbeermarmelade. Köstlich."

„Das mache ich gerne", antwortete die Kundin und kramte in ihrer Handtasche, um ihren Geldbeutel herauszufischen. „Danke für den Tipp." Dabei fiel ihr schulterlang geschnittenes Haar leicht nach vorn.

Ein Wolf.

Lily starrte auf das Tattoo, das den Nacken der Frau zierte. Ausgerechnet ein Wolf, und dann hatte diese Kundin auch noch Rotwein, Brot und Kuchen in ihrem Korb, genau wie Rotkäppchen.

Sie spürte, wie sich kleine Schweißtropfen auf ihrer Stirn bildeten. War es hier im Supermarkt so heiß oder war das ihre verdammte Einbildungskraft, die sie erhitzte? Lily stöhnte. Gut, dass Nick nicht hier war und das mitkriegte. Er würde sie für verrückt erklären.

„Ist alles in Ordnung?" Die Kassiererin sah sie besorgt an. „Sie stöhnten eben so, dass ich dachte ... Nicht, dass Sie mir hier ohnmächtig werden."

Erst jetzt bemerkte Lily, dass sie an der Reihe war. Die Kundin vor ihr war längst gegangen, und mit ihr Rotwein, Brot und Muffins.

Verflixtes Wolfstattoo. Verflixtes Rotkäppchen. Verflixte Ermittlungen.

Wäre sie bloß noch länger auf Sardinien geblieben.

„Keine Sorge", beruhigte sie die Kassiererin, die sie ängstlich fixierte. „Es geht mir bestens."

Dann legte sie ihre Einkäufe aufs Band.

7

Nick Grimm saß höchst gemütlich bei seiner Gastgeberin Effi Johnsson in der Küche und trank Tee. Echt friesisch, so wie sich das gehörte: stark, mit Kluntje und dem obligatorischen Sahnewölkje. Dazu hatte sie goldgelb gebackene Kekse vor ihn auf den Tisch gestellt, auf einem zarten Teller mit Goldrand, passend zum Teeservice.

Grimm schätzte Tommy Johnssons Mutter auf Mitte sechzig, vielleicht sogar etwas jünger. Allerdings machte seine Wirtin keinerlei Versuch, besonders jugendlich zu erscheinen. Ihre wippenden grauen Löckchen und die braun gerahmte Lesebrille gaben ihr den typischen Oma-Look, von den flachen Schuhen und dem biederen Flanellrock ganz zu schweigen. Ein rosa Twinset mit Perlenkette rundete das Bild ab. Grimm fühlte sich an seine Großtante erinnert, die abends mit Wärmflasche und einem flauschigen rosa Bettjäckchen aus Mohair schlafen ging.

Man konnte sich kaum vorstellen, dass der Sohn dieser süßen Omi mit Rauschgift schmuggelte, aber was hieß das schon?

„Schade, dass Frau Wolff keine Zeit hatte, sich auf ein Tässchen zu uns in die Küche zu gesellen. Ich finde es immer schön, wenn meine Feriengäste sich kennenlernen, und ich sie ebenfalls." In Effi Johnssons Stimme klang die Enttäuschung mit. „Aber aufgeschoben ist nicht aufgehoben. Sie wollte sofort nach ihrer Ankunft in den Ort gehen und ihre Tochter sehen. Sie haben bestimmt noch viele andere Gelegenheiten, mit ihr zu plaudern."

„Köstlich." Grimm, der es nicht besonders eilig hatte, seine neue Zimmernachbarin kennenzulernen, schluckte die letzten Krümel hinunter. „Haben Sie die Kekse selbst gebacken? Ich hörte, dass heute im Ort ein Backbuch vorgestellt wird. In Udas Teestube, glaube ich. Hatten Sie keine Lust, hinzugehen?"

„Doch, aber da ich Frau Wolff und Sie erwartete ... Außerdem geht es heute Nachmittag weiter, das lasse ich mir nicht entgehen. Ich habe ein Kochbuch von Betty Behrensen und will sie um ihr Autogramm bitten. Bestimmt kommt sie nicht so schnell wieder nach Juist."

Sie warf einen Blick auf seine leere Tasse. „Darf ich Ihnen noch einen Tee eingießen?"

Grimm verneinte. „Ich werde mich so langsam auf den Weg machen", erklärte er. „Die Sonne scheint und ich möchte mir einen Strandkorb mieten. Außerdem will ich möglichst bald Mitbringsel für meine Familie kaufen, sonst vergesse ich das."

Ein verlegenes Lächeln überzog Effis Wangen. „Es ist mir immer ein wenig unangenehm, den Laden des eigenen Sohnes anzupreisen – die Empfehlung klingt ja nicht gerade objektiv – aber nur mal so als Hinweis: Tommy hat ein Andenkengeschäft am Kurplatz, *Schnick & Schnack*, wo man wirklich alles findet, was das Herz begehrt. Postkarten, Souvenirs ... Sie können den Laden gar nicht verfehlen."

Grimm hatte bereits gehofft, dass Effi das Geschäft erwähnen würde. „Danke für den Hinweis, ich gehe gleich mal vorbei. Steht Ihr Sohn selbst im Laden oder hat er Angestellte?"

„Normalerweise ist er im Geschäft, aber während der Sommermonate teilt er sich eine Aushilfsverkäuferin mit seiner Frau." Über Effis Gesicht huschte ein ablehnender Ausdruck, der so schnell verschwand, wie er gekommen war.

Ob sie Tommys Frau nicht mochte?

„Meine Schwiegertochter hat den Laden gleich nebenan. Sie verkauft Kissen und anderen Wohnbedarf ."

Er lachte. „Anscheinend gehört Ihnen der halbe Ort ... "

„Ein wenig Werbung für die Familie gehört dazu, besonders, wenn man sich nahe steht", sagte sie errötend. „Tommy ist mein einziger Sohn. Clarissa und er wohnen direkt nebenan, in der anderen Haushälfte."

„Nett", sagte Grimm. „Ich bin kürzlich auch in die Nähe meiner Schwester gezogen. Es ist schön, sich so oft sehen zu können."

Effi Johnssons Löckchen begannen, zustimmend zu wippen.

Eine Frau mit Familiensinn und Herz. Auf ihren Tommy würde sie nichts kommen lassen. Aber ob ihr Goldjunge das wirklich verdient hatte?

Grimm bedankte sich und stellte die Teetasse neben die Spüle. Er sah auf die Uhr. Höchste Zeit, die Insel zu erkunden. Vor allem die Souvenirgeschäfte.

Schwer war es nicht, sich im Ort zurechtzufinden, entschied Grimm, nachdem er die wichtigsten Straßen auf- und abgegangen war, um sich zu orientieren. Kirchen, Meeres-Erlebnisbad, Strand, Hafen, Geschäfte ... alles war nah beieinander und schnell zu Fuß zu erreichen. Für die entfernteren Ziele wie die Domäne Bill oder den Flughafen konnte man eine Pferdekutsche nehmen, wenn man wollte. Außerdem gab es scheinbar noch einen weiteren Ortsteil etwas weiter westlich, das Loog.

An einer Imbissbude kaufte er ein Salamibaguette zum Mitnehmen und spazierte Brötchen kauend zum Strand, um sich einen Strandkorb zu mieten. Gelb-weiß gestreift und sehr gemütlich. Der Strandkorb daneben war noch frei, stellte sich heraus. Eine Tatsache, die er Lily umgehend textete. Als Strandkorbnachbarn konnten sie sich unauffällig treffen und alles Wichtige besprechen, ohne Aufsehen zu erregen. Blieb zu hoffen, dass sich kein anderer Juisttourist den Strandkorb unter den Nagel riss.

Das leise Bimmeln eines Glöckchens, das über der Tür schwebte, kündigte seine Ankunft an, als er schließlich in den Johnsson'schen Souvenirladen trat.

Schnick & Schnack war genau, was der Name schon sagte. Hier gab es Schnickschnack in allen Formen und Farben, vom Acrylbriefbeschwerer mit eingegossenem Seestern bis zum Plüschseehund. Grimm hatte mit dem üblichen Plastikkitsch in schlechter Qualität gerechnet, doch die ausgestellten Stücke schienen hochwertig und geschmackvoll – sofern man solche Andenken mochte.

Eine Hälfte des Raumes war einem breiten Sortiment an Strandbedarf gewidmet. Eimer und Schaufeln in bunten Farben lagerten neben Schwimmringen, Strandspielen und flauschigen Badetüchern, daneben eine Auswahl an ferngesteuerten Booten. Für den Schiffchenteich, der sich mehr oder weniger vor der Tür befand, schätzte Grimm.

Niemand stand hinter dem Tresen. Johnsson war wahrscheinlich hinten im Lager.

Grimm machte ein paar Schritte weiter in den Raum und nahm nachdenklich ein großes Schüttelglas in die Hand, das die Insel Juist im Schnee zeigte. Der Boden des Glases war aus zentimeterdickem Plastikmaterial gefertigt und sah stabil und standfest aus. Aber was, wenn es sich um einen doppelten Boden handelte?

Er seufzte. Wenn jemand irgendwo Rauschgift verstecken wollte, gab es dazu jede Menge Möglichkeiten; nicht nur in Buddelflaschen.

„Kann ich Ihnen helfen?", fragte eine sonore Stimme hinter ihm.

Grimm fuhr herum.

Hinter dem Tresen stand ein etwa dreißigjähriger Mann und lächelte ihn freundlich an. Die Ähnlichkeit mit Grimms Wirtin war unverkennbar.

„Tut mir leid, falls ich Sie erschreckt habe", sagte sein Gegenüber und fuhr sich mit der Hand durch das blonde Haar. „Ich war schon hier, als Sie hereinkamen, allerdings auf allen Vieren unter dem Verkaufstresen. Mir war etwas runtergefallen."

„Wie dumm. Hoffentlich haben Sie es wiedergefunden." Was auch immer ihm auf den Fußboden gefallen war, er hielt es jedenfalls nicht in der Hand. „Sind Sie Tommy Johnsson? Ich wohne in der Pension Ihrer Mutter, und sie hat mir Ihren Laden wärmstens empfohlen."

Johnsson grinste schief. „Meine Mutter meint es gut mit mir, manchmal fast schon zu gut. Sie sind bereits der zweite Kunde, den sie heute zu mir schickt. Vor einer Stunde war bereits eine Frau hier, die bei ihr die Ferien verbringt. Ich hoffe, meine Mutter hat Sie nicht regelrecht gezwungen, herzukommen."

Grimm lachte. „Überhaupt nicht. Ich habe ihr erzählt, dass ich ein paar Geschenke kaufen will. Da ist es nur natürlich, dass sie Ihren Laden erwähnt."

„Suchen Sie etwas Bestimmtes?"

„Ach, die üblichen Mitbringsel eben. Gerne etwas Maritimes und möglichst nicht allzu kitschig, der Rest ist egal."

Mit einer ausladenden Handbewegung umfasste Johnsson den Raum. „Sehen Sie sich einfach in Ruhe um, Herr ..."

„Grimm."

„Sie werden schon etwas Passendes finden, und wenn nicht, dann vielleicht nebenan im Geschäft meiner Frau. Sie handelt mit Wohnaccessoires. Kerzen, Ornamente, Kissen ..."

„Danke für den Tipp, das mache ich gerne."

Grimm stellte das Schneeschüttelglas wieder auf seinen Platz und ging langsam durch den Laden. Ab und zu nahm er eine mit Muscheln beklebte Schmuckschatulle in die Hand oder ein Schlüsselbrett in Form eines Ankers und betrachtete das gute Stück von allen Seiten, während er seinen Blick diskret über jeden Winkel des Raumes gleiten ließ.

Zu Recht, wie sich schnell herausstellte. Oben auf einem der hinteren Regale stand eine Buddelflasche.

„Dürfte ich die mal angucken?“, bat er Johnsson, der sich einer Lieferung Postkarten zugewandt hatte, um sie zu sortieren. „Ich fand Buddelflaschen schon als Kind faszinierend. Noch heute ist es mir ein Rätsel, wie ein komplettes Segelschiff in die Flasche kommt.“

Johnsson lachte. „Ich weiß, wie es geht, aber meine Lippen sind versiegelt. Es geht nichts über ein wohlgehütetes Geheimnis.“

Er zog eine Stufenleiter unter dem Tresen hervor, klappte sie vor dem Regal auf und stieg nach oben.

„Das ist die letzte“, sagte er und reichte Grimm die Flasche nach unten. „Buddelflaschen verkaufen sich wie warme Semmeln. Ich habe nachbestellt, die neue Lieferung sollte längst hier sein.“

Interessiert betrachtete Grimm das Buddelschiff mit den stolz geblähten Segeln. Auf dem Rumpf stand klar und deutlich *Juist Ahoi*, genau wie bei der Buddelflasche aus Aurich. Überhaupt sah die Flasche mehr oder weniger identisch aus, nur dass sich hier kein aufgemalter Sand auf dem „Meeresboden“ befand, sondern künstliche Wellen mit hübschen weißen Schaumkronen. Sehr echt aussehend.

„Ich nehme die Flasche“, verkündete Grimm. Er würde sie zum Vergleich nach Aurich schicken. „Sie ist genau das Richtige für meinen Neffen.“

Johnsson lehnte die Stufenleiter ans Regal. „Freut mich, dass Sie etwas Passendes gefunden haben. Darf's sonst noch was sein?“

Grimm schüttelte den Kopf. „Heute nicht, aber ich komme bestimmt noch mal vorbei. Ihr Geschäft ist eine wahre Fundgrube.“

Das Kompliment schien Johnsson zu freuen. „Es macht Spaß, originelle Dinge für den Laden aufzutreiben. Den Winter nutzen meine Frau und ich, durchs Land zu reisen und alle möglichen Hersteller und Händler zu besuchen. Jedes Jahr entdecken wir Neues.“

„Sie beide haben ein Auge für stilvolle Andenken“, sagte Grimm und zahlte. „Wenn ich an den Kitsch denke, den es sonst in Souvenirläden gibt ...“

Johnsson reichte ihm die Tüte mit der Buddelflasche.

„Wie gesagt, schauen Sie ruhig noch nebenan im Laden meiner Frau vorbei. Clarissa und ich wohnen in der Haushälfte neben der Pension meiner Mutter. Wir sind also Nachbarn. “ Er zwinkerte Grimm freundlich zu. „Freitagabends geben wir immer ein Essen für meine Mutter und ihre Hausgäste. So gegen halb acht. Manchmal kommen auch Bekannte aus dem Ort dazu. Also nehmen Sie sich morgen Abend bitte nichts vor, falls Sie nicht bereits verplant sind.“

Grimm lächelte. „Danke für die Einladung. Ich komme sehr gerne.“

„Na dann“, sagte Johnsson. „Auf gute Nachbarschaft.“

Johnsson schien ein netter Kerl zu sein, aber hieß das auch, dass man ihm trauen konnte? Nachdenklich schwenkte Grimm die Tüte in seiner Hand. Die Buddelflasche, die dort oben auf Johnssons Regal eingestaubt war, sah der Rauschgift-Buddelflasche aus Aurich verflixt ähnlich.

Kraftvoll stieß er die Tür zum Nachbarladen auf. Eine Wolke aus Wohlfühlduft schlug ihm entgegen. Mit Sicherheit etwas, das „Harmonie“ oder „Entspannung“ hieß und von einer Duftkerze verursacht wurde.

Unschöne Erinnerungen an seine letzte Eroberung stiegen in Grimm hoch. Gleich bei seinem ersten Besuch bei ihr hatte sie ihr Bett mit brennenden Duftkerzen umstellt wie einen Altar.

Ein Altar, auf dem er geopfert werden sollte, wie sich schnell herausstellte. Sie hatte sich beim Sex nicht nur wie eine Ertrinkende an ihn geklammert und *„Ich liebe dich“* in sein Ohr gehaucht, sondern anschließend auch noch die Todsünde begangen, ihm unwillkommene Fragen zu stellen. Ob er Kinder wolle und an die Liebe auf den ersten Blick glaubte ...

Das war's dann gewesen, das sicherste Mittel, ihn aus dem Haus zu jagen. Die Duftkerzen brannten mittlerweile wohl für einen anderen Mann.

Grimm verbannte die unschönen Gedanken und lächelte die junge Frau freundlich an, die gerade die Kissen auf dem Sofa neu drapierte. Da sie höchstens zwanzig Jahre alt sein konnte, schien es eher unwahrscheinlich, Tommys Frau vor sich zu haben.

„Sie sind nicht Frau Johnsson, oder?“, fragte er für alle Fälle.

Sie starrte ihn an, während sie nervös an ihrem Haar zupfte, und senkte dann den Blick auf ihre Fußspitzen. „Frau Johnsson ist zu dem Backwettbewerb gegangen, in Udas Teestube“, antwortete sie errötend.

Grimm seufzte innerlich. Hoffentlich glaubte sie nicht auch an Liebe auf den ersten Blick.

„Ach so, der Muffin-Wettbewerb.“ Er ließ den Blick über die ausgestellten Waren schweifen. „Ich wollte mich nur kurz umsehen. Sie haben nicht zufällig Buddelflaschen?“

Das Mädchen hob die Augen und sah ihn mit glasigen Augen an, als habe sie eine Vision. Grimm fragte sich, ob sie ihm überhaupt zugehört hatte.

„Buddelflaschen“, wiederholte er. „Führen Sie so etwas?“

Sie schüttelte den Kopf. „Im Geschäft nebenan steht glaube ich noch eine im Regal, ganz oben.“

Grimm schwenkte die Tüte. „Stimmt, die habe ich gekauft. Aber es wäre natürlich schön, wenn ich nicht nur einem meiner Neffen eine Buddelflasche mitbringen könnte ...“

„Wir erwarten morgen eine Lieferung. Vielleicht sind Buddelflaschen dabei“, sagte sie mit einem sehnsüchtigen Ausdruck in den Augen, den Grimm lieber nicht deuten wollte. „Ich könnte Sie anrufen. Wenn Sie wollen, könnten wir auch zusammen ein Eis essen oder so ... “

Fluchtartig verließ er den Laden.

8

Udas Teestube war schon von außen eine Pracht, aber wenn man eintrat, wurde einem ganz warm ums Herz. So empfand es jedenfalls Lily. Der gemütliche Gastraum sah von innen genauso aus, wie sie es sich heimlich vorgestellt hatte. Holztische mit weißen Batistdecken beherrschten das Bild und über allem schwebte der Duft frisch gebackener Muffins. Die blau gestrichenen Holzdielen brachten die Farbe der Eingangstür ins Innere und bildete den farbigen Kontrast zu den kalkweißen Wänden und dem friesischen Kachelofen in der Ecke.

Genüsslich sog Lily das Bild in sich ein. Genauso sollte eine Teestube aussehen, fand sie, fast wie in einer Puppenstube. Stövchen, silberne Zuckerzangen, stocksteif gestärkte Stoffservietten und im Hintergrund der Ausblick auf den von einer dichten Rosenhecke umgebenen Garten, in dem fröhlich plaudernde Gäste auf Holzbänken saßen und die Sonne genossen.

Im Inneren der Teestube herrschte dichtes Gedränge, fast wie auf einer Cocktailparty. Das konnte Lily nur recht sein. So konnte sie ungehindert durch den Raum spazieren und sich mit diesem und jenem Gast unterhalten, ohne auf einem Sitzplatz festgenagelt zu sein.

Sie begab sich in Richtung Kuchentheke, um einen Tee zu bestellen. Die Muffins, die man kosten konnte, standen auf einem großen Tisch vor dem Fenster. Teller, Kuchengabeln und Servietten lagen daneben. Hinter einem weiteren Tisch auf der gegenüberliegenden Seite standen vier leere Stühle, die wahrscheinlich für die Jury reserviert waren.

„Kluntje und Sahne finden Sie auf der Anrichte neben den Muffins", erklärte die zierliche Bedienung, die ihr den Tee reichte, und schob sich eine dunkle Locke aus der Stirn.

Lily schätzte sie auf Anfang, höchstens Mitte zwanzig.

„Dies ist eine Teestube wie aus dem Bilderbuch."

Die junge Frau lächelte. „Ich bin Uda Hansen, die Besitzerin. Freut mich, dass es Ihnen gefällt."

„Auch im Winter muss es hier herrlich gemütlich sein."

Uda nickte. „Es ist traumhaft, wenn das Feuer im Kamin knistert und Kerzen auf den Tischen flackern ... aber jetzt möchte ich gerne den Garten verschönern, um die Teestube im Sommer noch attraktiver zu machen – nicht nur nachmittags zur Teestunde, sondern den ganzen Tag lang. Deshalb die Buchvorstellung heute. Die Einnahmen sollen helfen, die Terrasse auf Vordermann zu bringen. Zusätzlich habe ich Sammelbüchsen aufgestellt." Sie lächelte. „Jetzt kann ich nur hoffen, dass alle Gäste reichlich spenden."

„Ich wünsche Ihnen sehr, dass Ihre Bemühungen Erfolg haben." Lily schielte auf die Sammelbüchse, die auf der Theke stand. Sie würde auf jeden Fall eine Spende hinterlassen. Dieses Schmuckstück von Teestube hatte einen Traumgarten verdient, und die nette Besitzerin sowieso.

„Nennen Sie mich doch Uda, so nennen mich hier alle. Frau Hansen klingt so steif, finden Sie nicht?"

„Gerne. Mein Name ist Lily."

Eine etwa dreißigjährige Frau mit rotblondem Haar trat zu ihnen an die Theke. „Dürfte ich bitte zwei Tassen Tee haben, für meine Schwiegermutter und mich?"

„Klar doch", sagte Uda und verschwand, um das Gewünschte zu holen.

„Sind Sie eine Bekannte von Uda?", wandte die Frau sich an Lily.

Lily schüttelte den Kopf. „Nein, nur ein Feriengast, heute Morgen angekommen. Eine Dame von der Kurverwaltung hat mir von dem Muffin-Wettbewerb erzählt, deshalb bin ich gleich hergekommen. Ich habe eine Schwäche für Muffins."

Die Frau lachte. „Wer hat das nicht, obwohl sie gefährlich für die Figur sind. Ich bin übrigens Clarissa Johnsson. Mein Mann und ich haben zwei nebeneinander liegende Geschäfte am Kurplatz, für originelle Andenken und Wohnaccessoires. Nur, falls Sie so was interessiert ..."

Na so was. Da war sie durch Zufall sofort der Tochter dieses Promis über den Weg gelaufen. Glück gehabt.

„Ich liebe Andenken und Wohnaccessoires. Wahrscheinlich werde ich Ihre beste Kundin", versicherte Lily augenzwinkernd. „Haben Sie neben dem Laden auch eine Pension auf Juist? Auf der Fähre lernte ich einen Mann kennen, der ein Zimmer bei einer Frau Johnsson gemietet hat."

„Das ist meine Schwiegermutter", erklärte Clarissa Johnsson und deutete mit den Augen zu einer grauhaarigen Frau, die mit einem Teller in der Linken vor dem Muffintisch stand und die verschiedenen Variationen beäugte. „Wir teilen uns ein Doppelhaus. Mein Mann und ich leben in der einen Hälfte, sie wohnt in der anderen und vermietet ein paar Zimmer an Feriengäste. Im Moment hat sie zwei, soweit ich weiß. Beide sind erst heute angereist, genau wie Sie."

„Ist das nicht ungewöhnlich, so mitten in der Woche?"

„Ja, aber man kann sich das als Vermieter nicht immer aussuchen. Die Feriengäste, die eigentlich am letzten Samstag für zwei Wochen anreisen wollten, mussten kurzfristig absagen. Deshalb hatte meine Schwiegermutter plötzlich die beiden Zimmer frei. Ein Glück, dass sie auf die Schnelle überhaupt neue Gäste gefunden hat, die eine Unterkunft suchten."

„Darüber habe ich noch nie so richtig nachgedacht, in welche prekäre Situation man die Gastgeber mit einer kurzfristigen Absage bringt", gestand Lily.

Clarissa zuckte die Achseln. „Berufsrisiko. Mein Mann und ich haben das gleiche Problem, wenn Kunden die Waren zurückgeben, die sie bei uns gekauft haben."

„Passiert das oft? Ich hätte gedacht, dass eher wenig umgetauscht wird."

„Die Waren, die wir im Laden verkaufen, werden so gut wie nie zurückgegeben. Aber bei unseren Onlineverkäufen sieht die Sache anders aus. Da haben wir das öfters."

„Wahrscheinlich, weil die Kunden die Waren nicht in die Hand nehmen konnten und sich nach dem Kauf von den Fotos getäuscht fühlen. Mir geht das beim Onlinekauf auch manchmal so." Lily sah Clarissa fragend an. „Verkaufen Sie besser per Internet als im Laden?"

Clarissa nickte. „Unsere Waren verkaufen sich in ganz Deutschland. Die Bestellungen kommen online bei uns rein und anschließend schaffen wir die Ware per Fähre nach Norddeich. Von dort aus wird alles per Lieferwagen ausgefahren."

„Lohnt sich das? Ich meine, wird damit ein ganzer Wagen voll?"

„Das ist tatsächlich ein Problem", gestand Clarissa. „Wir umgehen es, indem wir gemeinsame Sache mit der Konkurrenz machen. Anton Brenner, der Besitzer des anderen Souvenirladens auf Juist, verkauft ebenfalls online."

„Also teilen Sie sich den Lieferwagen ..."

„Genau. Geteilte Kosten sind halbe Kosten." Clarissa nahm den Tee in Empfang, den Uda Hansen vor sie auf die Kuchentheke gestellt hatte. „Wo sind Sie denn auf Juist untergekommen? Sie wohnen nicht bei meiner Schwiegermutter, nehme ich an."

Lily schüttelte den Kopf. „Ich habe mir ein kleines Häuschen in der Nähe der Goldfischteiche gemietet. Klein, aber perfekt für eine Person."

„Ich liebe die Goldfischteiche. Wenn mir der Kopf raucht, mache ich dort einen Spaziergang. Genau das Richtige zum Entspannen, gerade weil die meisten Feriengäste den Strand bevorzugen. Man ist dort bei den Teichen so herrlich schön allein." Sie lächelte Lily zu. „Schön, Sie kennengelernt zu haben. Vielleicht kommen Sie ja wirklich mal bei mir im Laden vorbei ..."

Worauf sie sich verlassen konnte.

Lily hob zum Abschied die Hand.

In ihrer Unschuld hatte Clarissa Johnsson ihr wertvolle Informationen gegeben. Jede Wette, dass ihr Mann das Rauschgift per Lieferwagen nach ganz Deutschland verschiffte und die „Souvenirs" wahrscheinlich bereits fertig mit Koks gefüllt auf Juist angeliefert wurden, ohne dass der Zoll das mitkriegte. Ob die Sachen je in den Regalen von *Schnick & Schnack* landeten, war fraglich. Wahrscheinlich lagen sie in einer dunklen Ecke des Lagers oder waren von Tommy Johnsson sonstwo gut versteckt worden.

Oder war sie auf dem Holzweg? Lily verzog den Mund. Genauso gut war es möglich, dass dieser Anton Brenner der Schuldige war und Tommy und Clarissa Johnsson keine Ahnung von dessen schmutzigen Geschäften hatten.

Lilys Blick fiel auf eine junge Frau, die neben Clarissa und ihrer Schwiegermutter am Muffintisch stand und ihr merkwürdig bekannt vorkam. Ein rundliches Gesicht, braunes, lockiges Haar und neonpinker Lippenstift ... Wo hatte sie sie schon gesehen? Auf der Fähre, vielleicht?

Dann kam ihr die Erleuchtung. Natürlich, das war die Kassiererin aus dem Frischemarkt. Die, die sie so besorgt angesehen hatte, voller Angst, dass sie ohnmächtig werden könnte.

Die Kassiererin hatte sie ebenfalls erkannt und warf ihr ein freundliches Lächeln zu.

„Wir warten noch auf Betty Behrensen, die Autorin", sagte Uda Hansen, die sich zu Lily gesellt hatte. „Ohne sie können wir nicht loslegen, denn sie ist das Ehrenmitglied der Jury. Außerdem hat sie versprochen, frisch gebackene Muffins mitzubringen. Ein Rezept aus dem neuen Backbuch."

Uda schien Frau Behrensens leichte Verspätung nicht weiter aus der Fassung zu bringen. In ihrem roten Sommerkleid, eine Tasse Tee in der Hand und umgeben von zufriedenen Gästen, strahlte sie Ruhe und Sicherheit aus wie eine Boje im Meer.

Lily studierte das Poster an der Wand, das die Fernsehköchin elegant und mit perlweißem Lächeln vor einer Platte üppig verzierter Muffins zeigte. Wie alt sie wohl sein mochte? Mitte vierzig, schätzte Lily und warf einen bewundernden Blick auf Betty Behrensens nordisch-blondes Haar, das ihr in einem klassischen Long-Bob auf die Schultern fiel. Fast wie Heidi Klum. Das gleiche Bild zierte das Cover des Backbuchs, und in diesem Moment öffnete sich die Tür und die Autorin höchstpersönlich trat ein, ein Backblech mit köstlich aussehenden Muffins in den Händen.

Auf den ersten Blick sah sie aus wie auf der Abbildung auf dem Buchcover und dennoch ... Bei genauerem Hinsehen war sie deutlich älter als auf dem Foto, eher Mitte fünfzig als Mitte vierzig, und dann die Frisur ... Von wegen elegant, im Gegenteil. Ihr Haar war teilweise bereits weiß und ein wenig strähnig, als sei sie beim Backen mit fettigen Fingern hindurchgefahren. Ein Stich der Enttäuschung schoss durch Lily. Sie fühlte sich betrogen. Verkaufte sich ein Kochbuch wirklich besser, wenn die Autorin für das Cover verjüngt wurde? Als ob nur jugendliche Schönheiten backen konnten ...

Nachdem die Autorin sich mit dem Blech in der Hand durch die Menge geschoben hatte und jetzt auf Uda zustrebte, musste Lily ihren ersten Eindruck korrigieren. Ihr Haar war keineswegs mit weißen Strähnen durchzogen, sondern lediglich mehlbestäubt. Genau wie die Kochschürze, die sie umgebunden hatte, um ihr weißes Strickkleid zu schonen – und obwohl sie älter wirkte als auf dem Poster, war die Frau offensichtlich geliftet. Das konnte selbst das großzügig aufgetragene Make-up nicht verbergen.

„Es tut mir so leid, zu spät zu kommen, liebe Uda", sagte Betty mit leicht gehetztem Ausdruck in den Augen. „Ich hatte dummerweise nicht genug Buttercreme für die Füllung gemacht und musste schnell noch eine neue Portion zusammenrühren."

„Überhaupt kein Problem", versicherte Uda und betrachtete die mit weißer Creme und Erdbeeren verzierten Meisterwerke. „Sie sind höchstens fünf Minuten zu spät; keiner der Gäste hat das überhaupt bemerkt – und beim Anblick Ihrer Muffins läuft mir das Wasser im Mund zusammen. Gut, dass sie außerhalb der Konkurrenz laufen, sonst hätte heute niemand eine Chance."

Lächelnd führte sie Betty zu dem Kuchentisch hinüber und half ihr, die Muffins auf eine riesige Glasplatte zu türmen, bevor sie wieder hinter die Theke eilte, um weitere Tassen Tee auszuschenken.

Mit aufgeregt geröteten Wangen trat die braunhaarige Kassiererin neben die Autorin, ein Backbuch in der Hand, um sie um ihr Autogramm zu bitten. Während sie auf Betty einredete und ihr schelmisch zuzwinkerte – offensichtlich hatte sie einen kleinen Scherz gemacht – nutzte Lily die Chance, den nun freigewordenen Platz neben Clarissa und ihrer Schwiegermutter einzunehmen.

Effi Johnsson, Nicks Pensionswirtin, stellte sich als sehr freundlich und aufgeschlossen heraus, und schnell waren sie in ein Gespräch über ihren neuen Gast vertieft.

„Ein reizender junger Mann, dieser Herr Grimm", sagte Effi, wobei ihre grauen Löckchen bei jedem Wort im Takt mitwippten. „Wir haben gemeinsam ein Tässchen Tee getrunken, dann ist er losgezogen, um einen Strandkorb zu mieten und ein paar Andenken zu kaufen. Ich habe ihn gleich zum Laden meines Sohns geschickt, am Kurplatz. Hoffentlich hat er dort etwas Nettes gefunden." Ihr Blick glitt zu der Autorin hinüber, die ihre Backwaren soeben mit einem Messer teilte und auf kleine Teller lud. Effi schnalzte mit der Zunge „Es sieht so aus, als kämen wir gleich in den Genuss von Frau Behrensens hochgelobten Muffins – obwohl sich erst herausstellen muss, wie gut sie wirklich schmecken."

„Also wirklich, Mutter ..." Clarissa verdrehte die Augen nach oben. Erklärend wandte sie sich an Lily. „Meine Schwiegermutter ist davon überzeugt, dass diese Fernsehköche künstlich hochgejubelt werden. Alles ein Marketing-Trick, um die Öffentlichkeit an der Nase herumzuführen."

Ihre Schwiegermutter warf ihr einen indignierten Blick zu. „Wie oft habe ich schon Rezepte bekannter Köche ausprobiert, und sie stimmten nicht. Die Garzeiten waren falsch oder die Mengenangaben ... Hätten die Autoren die Rezepte jemals selbst ausprobiert, wären diese Fehler nicht vorgekommen."

„Die Gerichte werden von ihnen aber im Fernsehen vorgekocht, live und in aller Öffentlichkeit ..."

„Aber die Zuschauer können nicht kosten, wie das Ganze schmeckt", beharrte ihre Schwiegermutter. „Oder ob das Gericht tatsächlich gar ist."

Lily lachte. „Mir geht es genau wie Ihnen, Frau Johnsson. Ich habe so oft Probleme mit sogenannten todsicheren, leicht nachzukochenden Rezepten. Man bereitet alles genau nach Rezept zu, und dann misslingt das Essen trotzdem."

Clarissa verzog den Mund. „Nun, wir werden ja sehen, wie Frau Behrensens Muffins schmecken", sagte sie und erhob sich, um einen Teller mit den begehrten Erdbeer-und-Creme-Muffins zu ergattern.

„Köstlich", entschied sie, nachdem sie einen Bissen probiert hatte. „Betty Behrensen versteht etwas vom Backen."

Lily verging die Creme quasi auf der Zunge, zuckersüß und mit einem Hauch von Erdbeergeschmack. „Ich schließe mich an", sagte sie. „Diese Füllung aus Buttercreme ist absolut unübertroffen."

Effi Johnsson schien nicht überzeugt. „Meiner Meinung nach schmecken sie zu sehr nach Erdbeeren mit Creme und zu wenig nach Muffin. Als hätten die Muffins überhaupt keinen Geschmack ..."

Erneut rollte Clarissa ihre Augen nach oben. *Schwiegermütter!*, schien ihr Blick zu sagen.

Lily überließ die beiden ihren Plänkeleien. Sie testete die verschiedenen Muffins auf dem Tisch, kaufte ein Buch und gesellte sich schließlich zu der Dame von der Kurverwaltung, die in der Nähe der Eingangstür stand.

„Vielen Dank für den Tipp, herzukommen", sagte sie. „Die Muffins waren köstlich und jetzt gehe ich los, um einen Strandkorb zu mieten."

„Freut mich, dass es Ihnen gefallen hat", lachte die Rothaarige. „Kommen Sie ruhig bald im Haus des Kurgastes vorbei. Wir haben dort jede Menge Infos über die Schönheiten der Insel."

„Das mache ich gerne." Lily lächelte ihr zum Abschied zu und verließ Udas Teestube, das Backbuch unter dem Arm.

Draußen zog sie ihr Handy aus der Tasche, las die Nachricht, die Nick ihr hinterlassen hatte, und machte sich auf den Weg zur Strandkorbvermietung.

9

Lily hatte Glück. Der Strandkorb neben dem gelb-weiß gestreiften, den Nick gemietet hatte, war nach wie vor frei. Ihr Korb war grün-weiß, passend zu ihrem Bikini, den sie allerdings nicht dabei hatte. Nach einem kleinen Spaziergang an den Goldfischteichen würde sie ihre Badesachen von zu Hause holen und – nach einem Abstecher zum Haus des Kurgastes – schwimmen gehen.

Von Nick war am Strand nichts zu sehen. Sein Strandkorb stand leer und einsam im feinen Sand, aber nachher würde sich bestimmt eine Gelegenheit ergeben, ihn hier zu treffen. Lily beschloss, sich per SMS mit ihm zu verabreden, um alles Neue zu besprechen.

Nicht, dass sie viel erfahren hatte, gestand sie sich seufzend ein. Immerhin hatte sie erste Kontakte zu Familie Johnsson geknüpft und Clarissa versprochen, bald zu ihr in den Laden zu kommen. Die Info über den Onlinehandel der beiden Souvenirgeschäfte war auch interessant, zumindest ihrer Meinung nach. Mal sehen, was Nick und ihr gemeinsamer Boss Neuberger dazu sagten.

17 Uhr – Strandkorb? textete sie an Nick, der umgehend mit einem kurzen *Okay* antwortete.

Lily sah auf die Uhr. Halb vier, sie hatte also ausreichend Zeit für ihren Spaziergang. Entspannt lief sie den Strand entlang, ihre Sandalen in der Hand und die Füße im warmen Sand, und genoss den sommerlichen Trubel um sich herum. Kinder, die im Wasser plantschten, Sandburgen bauende Urlauber, Sonnenanbeter und eifrige Muschelsammler prägten das Bild, daneben Strandspaziergänger wie sie. Die Ferienidylle wurde von einem strahlend blauen Himmel überspannt, in dem kreischende Möwen ihre Kreise zogen.

Am Strandabgang „Goldfischteiche" bog sie ab, zog die Sandalen wieder an, und nach wenigen Minuten Fußmarsch war sie am Ziel. Lächelnd blickte Lily sich um. Mit ihrer Adoptivmutter war sie früher auch hier spazieren gegangen. Die Ruhe, die hier herrschte, hatte nach den aktiven Stunden am Strand gut getan.

So auch heute. Langsam schlenderte Lily den Spazierweg entlang, begleitet von Gedanken an früher, an Nick und an Rauschgift in Buddelflaschen. Nicht unbedingt in dieser Reihenfolge.

Ein blühender Rosenbusch fiel ihr ins Auge, etwas abseits des Wegs. Spontan kam ihr der Gedanke, ein paar Rosen für ihr spartanisches Wohnzimmer zu pflücken, doch sofort verwarf sie die Idee. Bestimmt war es nicht erlaubt, die Gräser und Pflanzen, die auf der Insel wuchsen, einfach so abzureißen. Später würde sie im Ort einen Strauß Blumen kaufen, um ihr Häuschen ein wenig gemütlicher zu machen.

Trotz allem lockte sie der Anblick der rosa Pracht. Lily fühlte sich wie magisch angezogen. Ob es erlaubt war, ein wenig vom Weg abzukommen, um an den Rosen zu riechen? Instinktiv musste sie an ihr Lieblingsschaumbad denken, mit diesem zarten Rosenduft, den sie schon seit ihrer Teenagerzeit liebte.

Vorsichtig verließ Lily den Weg und kämpfte sich an einer pieksigen Hecke mit gelben Blüten vorbei, die an ihren nackten Beinen kratzte – war das Stechginster? – bevor sie den Rosenbusch erreichte. Neugierig beugte sie sich zu einer Blüte hin, um deren Duft in sich aufzusaugen. Ob sie so bezaubernd roch, wie sie aussah?

Auf halbem Weg hielt sie inne. Ein unangenehm kalter Schauer überlief ihren Rücken, der nicht zu der lieblichen Umgebung passen wollte. Lilys Pupillen verengten sich, ihre Nackenhaare begannen zu kribbeln. Sofort richtete sie sich auf und drehte sich um die eigene Achse. Wurde sie beobachtet? Doch nein, es war nichts zu sehen. Scheinbar war sie allein.

Dieses Wissen beruhigte ihren sechsten Sinn keineswegs. Eine Gänsehaut überzog ihren Körper. Eine Warnung. Etwas stimmte hier nicht.

Genau wie heute Vormittag bei der Frau in der roten Kapuzenjacke, durchzuckte es Lily. Entsetzt hielt sie die Luft an, als ihr Blick auf etwas Rotes fiel, das hinter der Ginsterhecke hervorlugte. Ihr Magen krampfte sich zusammen. Es konnte nicht sein ... Doch also sie nähertrat, wurde ihr schrecklicher Verdacht Wahrheit. Fassungslos starrte sie auf den Körper zu ihren Füßen. Dann ging sie in die Hocke, um den Puls der Frau zu fühlen, obwohl es ihr intuitiv klar war, dass es dort nichts mehr zu fühlen gab.

Ein heftiges Schuldgefühl durchzuckte Lily.

Ich hätte nicht auf Nick hören sollen. Wenn ich nicht auf ihn gehört hätte, würde sie vielleicht noch leben.

Wie in Trance informierte sie den Notdienst, dann tippte sie Nicks Nummer in ihr Handy.

„Rotkäppchen ist tot", sagte sie ohne langes Vorgeplänkel. „Erdrosselt, bei den Goldfischteichen."

Nick fluchte.

„Rühr dich nicht vom Fleck und spiele die Juisttouristin, wie geplant", wies er sie an, als er sich wieder gefangen hatte. „Ich spreche sofort mit Neuberger und melde mich dann wieder."

Dann legte er auf.

Das Handy noch immer in der Hand, beugte Lily sich erneut zu der Toten hinunter. Sie war offensichtlich erdrosselt worden, aber womit? Die Tatwaffe, Schal, Seil oder was auch immer, lag nicht mehr um ihren Hals. Lilys Instinkt befahl ihr, der Toten aus Pietät die Augen zu schließen, doch sie riss sich zusammen. Das war Sache des Arztes. Oder wurde von einer stinknormalen Touristin erwartet, automatisch ihrem Instinkt zu folgen?

Doch nein. Die Frau am Ende der Notrufleitung hatte ihr eingeschärft, die Tote nicht anzurühren, nachdem Lily ihr versichert hatte, dass die Frau garantiert nicht mehr lebte und womöglich ermordet worden war.

Zitternd wandte sie sich ab.

Die tote Rotkäppchenfrau schockte sie mehr als andere Leichen, die sie in ihrer Karriere gesehen hatte. Nicht nur, weil sie heute Morgen noch miteinander gesprochen hatten. Tief im Innern fühlte Lily sich schuldig an ihrem Tod. Schließlich hatte sie genug Warnsignale erhalten, dass die Frau in Gefahr war. Sie hätte besser auf sie aufpassen müssen.

Ihr Handy vibrierte. Nick.

„Neuberger will, dass ich mich als Kriminalhauptkommissar zu erkennen gebe und das Team leite, das er aus Aurich rüberschickt", erklärte er. „Du arbeitest weiterhin undercover im Buddelflaschenfall."

„Was, wenn die beiden Fälle zusammenhängen?"

„Wieso sollten sie das? Im Moment sehe ich keine Verbindung." Er zögerte. „Bist du okay, Lily?"

Sie nickte, obwohl er sie nicht sehen konnte. „Alles in Ordnung. Ich war nur geschockt, als ich sie dort liegen sah. Ausgerechnet Rotkäppchen. Ich war vom Weg abgekommen, um an den Blumen zu riechen, und sie wohl auch. Wie im Märchen ..."

Er stöhnte. „Lily, vergiss es. Dies hat nichts mit Märchen zu tun. Wir leben im dritten Jahrtausend. Wenn du mir jetzt auch noch damit kommst, dass der Wolf sie getötet hat ..."

„Ich muss auflegen", unterbrach sie. „Da kommt der Krankenwagen vom DRK."

Gut, dass sie nichts von dem Wolfstattoo aus dem Frischemarkt erwähnt hatte, nachdem er so negativ auf die Parallelen zum Rotkäppchenmärchen reagierte. Seufzend steckte Lily ihr Handy in die Tasche. Nick mochte kritisch sein wie er wollte, ihre ursprüngliche Ahnung hatte sich als richtig herausgestellt, oder etwa nicht? Rotkäppchen war vom Weg abgewichen und lag nun tot bei den Goldfischteichen, und sie hatte das Wolfstattoo im Nacken der Frau mit eigenen Augen gesehen. Ein Wolf im Schafspelz war auf der Insel.

10

Nick Grimm und der Juister Kriminalhauptkommissar Peter Wilkens standen Seite an Seite am Tatort und starrten auf die Tote, über die sich soeben der Arzt beugte.

„Eine Touristin. Sie ist erst heute Morgen mit der Fähre angekommen", sagte Grimm. „Genau wie ich. Ich habe sie an Bord gesehen."

„Scheiße", brummte Wilkens und fuhr sich durchs Haar, sodass es wirr von seinem Kopf abstand. „Sie ist keine fünf Stunden auf der Insel und schon ist sie tot. Das hat uns gerade noch gefehlt, mitten in der Hauptsaison. Wenn sich herumspricht, dass hier ein Mörder herumläuft, traut sich kein Mensch mehr, allein durch die Gegend zu schweifen und die Landschaft zu genießen – und genau deshalb kommen die Leute doch her."

Also echt, ausgerechnet jetzt dachte dieser Wilkens an den örtlichen Tourismus?

„Normalerweise wird man umgebracht, weil es einen Grund dafür gibt", sagte Grimm. „Weil Mörder und Opfer sich kennen. Es ist unwahrscheinlich, dass der Täter ein Irrer ist, der wahllos Urlauber tötet, die er zufällig allein antrifft."

„Das sagen Sie", stöhnte Wilkens. „Aber wer sagt mir, dass es wirklich so ist? Und wer sagt es unseren Feriengästen? Jede Wette, dass einige panisch abreisen, sobald der Mord bekannt gemacht wird."

Grimm zweifelte nicht daran, dass Wilkens mit seiner Vermutung recht hatte. Genauso wahrscheinlich war es aber, dass auch der Mörder sobald wie möglich das Weite suchen würde. Schweigend beobachtete er den Arzt, der gerade seine Tasche zuklappte und sich wieder aufrichtete.

„Sie wurde erdrosselt, und zwar von hinten", sagte der Mediziner und schwenkte ein Plastiktütchen. „Der Täter muss etwas größer gewesen sein als die Tote, aber da die Frau eher zierlich war, sagt das nicht viel über das Geschlecht des Täters. Ich habe ein paar weiße Fasern an ihrem Hals gefunden, die wahrscheinlich von der Mordwaffe stammen. Sie selbst trägt ausschließlich Rot, von ihrer Kleidung stammen die Fasern also nicht."

„Danke", sagte Grimm und nahm das Tütchen entgegen. „Ich werde die Fasern untersuchen lassen. Wann ist sie gestorben?"

„Um 12 Uhr dreißig, würde ich sagen, plus minus zehn Minuten." Der Arzt warf einen kurzen Blick auf die Tote. „Alles Weitere wird die rechtsmedizinische Untersuchung ergeben. Da sie noch vollständig bekleidet ist, nehme ich nicht an, dass sie vergewaltigt wurde. Auf den ersten Blick sind auch keine Abwehrspuren an ihren Händen zu erkennen."

Grimm nickte. „Überhaupt sieht es nicht so aus, als hätte hier ein Kampf stattgefunden. Kein aufgewühlter Boden, keine abgebrochenen Zweige an den Büschen."

„Sie meinen, der Täter hat sich von hinten an sie angeschlichen und sie einfach so erdrosselt?", fragte Wilkens entgeistert.

„Kaum einfach so. Wie gesagt, meistens kennen sich Täter und Opfer", wiederholte Grimm. „Aber wie es wirklich war, muss die Spurensicherung herausfinden."

Mit einem leichten Tippen an seine Schläfe verabschiedete sich der Arzt. Für ihn gab es hier weiter nichts zu tun.

Vorsichtig streifte Grimm ein Paar Gummihandschuhe über und fuhr in die ausgebeulten Taschen der roten Kapuzenjacke, die die Tote trug. Eine Handtasche hatte sie nicht dabei gehabt, zumindest war keine zu sehen. Er förderte eine muschelförmige Geldbörse zutage, sowie eine Papiertüte mit dem Aufdruck *Schnick & Schnack*. Er zog die Augenbrauen zusammen. Ob Lily tatsächlich mit ihrer Annahme recht hatte, dass die beiden Fälle etwas miteinander zu tun hatten?

So schnell wie seine Zweifel gekommen waren, verwarf er sie wieder. Die Tote war eine Touristin gewesen, und die kauften eben Andenken in Läden wie *Schnick & Schnack.*

Das Papier knisterte unter seinen Fingern, als er die Tüte vorsichtig öffnete. Drinnen lag ein kleiner brauner Teddybär mit einem feuerroten Herz auf dem Bauch. Ein Geschenk für jemanden, den man liebte. Ein Kind vielleicht, oder den Lebenspartner.

„Hatte sie einen Ausweis bei sich?", fragte Wilkens über seine Schulter hinweg. „Im Portemonnaie, vielleicht?"

Grimm zuckte die Schultern. „Sieht nicht so aus."

Er öffnete die Geldbörse, aber außer ein paar Geldscheinen und etwas Kleingeld lag nichts darin. Keine Andeutung auf die Identität der Besitzerin.

„Würden Sie sich bitte darum kümmern, dass der Tatort abgesperrt und ein Zelt errichtet wird, bevor der Wind mögliche Spuren verweht?", bat er Wilkens. „Ich spreche derweil mit der Frau, die die Tote gefunden hat, und mache einen Abstecher zu *Schnick & Schnack.* Mit etwas Glück kann der Besitzer sich an die Frau erinnern und weiß, wo sie abgestiegen ist."

„Das würde mich wundern", brummte Wilkens. „Tommy Johnsson ist zwar ein netter Kerl, aber echt nicht neugierig. Seine Frau ist das komplette Gegenteil, aber die bedient nicht bei ihm. Wirklich schade. Sie hätte uns bestimmt weiterhelfen können, so wie sie die Leute immer ausfragt."

„Ich werde sehen, was er weiß." Grimm ließ sich durch Wilkens Pessimismus nicht aus der Bahn werfen. „ Mit etwas Glück war die Aushilfsverkäuferin im Laden, als die Frau ihren Teddy kaufte, und hat ein wenig mit ihr geschnackt."

„Ihr Wort in Gottes Ohr", murmelte Wilkens und reichte Grimm einen Zettel. „Hier sind Adresse und Handynummer dieser Elisabeth Jäger, die die Tote gefunden hat. Ein Feriengast aus Aurich, heute erst angekommen. Sie sagte, sie habe die Frau auf der Fähre gesehen und vor der Abfahrt in Norddeich sogar mit ihr gesprochen."

Grimm zögerte kurz, dann nickte er. Es gab keinen Grund, zu verheimlichen, dass Lily und er sich bereits begegnet waren, auch wenn Wilkens nicht zu wissen brauchte, dass sie eine Kollegin war. „Wenn diese Elisabeth Jäger mit Spitznamen Lily heißt, habe ich sie heute Morgen während der Überfahrt kennengelernt."

„Echt?", fragte Wilkens. „Sie waren alle drei auf der Fähre? Die Tote, diese Frau Jäger und Sie?"

Grimm nickte gereizt. Das fehlte gerade noch, dass Wilkens dabei etwas Verdächtiges sah. So was konnte die ganze Undercover-Aktion ins Wanken bringen. „*Echt*. Und mit uns waren noch hundert andere Menschen auf dem Schiff, bevor Sie da einen merkwürdigen Zusammenhang vermuten."

Wilkens grinste verlegen. „So hatte ich das nicht gemeint, aber Sie müssen zugeben, dass das ein ziemlicher Zufall ist."

„Das finde ich nicht." Grimm schob die Tüte mit dem Teddybär in seine Jackentasche. „Juist ist nicht groß, das wissen Sie doch selbst. Hier läuft man sich ständig über den Weg. Am Kurplatz, auf der Strandstraße oder in den Kneipen – und die Fähre gehört ebenfalls dazu."

„Stimmt, wahrscheinlich habe ich zu viel Tatort geguckt. Gut, dass Sie den Mordfall übernehmen. Ich bleibe gern bei den Ordnungswidrigkeiten, mit denen ich sonst zu tun habe."

Grimm zwinkerte dem Kollegen aufmunternd zu. „Ich halte Sie auf dem Laufenden, wie der Stand der Dinge ist und was wir preisgeben dürfen. Jede Wette, dass Ihnen über kurz oder lang jede Menge besorgter Touristen die Bude einrennen. Und die Presse sowieso."

„Meine Lieblingsbeschäftigung", stöhnte Wilkens. „Dabei hatte ich mich auf einen ruhigen Sommer gefreut."

Pech, dachte Grimm. Was immer der Sommer für die Juister bringen würde, ruhige Zeiten konnte man nicht erwarten. Zumindest nicht, solange ein Mörder frei auf der Insel herumlief.

Fast schon andächtig nahm Tommy Johnsson den kleinen Teddy in die Hand und fuhr mit den Fingerspitzen über das seidigbraune Fell.

„Natürlich kann ich mich an die Kundin erinnern, die ihn gekauft hat“, sagte er. „Wenn Sie die Frau meinen, die heute Vormittag hier war, und nicht die Kinder.“

Grimm sah ihn erstaunt an. „Sie haben heute mehrere dieser Teddys verkauft?“

Johnsson nickte. „Heute Morgen jeweils einen an zwei kleine Mädchen. Anschließend wollten sie mit ihren Eltern einen Ausflug mit der Pferdekutsche machen, erzählten sie mir. Zur Domäne Bill.“ Wie abwesend strich er erneut über das Fell des Bären. „So gegen halb zwölf kam dann diese andere Kundin. Meine Mutter hatte sie hergeschickt, genau wie Sie. Sie kaufte den dritten Teddy. Sie erinnern sich sicher, dass ich Ihnen von ihr erzählt habe.“

„Sie meinen die Frau, die ebenfalls ein Zimmer bei Ihrer Mutter gemietet hat?“

Johnsson nickte. „Genau die. Ihren Namen habe ich vergessen, vielleicht hat sie ihn auch nicht genannt. Aber sie sagte, sie wohne in der Pension meiner Mutter und brauche ein Mitbringsel, weil sie jemanden auf Juist besuchen wolle.“

Grimm deutete mit den Augen auf den Teddybär. „Wer kauft denn so was Ihrer Erfahrung nach? Verliebte?“

„Sie meinen wegen dem roten Herz auf dem Bauch?“ Johnsson zuckte die Achseln. „Kinder, zum Beispiel, weil diese Bären so niedlich sind. Aber grundsätzlich alle, die ein Herz für Teddys haben und etwas Nettes verschenken wollen. An ein Kind, ihren Partner, einen Familienangehörigen ...“

„Das rote Herz schränkt den Kundenkreis also nicht ein?“

„Nein. Ich sehe es nicht als Symbol für romantische Liebe, sondern eher für etwas Liebenswertes. So nach dem Motto ‚Schenken mit Herz‘.“ Johnsson legte den Teddy zurück auf den Tresen, direkt neben die Papiertüte. „Hatten Sie eine andere Antwort erhofft?“

„Nicht wirklich“, gab Grimm zu. „Ich hatte mir so was schon gedacht. Immerhin haben Sie mich wirklich weitergebracht, weil Sie wussten, dass die Frau in der Pension Ihrer Mutter abgestiegen ist.“

„Freut mich, dass ich Ihnen helfen konnte", sagte Johnsson. „Und vergessen Sie nicht, morgen zum Abendessen zu kommen."

Nachdenklich blickte Grimm über den Kurplatz, nachdem er den Andenkenladen unter dem leisen Bimmeln der Türglocke verlassen hatte. Merkwürdig, dass Johnsson so gar nicht mit der Wimper gezuckt hatte, als er seinen Dienstausweis auf den Tisch gelegt und sich als Kriminalhauptkommissar kenntlich gemacht hatte. Noch merkwürdiger, dass Johnsson sich nicht gewundert hatte, warum er ihm all diese Fragen stellte. Er hatte nicht mal wissen wollen, ob seiner Kundin etwas passiert sei.

War der Mann tatsächlich von Natur aus nicht neugierig, so wie Wilkens gesagt hatte, oder wusste er längst, dass die Frau ermordet bei den Goldfischteichen lag?

Und, wenn er es bereits wusste, wer hatte es ihm gesagt? Polizei und Sanitäter bestimmt nicht, genauso wenig wie Lily.

Grimm runzelte die Brauen. Wenn jemand Johnsson die Wahrheit verraten hatte, konnte es nur der Täter gewesen sein.

Verdächtiges Benehmen hin oder her: Tommy Johnsson selbst kam als Mörder nicht in Frage. Zur Tatzeit hatte er im Laden gestanden und ihm die Buddelflasche verkauft.

Grimm schob die Hände in die Hosentaschen und machte sich auf den Weg zu seiner Pension. Unterwegs versuchte er sich zu erinnern, welchen Nachnamen die Frau hatte, die dort ebenfalls ein Zimmer gemietet hatte. Vorhin beim Teetrinken hatte Effi Johnsson den Namen erwähnt, aber er konnte sich beim besten Willen nicht erinnern. Erst kurz vor der Haustür fiel es ihm wieder ein.

Wolf.

Er war sich ganz sicher. Das war der Name, den Frau Johnsson genannt hatte. Ein mulmiges Gefühl machte sich in ihm breit.

War das wirklich Zufall, nachdem Lily ihm den ganzen Tag mit dem Märchen von Rotkäppchen und dem bösen Wolf im Ohr gelegen hatte? Vor seinem inneren Auge tauchte wieder das Bild des ganz in Rot gekleideten Mordopfers auf.

Ein Rotkäppchen, das mit Nachnamen Wolf hieß.

11

Effi Johnsson goss sich erst mal einen Cognac ein, nachdem Grimm ihr erklärt hatte, was mit ihrem weiblichen Feriengast passiert war.

„Mein Gott, wie schrecklich. Die arme Frau." Sichtbar erschüttert sank sie auf einem Küchenstuhl nieder und führte das Glas mit zitternden Fingern zum Mund. Nur ein Blinder hätte nicht gesehen, wie sehr sie sich über den Todesfall aufregte.

Grimm sah aus dem Fenster, während sie mit geschlossenen Lidern an ihrem Cognac nippte und versuchte, ihre Fassung wiederzuerlangen. Hübsch war es hier, dachte er. Die Gartenmöbel aus Teakholz auf der Terrasse luden zum Essen im Freien ein und die zart rosa blühenden Rosen, die die kleine Rasenfläche umgaben, gaben dem Ganzen einen romantischen Rahmen. Sollte er selbst einmal einen Garten haben, würde er ihn wahrscheinlich ähnlich simpel gestalten. Praktisch, aber effektvoll.

„Ihr Name war Wolff", hörte er Effi Johnsson hinter sich sagen. „Maria Wolff, mit Doppel-F."

Wolff also, nicht Wolf.

Er drehte sich um. Erfreut bemerkte er, dass der Cognac ihrem Gesicht die Farbe wiedergegeben hatte. Ihre Wangen waren rosa überhaucht und ihre Hände lagen jetzt ruhig in ihrem Schoß.

„Sie wollte ihre Tochter treffen, sagte sie, bevor sie aus dem Haus ging", fuhr sie fort. „Sie hat nicht mal ausgepackt, sondern ist sofort losgegangen."

„Sagte sie, ob die Tochter ebenfalls ihre Ferien auf der Insel verbringt?"

Effi Johnsson schüttelte den Kopf. „Sie wohnt auf Juist, wenn ich das richtig verstanden habe."

„Sind Sie sicher? Wenn die Tochter hier lebt, hätte Frau Wolff doch sicher bei ihr gewohnt, oder?"

„Doch, doch. Ich bin sicher, dass sie das sagte. Wer weiß? Vielleicht ist dort nicht genug Platz, um Gäste unterzubringen. Oder das Verhältnis ist nicht das Beste, obwohl sie sofort losziehen wollte, um vor ihrem Besuch noch ein nettes Mitbringsel zu besorgen."

„Dann war der Herzteddy, den sie bei *Schnick & Schnack* kaufte, also ein Mitbringsel für die Tochter", dachte Grimm laut.

„Wer weiß?" Effi Johnsson betrachtete ihn nachdenklich. „Die Tochter könnte Familie haben. Ein Kind, vielleicht ..."

Grimm nickte. Oder gab es sogar noch jemanden, den diese Frau Wolff auf Juist besuchen wollte? Noch jemanden, für den dieser Teddy bestimmt gewesen sein könnte?

Er seufzte.

„Wir waren gemeinsam auf der Fähre nach Juist, Frau Wolff und ich", sagte er. „Vom Hafen aus muss sie sofort zu Ihnen in die Pension gegangen sein. Als ich hier ankam, war sie bereits wieder weg, nicht wahr?"

Effi Johnsson nickte, sodass ihre grauen Löckchen in Schwingung gerieten. „Sie muss zügig gelaufen sein", sagte sie. „Sie war richtiggehend außer Atem, vielleicht war sie auch nur untrainiert. Manche Menschen sind ja wahre Stubenhocker, und blass wie sie war ..."

„Dann hat sie ihren Koffer aufs Zimmer gebracht und ist gleich wieder los?"

„Sie wollte sofort ihre Tochter treffen, sagte sie. Auspacken könne sie später."

„Sie konnte es also nicht abwarten, aufzubrechen und noch ein Geschenk für die Tochter zu besorgen?"

„Das mit dem Geschenk war meine Idee", gab Effi errötend zu. „Sobald ich einen Grund entdecke, meinen Gästen Tommys Laden zu empfehlen, erwähne ich *Schnick & Schnack*. Ich muss gestehen, dass ich es mit Frau Wolff genauso gemacht habe."

„Sie haben also den Vorschlag gemacht, dass sie bei *Schnick & Schnack* ein Mitbringsel kauft?"

„Ich habe ihr für alle Fälle den Weg erklärt, bevor sie ging, und anscheinend hat sie meinen Vorschlag befolgt", bestätigte Effi. „Nur merkwürdig, dass sie dann gar nicht bei ihrer Tochter war, nachdem sie es vorher so eilig damit hatte. Finden Sie nicht?"

Grimm warf ihr einen scharfen Blick zu. „Wie kommen Sie darauf?"

Effi sah ihn erstaunt an. „Weil sie den Teddy noch in der Tasche hatte, natürlich. Hätte sie ihre Tochter bereits besucht, hätte sie ihn ja nicht mehr, oder?"

Grimm fuhr sich durchs Haar. Was, wenn Frau Wolff sich nicht im Zuhause der Tochter mit ihr treffen wollte? Was, wenn der Treffpunkt die Goldfischteiche gewesen waren? Vielleicht gab es etwas oben im Zimmer, das ihm weiterhelfen konnte.

„Dürfte ich bitte ihr Zimmer sehen?"

„Selbstverständlich." Effi erhob sich und ging vor ihm die Treppe hoch. Auf dem kleinen Flur im Obergeschoss blieb sie vor einer weiß gestrichenen Zimmertür stehen. „Hier ist es. Hier hat sie gewohnt."

Grimm drückte die Klinke hinunter und trat ein.

Das Zimmer war ähnlich eingerichtet wie sein eigenes, mit blumigen Vorhängen, Häkeldeckchen auf dem Nachttisch und einem etwas altmodisch aussehenden Einzelbett, über das eine goldgelbe Tagesdecke gebreitet war. In der Ecke stand ein roter Kunststoffkoffer. Offensichtlich hatte Frau Wolff ihn hier abgestellt, ohne auch nur einen Gedanken ans Auspacken zu verschwenden.

Ein Blick ins Bad verriet, dass sie sich auch dort nicht häuslich eingerichtet hatte. Kein Waschzeug war zu sehen, keine Zahnbürste, nur ein Stück Seife, das sicherlich Effi hingelegt hatte, und ein Handtuch über der Handtuchstange.

„Sie war nur einmal kurz im Bad, um sich frisch zu machen, bevor sie ging", unterbrach Effi seine Gedanken. „Wie ich schon sagte, sie hatte es eilig, ihre Tochter zu besuchen."

„Später werden ein paar Kollegen von der Spurensicherung vorbeikommen, um den Koffer abzuholen", sagte Grimm. „Sie werden auch Fingerabdrücke nehmen. Zumindest im Bad und auf dem Koffer sollten sie welche finden." Er warf einen weiteren Blick über den unberührt wirkenden Raum.

Effi sah ihn fragend an. „Warum Fingerabdrücke?"

„Nur um sicherzugehen, dass die Ermordete auch tatsächlich die Frau ist, die hier abgestiegen ist."

Ein Hoffnungsglimmer trat in ihre Augen. „Sie meinen, dass Frau Wolff vielleicht doch noch am Leben ist und die Tote bei den Goldfischteichen ist jemand ganz anders?"

„Ehrlich gesagt, nein." So gerne Grimm ihr diese schöne Vorstellung gelassen hätte, so wenig glaubte er an die Theorie. Obwohl ... „Frau Wolff war von Kopf bis Fuß in Rot gekleidet, nicht war?", fragte er, nur um noch einmal ganz sicherzugehen.

„Sie trug eine rote Kapuzenjacke und rote Hosen", bestätigte seine Vermieterin. „Diese Tote, trug sie auch ...?"

Grimm nickte.

„Dann war sie es also wirklich", flüsterte Effi. „Die arme, arme Frau. Ich komme mir richtig schäbig vor, zu wissen, dass sie ermordet wurde, wo ich vorhin noch gedacht habe ..."

Er sah sie scharf an.

„Was?", fragte er in die Stille, die sich im Zimmer breitgemacht hatte. „Was haben Sie vorhin noch gedacht?"

„Maria Wolff", sagte sie schließlich. „Sie sind noch so jung, dass Sie sich wahrscheinlich nicht mehr an den Namen erinnern. Der Fall ging damals wochenlang durch die Presse, über zwanzig Jahre muss das her sein. Na ja, als ich sie heute früh sah, so blass und angespannt, als habe sie eine schreckliche Schuld zu tragen, dachte ich einen Moment lang, dass mein neuer Feriengast vielleicht genau diese Maria Wolff sein könnte."

Worauf zum Teufel wollte sie hinaus?

„Und was genau ist diese Maria Wolff für eine Frau?"

„Eine Mörderin", hauchte sie widerwillig. „Maria Wolff hat damals ihren Mann umgebracht."

12

Erschöpft ließ Grimm sich in das einladend wirkende blaue Sofa in Lilys Wohnküche sinken und legte die Füße auf den hölzernen Couchtisch.

„Schön, dass du dich bei mir so zu Hause fühlst", sagte Lily mit zynischem Unterton und stellte den Wasserkocher an. „Kaffee?"

Er nickte. „Hast du mal was von einer Maria Wolff gehört? Wolff mit Doppel-F."

Lily sah ihn fragend an. „Nein, wieso? Hat das mit unseren Kriminalfällen zu tun?"

„Kann sein." Er zuckte die Achseln. „So hieß jedenfalls die Tote bei den Goldfischteichen, und jetzt erzählt mir Effi Johnsson, dass es vor über zwanzig Jahren mal eine Mörderin gab, die so hieß."

„So selten ist der Name nicht", gab Lily zu bedenken. „Weder Maria, noch Wolff."

„Trotzdem ... Solche Zufälle schmecken mir nicht."

Lily warf einen Blick auf ihren Laptop. „Willst du, dass ich ein Foto dieser Maria Wolff hochlade? Natürlich nur, falls wir eins finden. Wenn der Fall schon so lange her ist ..."

Grimm machte eine abwehrende Handbewegung. „Lass nur, das mache ich nachher von der Polizeistation aus. In der Not muss ich weiter ausholen, vielleicht mit dem Gefängnis sprechen, wo sie ihre Strafe abgesessen hat."

„Oder noch sitzt", warf Lily ein. „In dem Fall hat die eine Maria Wolff nichts mit der anderen zu tun. Hatte die Tote einen Ausweis bei sich?"

„Nicht, als wir sie fanden. Vielleicht liegt er im Koffer, aber den wollte ich nicht öffnen, bevor die Spurensicherung ihn gesehen hat."

„Wer weiß, ob der Name stimmt", murmelte Lily und löffelte Pulverkaffee in zwei Porzellanbecher. Dann goss sie kochendes Wasser darüber, stellte die Becher auf ein Tablett, daneben Milch und Zucker.

„Unsinn", brummte Grimm und nahm seine Füße vom Couchtisch. „Wie kommst du denn darauf?"

„Weil sie nicht Rotkäppchen und der Wolf gleichzeitig gewesen sein kann." Schwungvoll stellte Lily das Tablett dorthin, wo gerade noch Grimms Füße geruht hatten. „Mal ganz ehrlich, da stimmt was nicht. Mit dem Nachnamen ..."

Er hatte keineswegs vor, ihr zu verraten, dass ihm das Gleiche auch schon durch den Kopf gegangen war. Aber dieser Schwachsinn war ihm nur in den Sinn gekommen, weil sie ihn stundenlang mit ihrem Märchenkram genervt hatte. Er wurde schon bald selbst zum Wolf.

„Hör auf mit dem Quatsch, Lily", fuhr er sie an. „Das hier ist keine Gutenachtgeschichte, sondern ein Mordfall. Und jetzt komm mir bitte nicht damit, dass Rotkäppchen ebenfalls ermordet wurde, denn das wurde es nicht."

„Der Wolf hat es gefressen ..."

„Runtergeschlungen", korrigierte sie Grimm. „Er hat es in einem Stück runtergeschlungen und der Jäger hat es und seine Großmutter später wieder aus dem Bauch des toten Wolfs geholt, putzmunter und quietschfidel." Den Kaffeebecher in der Hand, streckte er genüsslich die Beine aus. „Und falls du jetzt zufällig denkst, es sei deine Rolle, den Wolf zu fangen, nur weil du mit Nachnamen Jäger heißt, dann hast du dich geirrt. Für dich sind Rauschgift und Buddelflaschen angesagt, Lily, sonst nichts. Besonders nichts, das auch nur annähernd mit Mord und Märchen zu tun hat. Hast du das verstanden?"

Lily setzte sich im Schneidersitz auf den Fußboden und funkelte ihn über ihre Kaffeetasse hinweg an. „Wenn du meinst, du könntest mich mit deinen Machoreden einschüchtern, dann hast du dich geschnitten, Nick Grimm. Auf meine Intuitionen ist Verlass, ob du mir nun glaubst oder nicht. Du kannst nicht abstreiten, dass ich dich schon heute früh darauf hingewiesen habe, dass die Frau in Gefahr war."

„Nein", gab er zu. Das konnte er tatsächlich nicht abstreiten. „Aber Intuitionen ersetzen keine Polizeiarbeit. Wo kämen wir hin, wenn ..."

„Spar dir deine Moralpredigt und verrate mir lieber, ob ihr bereits den Zusammenhang zwischen den beiden Fällen gefunden habt. Denn auch das sagt mir meine Intuition, dass sie miteinander zu tun haben."

„Okay, okay." Grimm verzog den Mund. „Du brauchst mich nicht mit Blicken zu durchbohren. Es gibt tatsächlich einen zufälligen Zusammenhang."

„Was heißt ‚zufällig'?"

„Die Tote hatte ein Souvenir in der Tasche, das sie kurz zuvor in Tommy Johnssons Laden gekauft hatte. So einen kleinen Teddybär mit einem Herz auf dem Bauch."

„Das nennst du einen zufälligen Zusammenhang? Ich weiß nicht, was daran zufällig sein sollte. Ausgerechnet bei dem Mann, von dem wahrscheinlich die mit Koks gefüllte Buddelflasche stammt."

„Hör auf damit, Lily", warnte Grimm erneut. „Der Bär war ein Mitbringsel für ihre Tochter, die sie direkt nach der Ankunft auf Juist besuchen wollte – und sie hat ihn nur bei Johnsson gekauft, weil dessen Mutter ihr den Laden empfohlen hat."

„Ach", giftete Lily zurück. „Und wie kommt es dann, dass sie ihre Tochter gar nicht besucht hat, sondern stattdessen zu der Backbuch-Präsentation in Udas Teestube ging?"

Grimm sah sie erstaunt an. „Du hast sie gesehen?"

„Sie kam gerade aus der Teestube, als ich zum Mittagessen in Richtung Kurplatz ging. Kurz vor zwölf muss das gewesen sein."

„Welche Richtung schlug sie von dort aus ein? Zu den Goldfischteichen?"

Sie nickte stumm und umklammerte mit beiden Händen ihren Kaffeebecher. Grimm konnte nur ahnen, dass sie gerade die Rotkäppchenfrau vor sich sah, wie sie nichtsahnend ihrem Tod entgegenging. So wie sie sie zum letzten Mal gesehen hatte.

Er straffte seinen Rücken. „Ich werde überprüfen, wie lange Maria Wolff bei der Buchvorstellung war. Wenn sie gerade erst gekommen war, bevor sie wieder ging, hatte sie den Besuch bei ihrer Tochter vielleicht bereits hinter sich."

„Mit dem Geschenk noch in der Tasche?" Lily schüttelte vehement den Kopf. „Höchstens, dass die Tochter nicht zu Hause war, als sie vorbeikam. Aber eigentlich wäre das verwunderlich, meinst du nicht? Ich meine, wo doch jeder auf der Insel weiß, wann die Fähre ankommt. Die Tochter wird sicherlich mit dem Besuch ihrer Mutter gerechnet haben."

„Es sei denn, Maria Wolff hatte einen Überraschungsbesuch geplant.“ Grimm erhob sich und stellte seinen leeren Becher zurück aufs Tablett.

„Ach, und wer hat sie dann ermordet, wenn nicht die Tochter?“, fragte Lily. „Tommy Johnsson, vielleicht?“

„Mit welchem Motiv? Außerdem kann er's nicht gewesen sein, weil ich zum Todeszeitpunkt bei ihm im Laden war. Er hat mich bedient.“

„Bleiben tausend andere Juister und Feriengäste“, murmelte Lily und stand ebenfalls auf. „Von Rauschgiftdealern mal ganz zu schweigen ...“

Grimm sortierte die wild in seinem Kopf kreisenden Gedanken, als er wenig später durch den feinen Sandstrand in Richtung Hotel Kurhaus lief, die nackten Füße von Wellen umspült. Die meisten Urlauber verließen mittlerweile ihre Strandkörbe und -burgen und machten sich, beladen mit Handtüchern, Bällen und Sonnencreme, auf den Rückweg zu ihrem Quartier, um das Abendprogramm einzuläuten. Ein letzter Einkaufstrip, bevor der Supermarkt schloss, ein kühler Drink zur Happy Hour in einer der vielen Kneipen oder in einem der Bistros, ein Kapitel aus dem neuesten Krimi auf dem Sofa in der Ferienwohnung ...

Hätte Neuberger ihn bloß nicht zusammen mit Lily nach Juist geschickt. Ihr Märchentick machte ihn nervös. Aber auch die Art, wie ihre blauen Augen ihn vorhin angefunkelt hatten, als sie ihn als Macho bezeichnet hatte, und ihre Locken dabei weich und seidig über ihre Schultern gefallen waren. Er war nicht einmal sicher, ob sie hübsch war. Nur, dass ihre Haarfarbe ihn an Karamellbonbons erinnerte und dass er schier verrückt wurde, wenn ihr Duft nach Rosenseife und Shampoo ihn streifte – und was ihre kratzbürstige Art anging, auf diese hirnverbrannten Märchentheorien zu beharren ...

Er kniff die Augen zusammen, so als könnte er dadurch Lilys Abbild verdrängen, das sich zwischen ihn und die Mordermittlungen geschlichen hatte. Doch es half alles nichts. Sie war da, eine nach Rosen duftende Sirene mit karamellfarbenem Haar, und ließ sich nicht so schnell wieder abschütteln.

Er würde den Kontakt zwischen ihnen so knapp wie möglich halten, schwor er sich selbst und bückte sich, um einen Stein aufzuheben. Ein kurzer Infoaustausch täglich würde genügen, wenn überhaupt, und am besten telefonisch.

Der Stein fühlte sich glatt und geschmeidig an. Perfekt geformt, als habe das Meer ihn genau für die Innenseite seiner Handfläche geschliffen. Der Gedanke an Lilys ebenso perfekt geformten Körper unter seinen Händen brachte ihn erneut aus dem Gleichgewicht. Er biss die Zähne zusammen. Schluss damit. Kollegin war Kollegin, selbst wenn sie ihn bis in seine Träume verfolgte.

Links neben ihm tauchte das Hotel Kurhaus auf. Mit zusammengezogenen Augenbrauen stapfte er durch den Sand in Richtung Strandstraße. Es war an der Zeit herauszufinden, welche Geheimnisse Maria Wolff mit sich in den Tod genommen hatte.

13

Hauptkommissar Peter Wilkens saß auf dem mit schwarzem Kunstleder bezogenen Bürostuhl hinter seinem Schreibtisch in der Juister Polizeistation und zwang sich zu einem Lächeln. Der Mann, der sich jenseits des Tisches auf dem Besucherstuhl fläzte, machte es ihm nicht gerade leicht, höflich zu bleiben.

„Sie sind also gegen halb eins bei den Goldfischteichen vorbeigekommen", wiederholte er.

Didi Reimer, der nach wie vor in Joggingkleidung steckte und einen unangenehmen Geruch nach Schweiß und billigem Aftershave ins Dienstzimmer gebracht hatte, zog genervt die Brauen in die Höhe.

„Das habe ich doch schon x-mal gesagt. Ich war joggen, wie jeden Tag um die Zeit. Ist doch nicht verboten, oder?"

Wilkens stöhnte. „Natürlich ist es nicht verboten, aber dort ist ein Verbrechen passiert. Wir brauchen Ihre Mithilfe."

„*Mithilfe*", schnaubte Reimer. „Sagen Sie doch gleich, dass Sie mich verdächtigen. Ich war doch anscheinend dort, als dieses Verbrechen begangen wurde. Was liegt näher, als dass ich der Täter war?"

„Ein Mann, der seinen Hund in der Nähe spazieren führte, hat Sie von dort zurück in den Ort joggen sehen und uns Ihren Namen genannt", sagte Wilkens. „Das wissen Sie ja bereits. Von einem Verdacht kann im Moment keine Rede sein."

„*Im Moment*, ja? Und morgen stecken Sie Arschloch mich wegen dringenden Tatverdachts in Untersuchungshaft, nur weil ich zur falschen Zeit am falschen Ort joggen war. Ich kenne euch Bullen. Ihr könnt so freundlich lächeln wie ihr wollt, ich traue euch nicht über den Weg." Er erhob sich. „Ich hatte Kopfhörer im Ohr und habe Rap gehört. Keine Ahnung, ob da noch jemand in der Gegend war oder nicht. Ich habe nicht darauf geachtet – und jetzt können Sie mich mal. Jetzt gehe ich nach Hause, ob Ihnen das nun passt oder nicht."

Hinter ihm knallte die Tür ins Schloss.

Peter Wilkens war heilfroh, dass der übellaunige Geselle aus dem Haus war. Nur der verschwitzte Mief, den er im Zimmer hinterlassen hatte, hing noch in der Luft.

Er stand auf, um das Fenster aufzureißen.

„Ach, Sie sind's", sagte er, als sich erneut die Tür öffnete und Nick Grimm eintrat. „Ich lüfte gerade. Der Typ, der gerade hier war, hatte einen Geruch an sich ..." Er verzog das Gesicht.

„Gut, dass Sie's sagen", grinste Grimm. „Ich dachte schon, das käme von Ihnen. Haben Sie vielleicht einen Kaffee? Ich hatte zwar erst vor einer halben Stunde eine Tasse bei dieser Lily Jäger, aber das war Pulverkaffee. Ich brauche etwas Stärkeres."

Wilkens deutete mit den Augen auf die Kaffeemaschine in der Ecke. „Bedienen Sie sich. Milch und Zucker stehen im Schrank daneben."

Zucker, dachte Grimm. Normalerweise trank er seinen Kaffee schwarz, aber nie hatte er Zucker nötiger gehabt als im Moment. Vehement riss er die Schranktür auf.

Erleichtert atmete er auf, als endlich der erste Schluck des doppelten Espresso seine Kehle hinunterrann, gleichzeitig süß und bitter wie ein Getränk aus 1001 Nacht. Vor seinem geistigen Auge nahm eine verführerisch gekleidete Haremsdame Gestalt an, die sich auf seidenen Kissen räkelte und ausgesprochene Ähnlichkeit mit Lily hatte. Mist. Er hätte doch keinen Zucker nehmen sollen.

„Wahrscheinlich wissen Sie es schon: Tommy Johnsson konnte sich tatsächlich an die Kundin erinnern", sagte er und sank in den Sessel gegenüber Wilkens. „Sie war in der Pension seiner Mutter abgestiegen, genau wie ich. Eine Maria Wolff – und jetzt kommt der Hammer: Frau Johnsson sagt, dass es mal eine Maria Wolff gab, die ihren Mann ermordet hat. Der Fall sei lange durch die Presse gegangen."

„Echt?" Wilkens sah ihn überrascht an. „Sie meinen, unsere Tote und diese Mörderin sind ein und dieselbe Person?"

Grimm zuckte die Achseln. „Wir müssen das überprüfen. Die Sache ist über zwanzig Jahre her. Ich hoffe, die Frau hatte einen Ausweis dabei. Sonst kann es Tage dauern, bis wir wissen, wer sie wirklich war."

„Die Spurensicherung hat den Koffer bereits aus der Pension abgeholt", sagte Wilkens. „Der Bericht über den Inhalt kommt noch heute Abend. Mit etwas Glück auch der Abgleich der Fingerabdrücke. Im Moment scheint sonst nicht viel los zu sein, wir müssen also ausnahmsweise nicht endlos auf die Ergebnisse warten."

„Hoffentlich bleibt es so ruhig, dann können wir zügig arbeiten", murmelte Grimm. „Je schneller der Fall geklärt ist, desto besser."

Desto eher war er auch die fatale Zusammenarbeit mit Lily Jäger los. Allein bei der Vorstellung, sie lediglich mit einem Bikini bekleidet im Strandkorb zu treffen, um sich über ihre Fortschritte im Fall „Buddelflasche" zu informieren, wurde ihm gleichzeitig heiß und kalt.

Er fuhr den Computer hoch, tippte Maria Wolffs Namen in die Suchmaschine und filterte mit schnellem Blick die Ergebnisse. Effi Johnsson hatte sich nicht geirrt. Eine Maria Wolff hatte tatsächlich vor 23 Jahren ihren Mann umgebracht. Es gab auch ein Foto der Frau, das sie auf dem Weg zum Prozess zeigte. Etwas unscharf und in Schwarz-

Weiß, aber eine Frontalaufnahme. Die Angeklagte, klein und zart und zu beiden Seiten von bulligen Polizisten umrahmt, blickte verstört und ratlos in die Kamera, als wisse sie nicht, worum es eigentlich ging. Warum ihr der Prozess gemacht wurde.

„Sehen Sie mal", wandte Grimm sich an Wilkens und tippte auf das Bild. „Natürlich war die Frau von damals jünger, mit dunklem Haar. Keine grauen Strähnen wie bei unserer Toten. Aber sie könnte gut dieselbe Person sein, meinen Sie nicht?"

Wilkens stand auf und trat neben ihn. Intensiv betrachtete er das körnig wirkende Schwarz-Weiß-Foto, eine kleine steile Falte zwischen den Brauen.

„Sie scheinen nicht überzeugt."

„Na ja, wenn Sie mich so fragen ..." Wilkens kratzte sich hinter dem Ohr. „ Sicher bin ich mir nicht. Immerhin liegt fast ein Vierteljahrhundert dazwischen, außerdem wurde unsere Tote stranguliert."

Grimm ahnte, warum Wilkens die Ähnlichkeit nicht sehen konnte. Der Kollege hatte die Rotkäppchenfrau nur tot gesehen, mit entstelltem Gesicht, während er selbst sie heute Vormittag auf der Fähre erlebt hatte.

Er fuhr sich über die Stirn. *Heute Vormittag*. Nicht mal acht Stunden war es her, dass er Maria Wolff im Juister Hafen zum letzten Mal lebend gesehen hatte. Sie hatte ihren roten Koffer vom Gepäckwagen gezogen und sich dann, ihr Gepäck hinter sich her rollend, in Richtung Ort gewandt. Zu dem Zeitpunkt hatte er noch nicht gewusst, dass sie in der gleichen Pension absteigen würde, in der auch er untergekommen war. Sonst hätten sie gemeinsam gehen können und dann, vielleicht, hätte das Schicksal eine andere Wendung genommen. Dann würde sie vielleicht noch leben.

Sein Magen grummelte.

„Was ist?", fragte er Wilkens. „Haben Sie Lust, mit mir essen zu gehen?"

Das Restaurant, das Wilkens empfohlen hatte, bot norddeutsche Hausmannskost und das beste Bier, das Grimm je getrunken hatte. Er machte sich eine mentale Notiz, dass er die Marke unbedingt seinem neuen Freund Karsten, dem Wirt der *Schönen Müllerin*, empfehlen musste.

„Köstlich", sagte er, nachdem er den letzten Rest seiner Bratkartoffeln in sich hineingeschaufelt hatte. „Ich war am Verhungern."

Wilkens, der sich mit einer Vorspeise begnügt hatte, weil seine Frau abends für ihn kochte und er sie nicht enttäuschen wollte, strahlte ihn an. „Der Laden gehört meinem Schwiegervater", gestand er. „Deshalb ist meine Frau auch so eine Traumköchin. Sie stand von klein auf mit ihm in der Küche und hat alles in sich aufgesogen, was es zu lernen gab."

Lily konnte bestimmt auch kochen, dachte Grimm. Zumindest schien sie sich für Kochsendungen im Fernsehen zu interessieren, so wie sie mit der Frau von der Kurverwaltung über diese TV-Köchin gefachsimpelt hatte. Wie hieß sie noch? Ach ja, Betty Behrensen.

„Lily Jäger sagt, dass sie Maria Wolff um zwölf Uhr aus Udas Teestube kommen sah. Anscheinend war sie bei der Buchvorstellung."

„Das Backbuch?", fragte Wilkens. „Meine Frau wollte auch hin. Vielleicht ist Frau Wolff ihr aufgefallen."

„Sie war recht unscheinbar", sagte Grimm. „Still, zurückhaltend, uneitel. Wie eine graue Maus, die nie in den Spiegel schaut."

„Wie ist sie Ihnen dann überhaupt aufgefallen? Die Fähre war bestimmt voll interessanterer Leute."

Grimm hatte nicht die Absicht, ihm auf die Nase zu binden, dass er selbst die Frau, die still am Fenster des Bordrestaurants gesessen hatte, nie bemerkt hätte, wenn Lily ihn nicht auf sie aufmerksam gemacht hätte.

„Es muss wohl die Farbe ihrer Kleidung gewesen sein, nehme ich an", schwindelte er. „Das viele Rot."

„Rot ist ein echter Hingucker." Wilkens bekam einen verklärten Ausdruck. „Meine Frau trug auch ein rotes Kleid, als ich sie zum ersten Mal sah. Mann oh Mann, die Art, wie es ihre Figur betonte ... Ich kann Ihnen sagen, ich war hin und weg."

Sofort tauchte vor Grimm eine Vision von Lily in einem eng anliegenden roten Kleid auf. Sexy wie die Hölle. Grundgütiger. Genau, was er hatte vermeiden wollen. Konnte er eigentlich nichts mehr machen, ohne von erotischen Lily-Visionen abgelenkt zu werden?

Er biss die Zähne zusammen und zwang sich, das Bild durch ein anderes zu verdrängen, das Lily in ausgebeultem Trainingsanzug und Puschen zeigte, aber selbst das half nichts. Irgendwie war sie ihm unter die Haut gegangen, egal was sie trug, und er hatte es nicht mal gemerkt, bevor es zu spät war. Sein Herz klopfte beim Gedanken an sie bis zum Hals, was ihn zumindest ablenkte. Das rote Herz auf dem Teddy fiel ihm wieder ein.

„Dieser Plüschbär ...", sagte er. „Anscheinend hat die Tote eine Tochter auf der Insel, die sie besuchen wollte. Der Teddy war ein Mitbringsel."

„Eine Einheimische?"

„Effi Johnsson hat es zumindest so verstanden, dass die Tochter hier wohnt und nicht nur ihren Urlaub hier verbringt. Haben Sie eine Ahnung, wer das sein könnte?"

Wilkens fuhr sich nachdenklich durchs Haar. „Nein", sagte er schließlich. „Da fällt mir niemand ein. Weder eine Frau mit dem Nachnamen, noch eine, deren Mutter eine Mörderin ist. Wobei die Tochter das kaum laut herumposaunen würde. So was hält man lieber geheim."

Grimm sah auf die Uhr und leerte sein Bierglas. „Ich gehe noch mal zurück in die Polizeistation und lese mich in den Fall von damals ein. Dabei erfahre ich bestimmt Näheres über die Tochter. Danke, dass Sie mir beim Essen Gesellschaft geleistet haben."

„Nichts zu danken", grinste Wilkens. „Ich werde zu Hause fragen, ob meiner Frau bei der Buchpräsentation eine zierliche Besucherin in Rot aufgefallen ist. Wer weiß, vielleicht hat meine Liebste ja tatsächlich etwas gesehen, das uns weiterhilft."

Als Grimm sich wieder an seinen Schreibtisch setzte, fand er dort einen ersten Bericht der Spurensicherung vor. Interessiert schlug er die Akte auf. Beim Überfliegen des Inhalts runzelte er die Stirn. Jedes, aber auch jedes Kleidungsstück in Maria Wolffs rotem Koffer war rot gewesen. Selbst die Zahnbürste. Die Frau musste eine Macke gehabt haben.

Sein Blick fiel auf das Uraltfoto in Schwarz-Weiß, das er aus dem Internet ausgedruckt hatte. Er stellte sich vor, dass sie auch damals ganz in Rot gekleidet war, so wie an dem Tag, an dem sie ihren Mann umgebracht hatte.

Ein Pass lag in der Akte, der den Namen der Toten auswies, obwohl sie auch durch ihre Fingerabdrücke identifiziert worden war. Es gab keinen Zweifel, genau wie er es bereits geahnt hatte. Die Ermordete war *die* Maria Wolff, die Mörderin. Sie hatte in der Pension also keinen falschen Namen angegeben, wie Lily vermutet hatte. Selbst wenn es seiner neuen Kollegin nicht schmeckte: Dieses Rotkäppchen war kein süßer kleiner Unschuldsengel aus der Märchenwelt, sondern hatte eine Strafe für Mord abgesessen.

Jede Wette, dass ihr Tod damit zusammenhing.

Nachdem er jeden Artikel über den Mordfall Wolff im Internet gelesen hatte und anschließend alles, was ihm von der Kripo in Aurich zu dem Thema geschickt worden war, griff Grimm zum Telefon und rief Neuberger an. Es hatte keinen Sinn, Lily auf die Ermittlungen im Rauschgiftfall zu beschränken, nachdem sie ein dermaßen starkes Interesse am Tod der Rotkäppchenfrau und sogar ihre Leiche gefunden hatte. Nicht, dass er eng mit Lily zusammenarbeiten wollte – je weiter sie physisch voneinander entfernt blieben, desto besser – aber ständig von ihr um Informationen angebettelt zu werden, die er ihr nicht geben durfte, war keine Option. Er konnte nur hoffen, dass Neuberger das genau so sah.

Fünf Minuten später legte er den Hörer auf, erleichtert, dass es so reibungslos geklappt hatte. Neuberger hatte sein Anliegen mit genervtem Seufzen durchgehen lassen, wahrscheinlich, weil er Lilys Sturheit kannte. Ihren Märchentick sicherlich auch.

Er druckte ihr die Infos zu den bisherigen Ermittlungen aus, steckte sie in einen braunen Umschlag und spazierte unter dem nächtlichen Sternenhimmel zu Lilys Ferienhaus.

Im Schlafzimmer brannte noch Licht, erkannte er, doch er erlaubte sich nicht, das weiterzuspinnen. Eine eiskalte Dusche würde jeden Gedanken an Lily in Verbindung mit den Worten „Bett" und „Schlafzimmer" im Keim ersticken, sagte er sich und schob den Umschlag durch den Briefschlitz. Ein letzter Blick in Richtung Schlafzimmerfenster, dann beeilte er sich, nach Hause zu kommen. Unter die Dusche, in sein Einzelbett und weg von diesem verdammt romantischen Sternenhimmel, den er gern mit Lily im Arm erlebt hätte.

Warum, zum Teufel, war er überhaupt auf die Schnapsidee gekommen, nach Aurich zu wechseln?

14

Lily saß in der Morgensonne auf der Terrasse und versuchte, ihr Brötchen zu essen, ohne dass Honig auf die Infos und Fotos kleckerte, die Nick ihr nachts durch den Briefschlitz geschoben hatte.

Sie stöhnte. Anscheinend hatte sie sich geirrt. Maria Wolff, die Rotkäppchenfrau, war tatsächlich vor 23 Jahres wegen Mordes an ihrem Ehemann zu einer lebenslänglichen Gefängnisstrafe verurteilt worden.

Wie konnte das sein? Nachdenklich kaute sie auf ihrem Brötchen. Wie hatte ihre Intuition sie so täuschen können? Andererseits hatte sie mit der Annahme, dass die Frau in Gefahr war, richtig gelegen.

Die rote Kapuzenjacke hat mich abgelenkt, sagte sie sich. Es muss diese Jacke gewesen sein.

Sie wandte sich wieder ihrer Lektüre zu. Anscheinend war Maria Wolff dafür bekannt, dass sie ausschließlich Rot trug. Der Mann, der damals den Mord auf den Klippen von Helgoland beobachtet hatte, hatte sie deshalb sofort erkannt, bereits von Weitem. Natürlich ohne zu ahnen, dass sie gleich ihren Mann über den Abgrund stoßen würde.

Mein Gott, so was ging blitzschnell. Selbst wenn dieser Zeuge eingeschritten wäre, hätte er den Mord nicht verhindern können. Bis der sich vom Boden aufgerappelt hätte, um zu dem streitenden Pärchen zu rennen, wäre Max Wolff bereits dem Tod entgegengefallen.

Ein weiterer Zeuge, ein Angestellter der Pension, die Maria und Max Wolff auf Helgoland führten, hatte sie heimkommen sehen, in den Bungalow gleich neben der Pension. Sie hatte die nasse Regenjacke an die Garderobe gehängt, die ebenfalls nassen, grasbedeckten Gummistiefel ordentlich daruntergestellt, und sich ins Bett gelegt. Dort hatte die Polizei, die von diesem Vogelbeobachter informiert worden war, sie dann gefunden. Maria Wolff lag träumerisch im Bett, als könne sie kein Wässerchen trüben, und weigerte sich zuzugeben, die Tat begangen zu haben. Dabei lag neben ihr auf dem Nachttisch sogar ein Krimi, in dem eine Ehefrau ihren Mann die Klippen hinunterstieß.

Die Zeugenaussagen sprachen gegen sie, auch die Abdrücke ihrer Stiefel am Tatort. Zudem sagte der Angestellte der Pension aus, dass die Ehe der beiden nicht zum Besten bestellt war, und dass sie ihrem Mann am Vorabend im Zorn ein „Ich bring dich um" an den Kopf geworfen hatte. Andere Hausgäste bezeugten das, nicht zuletzt dieser Vogelbeobachter. Er hatte ebenfalls gehört, dass die beiden am Rand der Klippe gestritten hatten. Das Wort „Scheidung" und ein weiteres „Ich bring dich um" war gefallen, direkt bevor Maria ihren Mann in den Tod schickte.

In der Untersuchungshaft stellte sich heraus, dass Maria Wolff schwanger war. Natürlich versuchte ihr Anwalt beim Prozess, die Schwangerschaft zu ihrer Verteidigung anzuführen. Die Hormonschwankungen hätten zu einer Kurzschlusshandlung geführt. Sie habe nicht gewusst, was sie tat. Doch damit, vermutete Lily, hatte er es nur noch schlimmer gemacht. Der Mann hatte selbst nicht an ihre Unschuld geglaubt, wenn er solche Argumente brachte. Wahrscheinlich glaubte er nicht mal an eine Kurzschlusshandlung. Und wie sollte er, nachdem sie in ihrer Schlafzimmerlektüre genau nachgelesen hatte, wie einfach es war, seinen Mann ein für allemal loszuwerden? Jeder im Gerichtssaal musste annehmen, dass das Ganze sorgfältig geplant war.

Zum Schluss hatte Maria Wolff ein „lebenslänglich" für Mord kassiert, obwohl sie sich laut eigener Aussage weder an die Tat erinnern konnte, noch sie zugeben wollte. Sieben

Monate später brachte sie im Gefängnis eine Tochter zur Welt, Laura, die nach knapp einem Jahr von ihrer Freundin Sandra Krabbe adoptiert wurde.

Nachdenklich schenkte Lily sich eine weitere Tasse Kaffee ein. Marias Baby musste jetzt Anfang zwanzig sein. Ob sie jetzt Laura Krabbe hieß, also den Nachnamen ihrer Adoptivmutter trug? Oder war sie mittlerweile verheiratet?

Ohne Zweifel würde Nick das herausfinden und ihr mitteilen. Sie war dankbar, dass er ihr die Infos gebracht hatte. Er wusste, wie sehr sie der Fall interessierte, obwohl sie selbst dazu verdonnert war, diesem Rauschgifthändler nachzuspüren, ohne den Namen von Clarissa Johnssons ehrenwertem Vater mit ins Spiel zu bringen.

Sie lächelte. Es sprach nichts dagegen, beide Fälle miteinander zu verbinden, solange sie undercover blieb und Nick nicht auf die Füße trat. Es war schließlich nur natürlich, dass sich die Feriengäste für den Mordfall interessierten, der die Insel in Angst und Schrecken versetzte. Außerdem hatte sie die Tote gefunden. Wer würde sich da nicht für den Stand der Ermittlungen interessieren? Schließlich fand eine harmlose Urlauberin nicht jeden Tag eine Leiche.

Die Kunden heute früh beim Bäcker hatten von nichts anderem geredet. Dass es sich bei der Toten um eine Verbrecherin handelte, hatten sie nicht gewusst. Scheinbar war der Name der Ermordeten noch nicht freigegeben worden, sonst hätte ein windiger Journalist längst in der Vergangenheit der Frau gewühlt.

Sie schluckte den letzten Brötchenbissen hinunter. Der Mord erleichterte ihr die Arbeit. Es war einfacher, ein unverfängliches Gespräch anzufangen und auf diese Art zu den nötigen Infos zu kommen. Außerdem würde der Rauschgiftdealer ziemlich nervös werden, mit all der zusätzlichen Polizei auf Juist.

Sie erhob sich und stellte ihr Geschirr in die Spüle. Nachdenklich ließ sie warmes Wasser ins Becken laufen. Was würde sie selbst an Stelle des Dealers tun, wenn sie mengenweise Rauschgift gelagert hatte?

Vehement säuberte sie ihren Teller im schaumigen Spülwasser.

Loswerden, entschied sie und griff zu dem schmutzigen Kaffeebecher. Ich würde versuchen, das Zeug schnellstmöglich loszuwerden und von der Insel zu schaffen.

Jede Wette, dass der Typ zum gleichen Entschluss kommen und in der allernächsten Zeit in Bewegung geraten würde. Was wiederum hieß, dass sie selbst in die Gänge kommen musste. Neuberger wollte Resultate sehen und sie hatte genug Zeit damit vertan, sich vom Rotkäppchenfall ablenken zu lassen – und von unzüchtigen Gedanken an Nick, die sie bis weit nach Mitternacht wach gehalten hatten. Super-unzüchtigen Gedanken ...

Lily ließ das Geschirr zum Abtropfen stehen und ergriff ihre Strandtasche sowie die Haustürschlüssel, die auf dem Tischchen im Flur lagen. Mit weit aufgerissenen Augen betrachtete sie ihr Abbild im Spiegel.

Was war erbärmlicher als eine dreißigjährige Kriminalhauptkommissarin, die sich wie ein Teenager in ihren Halbgott von Kollegen verknallte und über ihren romantischen Fantasien ihren Job vernachlässigte? Als ob ein Mann wie Nick Grimm sie auch nur angucken würde, wenn er quasi jede Frau haben konnte, die ihm über den Weg lief. Und überhaupt, worauf wartete sie noch?

Fluchtartig drehte sie sich zur Tür und trat hinaus in die Morgensonne. Wo immer sich dieser Dealer versteckt hielt, sie würde ihn finden, schwor sie sich. Lily machte sich nichts vor. Neuberger hatte Nick und sie nur deshalb gemeinsam hierher geschickt, weil er ihr den Job allein nicht zutraute. Ein Wunder, dass er keinen Ersatzmann schickte, jetzt, wo Nick den Mordfall bearbeiten musste. Sie straffte ihre Schultern. Das war ihre Chance, Neuberger zu beweisen, wie gut sie in ihrem Job war.

15

Grimm legte den Telefonhörer zurück auf den Tisch.

„Pech auf der ganzen Linie. Alle Kommissare, die damals den Fall Wolff bearbeitet haben, sind mittlerweile tot. Von denen kriege ich keinen mehr ans Telefon."

„Steht nicht sowieso alles in den Akten?", fragte Wilkens, ohne den Kopf von den Papieren zu heben, in die er gerade vertieft war. „Was bringt es, mit den damaligen Kommissaren zu sprechen?"

„Die Leute kennen Maria Wolff. Sie haben sie verhört, sie beobachtet, und waren mit ziemlicher Sicherheit auch beim Prozess. Sie hätten mir vermitteln können, wie die Frau tickte."

„Wie wär's mit dem Gefängnis? Die müssten Maria Wolff sogar noch besser kennen, nachdem sie so lange dort saß."

„Da rufe ich sofort an. Trotzdem, die damaligen Kommissare wären mir lieber gewesen. Sie haben Maria Wolff direkt nach der Tat gesehen und waren bei ihr zu Hause in der Pension, die sie mit ihrem Mann leitete."

„Stimmt, die hatten mehr ein Gespür für das Umfeld, in dem sie lebte."

Grimm nickte. „Sie haben Nachbarn, Gäste und Angestellte befragt ... haben gesehen, in welchem Zustand das Haus war. Sie kannten die psychische Verfassung der Frau, ihren Charakter. Im Gefängnis hingegen ..."

„Ich verstehe", sagte Wilkens. „Hinter Gittern sieht man nur die Person, die die Strafe absitzen muss, sonst nichts. Das übliche Umfeld bleibt draußen. Es gibt neue Einflüsse und Stresssituationen durch die Mitinsassen, aber nichts, was dem alten Leben außerhalb der Gefängnismauern entspricht." Er seufzte. „Meine Frau hat übrigens gestern bei der Buchvorstellung keine Frau ganz in Rot bemerkt. So wie's scheint, hat sie ihre Energie daran verwendet, sich an diese Fernsehköchin anzupirschen."

„Stimmt, Ihre Frau kocht ja so gerne. Na ja, kein Wunder, als Tochter eines Restaurantbesitzers."

„Diese Betty Behrensen sei aber nicht so charmant wie im Fernsehen. Sie hätte ständig über ihre Schulter gesehen, als sie mit ihr sprach, sagt meine Frau. Auch kein Augenkontakt. So was findet meine Liebste total irritierend."

„Vielleicht ist sie kontaktscheu. Wenn sie sonst immer nur in eine Kamera gucken muss ..."

Wilkens zuckte die Schultern. „Ja, so wird's wohl sein. Auf jeden Fall war meine Frau enttäuscht. Das Backbuch hat sie aber trotzdem gekauft. Heute will sie gleich was backen. Ich bin echt kein Muffin-Fan, aber ich wollte sie nicht enttäuschen."

„Im Ernst?" Grimm lachte. „Wenn Sie jetzt drei Stück davon essen, bäckt Ihre Frau bis zur Goldenen Hochzeit nur noch Muffins, weil Sie die doch so köstlich finden."

„Oh je", murmelte Wilkens. „Vielleicht sollte ich ihr doch reinen Wein einschenken."

Während Wilkens seinen Worten die Tat folgen ließ und im Nebenzimmer umgehend seine Frau anrief, um zu gestehen, dass ein einziges, winziges Muffin für seinen Geschmack völlig ausreichend sei, zückte Grimm das Telefon, um das Frauengefängnis in Lübeck anzurufen. Vorab hatte er mit Dr. Schmidt-Rilke, dem Direktor, einen Gesprächstermin vereinbart, um den Mann auf das Thema vorzubereiten und sicherzustellen, dass er die nötige Zeit für das Gespräch hatte.

„Es war ein ziemlicher Schock, von Frau Wolffs Tod zu hören", drang Schmidt-Rilkes sonore Stimme durch den Hörer. Seine Worte klangen so melodisch, als sänge er im Kirchenchor. „Sie wissen, dass sie erst vorgestern Mittag entlassen wurde?"

Grimm holte scharf Luft. „Vorgestern? Mein Gott. Dann hat sie nach der Entlassung nur noch knappe 24 Stunden gelebt ..."

Da die Fähre nach Juist bereits am nächsten Morgen um neun Uhr in Norddeich abgelegt hatte, hatte Maria Wolff nicht viel Zeit gehabt, um ihr neues Leben in Freiheit zu genießen.

„Wissen Sie, ob sie aus dem Gefängnis abgeholt wurde?"

„Soweit ich weiß, nicht", antwortete Schmidt-Rilke. „Noch letzte Woche hat sie erzählt, dass sie den Zug nach Hamburg nehmen und von dort aus nach Helgoland reisen wollte."

„Helgoland?" Grimm zog die Brauen zusammen. „Aber warum ist sie dann nach Juist gefahren?"

„Keine Ahnung. Sie stammte aus Helgoland. Ich nehme an, die Änderung ihrer Pläne hat mit dem Brief zu tun, den sie am Tag ihrer Entlassung bekam. Ein Brief ihrer Tochter, wie es scheint – nur, dass ihre Tochter seit zwölf Jahren tot ist."

Grimm setzte sich aufrecht. „Können Sie das bitte erklären?"

„Kein Problem", antwortete Schmidt-Rilke. „Frau Wolff hat an ihrem letzten Tag bei uns einen Brief erhalten. Wir haben ihn nicht mehr gelesen, weil sie zwei Stunden später entlassen wurde, sonst wüsste ich, was drin stand. Aber ihrer Freundin hier im Gefängnis hat sie erzählt, dass ihre Tochter ihr geschrieben habe."

„Gerade sagten Sie doch aber, dass die Tochter nicht mehr lebt."

Ein tiefer Seufzer drang durch den Hörer. „Die kleine Laura Krabbe starb im Alter von zehn Jahren im Haus ihrer Pflegeeltern. Sie war jahrelang von den Leuten misshandelt worden, wie auch die anderen Kinder, die mit im Haus lebten."

„Pflegeeltern?" Grimm zog die Brauen zusammen. Die Sache wurde immer vertrackter. „Maria Wolffs Tochter wurde doch von ihrer Freundin adoptiert."

„Das schon, aber die gab das Kind recht schnell an ihren Bruder und dessen Frau. *Zur Pflege*, aber Sie sehen ja, was die beiden unter Pflege verstanden."

„Maria Wolff wusste, was mit ihrer Tochter passiert ist, nehme ich an."

„Ja, sie hat mitgekriegt, wie sie umkam. Leider. Der Fall wurde lang und breit in den Zeitungen gebracht, unter anderem erschienen natürlich auch Fotos des Mädchens. So fand Maria Wolff es heraus."

„Sie wusste, wie ihre Tochter aussah?"

„Diese Freundin, die das Kind adoptiert hatte, hat ihr regelmäßig Fotos gebracht. Ohne zu erwähnen, dass das Kind längst nicht mehr bei ihr lebte, sondern bei ihrem Bruder."

„Maria Wolff dachte also, Laura sei nach wie vor bei ihrer Freundin?"

„Natürlich. Sie hatte keinen Grund, ihr zu misstrauen, und wie gesagt: Diese Sandra Krabbe brachte ihr Fotos mit und log das Blaue vom Himmel herunter, was die Kleine anging. Später stellte sich heraus, dass sie das Kind nicht einmal besucht hatte, von ein, zwei Ausnahmen abgesehen. Keine Ahnung, ob sie wusste, dass die Kinder dort misshandelt wurden."

„Wurde Sandra Krabbe zur Rechenschaft gezogen?"

„Nein", sagte Schmidt-Rilke. „Sie war nicht mehr aufzutreiben. Scheinbar war sie mit einem Lover ins Ausland gezogen, wenn man den Gerüchten glauben darf. Jedenfalls blieben ihre Besuche im Gefängnis aus. Laura muss damals etwa acht gewesen sein, und seitdem hat niemand mehr von Sandra Krabbe gehört."

„Mit dem Tod des Kindes hat sie also nichts zu tun?"

„Nein, Sandra Krabbe war damals schon mindestens zwei Jahre weg. Das Kind hat sie einfach bei ihrem Bruder in Pinneberg gelassen. Ruth und Lars Krabbe wurden wegen schwerer Kindesmisshandlung verurteilt, im Fall der kleinen Laura für Kindesmisshandlung mit Todesfolge. Ruth Krabbe sitzt übrigens hier bei uns ein, in Lübeck. Sie hat noch zwei Jahre vor sich."

„Welcher Art waren die Misshandlungen?"

„Nichts Sexuelles, wenn Sie das meinen. Aber Vernachlässigung, verbale Misshandlung sowie schwere Schläge und sonstige Grausamkeiten. Zwei der Kinder hatten Brandnarben, wo Krabbe seine Zigarette auf ihrer Haut ausgedrückt hat."

Grimm fuhr sich mit der Hand über die Augen. Ein echtes Schwein, der Mann.

„Wo sind die Kinder jetzt, und wie viele waren es?"

„Vier. Zwei Jungs und zwei Mädchen", erklärte Schmidt-Rilke. „Die Krabbe-Tochter war genauso alt wie die kleine Laura. Da es keine weitere Familie gab und Sandra Krabbe nicht aufzutreiben war, kamen die Kinder in die Obhut des Staates und wurden von Pflegeeltern aufgezogen. Sie erhielten zu ihrem Schutz übrigens neue Nachnamen, nachdem der Fall dermaßen durch die Presse ging."

„Den Namen Krabbe vergisst man nicht so schnell."

„So ist es. Mehr weiß ich leider auch nicht. Ich hoffe, ich konnte Ihnen ein wenig helfen, obwohl ich wirklich nicht weiß, wer diese ominöse Tochter sein soll, die den Brief an Frau Wolff geschrieben hat."

Grimm wusste es auch nicht. Mit dieser Komplikation hatte er in seinen kühnsten Träumen nicht gerechnet. Nur eines war schon einmal klar wie Kloßbrühe: Die tote Laura Krabbe konnte den Brief nicht geschrieben haben.

Nachdem er sein Telefonat mit Schmidt-Rilke beendet hatte, prüfte Grimm noch einmal den Bericht der Spurensicherung. Dann griff er zum Telefon und rief dort an.

„Moin. Sag mal, da war ein Briefumschlag unter den Sachen von Maria Wolff, steht in eurem Bericht. Habt ihr zufällig den dazugehörigen Brief gefunden?"

„Nein, da war nur dieser Umschlag. Mit Poststempel Juist, übrigens. Der Brief war nicht dabei."

Mit unterdrücktem Fluch legte Grimm auf. Heute lief nichts so, wie es laufen sollte. Eine Wand nach der anderen baute sich vor ihm auf, ohne dass er wusste, wie er sie überwinden sollte.

Lily. Lily mit ihren verdammten Intuitionen und ihrer Möchtegern-Märchenpsychologie würde ihm vielleicht auf die Sprünge helfen können. Bestimmt gab es irgendwo ein Märchen, in dem tote Kinder Briefe nach Hause schickten. Oder ihre Intuition würde ihr eingeben, wo Maria Wolff den Brief gelassen hatte.

Du wolltest Abstand halten, warnte ihn seine innere Stimme, aber Grimm stellte sich taub. Nachdem Neuberger extra erlaubt hatte, dass er Lily über den Fall informieren durfte, sprach nichts dagegen, sie ab und zu um Rat zu fragen. Von seinen Lily-Träumereien mal abgesehen. Aber die, so sagte er sich, musste er eben so lange ignorieren.

16

Da es gerade Mittagszeit war, beschloss Grimm, das schöne Wetter auszunutzen und kurz im Meer zu schwimmen, bevor er sich wieder an die Arbeit machte.

Als er zum Strandkorb zurückkehrte, erwartete ihn dort bereits Lily in ihrem grün-weiß gestreiften Strandkorb, den sie direkt neben seinen gelb-weißen geschoben hatte. Nah genug, um sich unterhalten zu können, ohne überhört zu werden, und – leider – viel zu nah, um nicht mit voller Wucht mit ihren Reizen konfrontiert zu werden. Tropfnass kam er vor ihr zum Stehen und schwor sich, ausschließlich in ihre Augen zu blicken, oder auf die Sommersprossen auf ihrer Nase, und keinesfalls auf ihren schlanken Körper mit den aufreizenden Formen in diesem Nichts von Bikini.

Dachte sie, er war ein Mönch?

„Mein Gott, Lily“, stöhnte er. „Wie soll ich mich auf die Arbeit konzentrieren, wenn du halbnackt vor mir sitzt? In diesem grünen Fummel siehst du aus wie eine sexy Meerjungfrau auf Männerfang.“

Sie kicherte. „Genau das ist der Plan. Ich habe eine Clique junger Männer im Auge, die garantiert zur Aufmunterung Drogen nehmen. An die will ich mich ranmachen. Wenn ich mich geschickt anstelle, weihen sie mich ein, wo sie den Stoff hier auf Juist herkriegen.“

Grimm verzog den Mund. „Sie nehmen *garantiert Drogen*? Wieder eine deiner Ahnungen, wette ich.“

Wieder lachte sie, wobei ihre blauen Augen vergnügt mitlachten. „Die Wette hättest du verloren. Ich sah die Typen vorhin zufällig, wie sie in den Dünen koksten. Durch die Nase. Na ja, da dachte ich ...“

„... du machst dich hübsch und pirschst dich an.“ Ein heftiges Gefühl der Eifersucht überkam ihn. Die Vorstellung, dass sie mit den Typen aus dieser Clique flirtete, ging ihm entschieden gegen den Strich. Mehr als er gedacht hätte, wenn er ehrlich war.

„Warum guckst du so böse?“ Mit schlanken Fingern griff sie zu ihrer Strandtasche, die sie achtlos neben den Strandkorb in den Sand geworfen hatte. „Ist dir eine Laus über die Leber gelaufen?“

Immer noch irritiert über seine Emotionen wandte er sich ab, um sich abzutrocknen. Als er wieder aufsah, hielt sie ihm ein Krabbenbrötchen hin.

„Du hast bestimmt Hunger.“

Er nickte. „Wie ein Wolf."

Wolf. Du lieber Gott, das war ihm nur so rausgerutscht. Hoffentlich fing sie jetzt nicht wieder mit ihren Märchen an.

Aber Lily biss nur genüsslich in ihr eigenes Brötchen, trank dazu stilles Wasser und wirkte so zufrieden mit der Welt wie jede x-beliebige Juist-Urlauberin. Die ideale Undercover-Ermittlerin.

Schweigend aßen sie, jeder in seine Gedanken vertieft, wobei seine vorwiegend bei halbnackten Meerjungfrauen weilten. Bei *verbotenen* halbnackten Meerjungfrauen.

„Gibt's was Neues?", unterbrach sie die Stille.

Grimm seufzte. So viel Neues, dass er kaum wusste, wo er ansetzen sollte.

„Maria Wolffs Tochter ist seit zwölf Jahren tot", sagte er schließlich. „Wer immer diesen Brief geschrieben hat, muss vorgetäuscht haben, ihre Tochter zu sein."

So knapp es ging, machte er Lily mit den Umständen vertraut, unter denen das Kind gelebt und gestorben war. Fassungslos sah sie ihn an, während er die grausamen Details berichtete, die Hand erschrocken zum Mund erhoben.

„Mein Gott, die armen Kinder", brachte sie schließlich heraus, nachdem er geendet hatte. „Im Grunde hat ihnen Lauras Tod die Freiheit beschert, sonst wäre doch nie jemand auf die Zustände dort im Haus aufmerksam geworden. Wer weiß, was sie noch alles hätten mitmachen müssen, wenn das nicht passiert wäre."

„Zwei Mädchen und zwei Jungs. Die drei Überlebenden tragen zu ihrem Schutz neue Nachnamen", sagte Grimm. „Dazu haben wir keinen Zugriff."

„Du meinst, dass eins der Kinder den Brief an Maria Wolff geschrieben hat?" Nachdenklich fuhr sich Lily durchs Haar. „Aber warum sollte es sich als Marias Tochter ausgeben? Und wie? Maria wusste doch, dass ihr Kind tot ist."

„Keine Ahnung, wie. Alles Mögliche kann in diesem Brief gestanden haben, um sie herzulocken. Dass Lauras Tod eine Zeitungsente war. Dass sie heimlich gerettet wurde und für tot deklariert, um sie vor den Krabbes zu schützen.“ Er verzog den Mund. „Maria Wolff war eine einsame Frau ohne Privatleben, ohne Familie. Die einzige Blutsverwandte, die sie hatte, war ihre Tochter – und die wurde ihr brutal genommen. Du kannst dir doch vorstellen, dass sie jedes noch so unglaubliche Märchen geschluckt hätte, wenn am Ende die Hoffnung bestand, ihre Tochter heil und lebendig wiederzukriegen.“

An dem Schmerz in Lilys Augen konnte er erkennen, wie gut sie sich das vorstellen konnte. Maria Wolff war ein leichtgläubiges Opfer gewesen. Eine, die sich spielend einfach in die Falle locken ließ.

„Einen Brief kann jeder schreiben“, sagte Lily. „Mann wie auch Frau. Wie sollen wir herausfinden, wer dahintersteckt?“

Grimm zuckte die Schultern. „Wenn wir bloß den Brief hätten. Dann könnten wir wenigstens ...“

„Der Brief ist weg?“, fragte Lily mit weit aufgerissenen Augen. „Sie hatte ihn nicht bei sich?“

Er schüttelte den Kopf. „Weder bei sich noch in ihrem Zimmer. Der Umschlag lag im Koffer, aber den Rest muss sie weggeworfen haben.“

„Weggeworfen? Niemals.“ Lily sprang auf und marschierte im Sand auf und ab. „Der Brief war ihr größter Schatz, die einzige Verbindung zu ihrer Tochter. Niemals hätte sie ihn in den Müll geworfen.“

„... sagt dir wieder deine Intuition?“

Sie zeigte ihm einen Vogel. „Dafür braucht man nichts als gesunden Menschenverstand, der dir offensichtlich fehlt. Du kannst nicht im Ernst annehmen, dass sie Lauras Brief wegwerfen würde.“ Grübelnd setzte sie sich zurück in den Strandkorb und grub die Füße in den warmen Sand. „Nur, wenn sie den Brief nicht mehr hat und sie ihn auch nicht weggeworfen hat, wo ist er dann?“

„Ich könnte herausfinden, wo sie die Zeit zwischen der Entlassung aus dem Gefängnis und der Überfahrt nach Juist verbracht hat“, schlug Grimm vor. „Vielleicht hat sie den Brief dort irgendwo sicher zurückgelassen.“

Sie nickte und sah überhaupt nicht überzeugt aus, wie sie so vor ihm saß und auf den weißen Juister Sand starrte, in den ihre Zehen sich gebohrt hatten. „Schaden kann es nicht, das herauszufinden, aber ich kann mir nicht vorstellen ..." Abrupt hob sie die Augen. „Die Tochter. Natürlich!"

Grimm sah sie verständnislos an.

„Die Tochter muss den Brief haben", sagte Lily. „Maria Wolff muss ihr den Brief gegeben haben, als sie sich trafen."

„Laura Krabbe ist tot."

„Ja, aber wir wissen jetzt, dass Maria Wolff dachte, sie sei noch am Leben. Das heißt also, jemand muss die Rolle der Tochter gespielt haben. Eine Frau. Somit scheiden die beiden Jungs schon einmal aus, obwohl sie natürlich bei der Sache mitgemacht haben könnten."

„Wenn der Brief überhaupt etwas mit den Krabbe-Kindern zu tun hat. Buchstäblich jede junge Frau könnte Maria Wolff vorgemacht haben, ihre Tochter zu sein."

„Und wozu, bitte schön?", fragte Lily. „Was bringt es, ihr so etwas vorzumachen? War Maria Wolff vielleicht wohlhabend? Wollte die falsche Tochter Geld aus ihr herauslocken?"

Grimm schüttelte den Kopf. „Fehlanzeige. Die Pension wurde damals verkauft, aber da das Haus mit einem fetten Kredit belastet war, blieb vom Verkaufserlös nichts übrig. Kein Geld, das nach der Entlassung auf sie wartete. Maria Wolff war sozusagen mittellos."

„Irgendwelche Verwandten des Ehemanns, die seinen Tod rächen wollten?"

„Da gibt es niemanden. Jedenfalls steht nichts in den Akten, aber ich werde das nochmal überprüfen."

„So kommen wir nicht weiter." Nachdenklich trank Lily einen Schluck aus der Wasserflasche. „Gehen wir doch einfach mal davon aus, es gäbe diese Tochter wirklich – zumindest eine junge Frau im entsprechenden Alter, also so um Anfang zwanzig herum. Wer könnte das sein?"

„Guter Gott, Lily." Grimm machte eine fahrige Handbewegung über das Treiben am Strand. „Sieh dich doch um. Da käme jede dritte Urlauberin in Frage. Hier gibt's junge Leute wie Sand am Meer."

Sie seufzte. „Ich will nicht wahllos den Strand absuchen, sondern herausfinden, wo Maria Wolff war, nachdem sie die Pension verlassen hat."

Grimm nickte. „Spielen wir das doch mal durch. Sie bringt ihren Koffer in die Pension, nimmt den Brief aus dem Umschlag und geht zurück in den Ort. Am Kurplatz kauft sie bei *Schnick & Schnack* den Teddy als Mitbringsel. Das war so gegen halb zwölf, und zwar bevor sie die Tochter besuchte."

„Um kurz vor zwölf sah ich sie dann aus Udas Teestube kommen und in Richtung Goldfischteiche gehen. Sie wirkte beschwingt, richtig fröhlich. Ich nehme an, sie freute sich, ihre Tochter gleich zu treffen."

„Du meinst, sie waren bei den Teichen verabredet?", fragte Grimm. „Sie könnte die Tochter auch bei der Buchvorstellung getroffen haben."

„Und gleich wieder gegangen sein, um allein einen Spaziergang zu machen?" Lily schüttelte den Kopf. „Das glaubst du doch selbst nicht. Mutter und Tochter hätten stundenlang geredet, stelle ich mir vor. Diese ‚Tochter' hätte Maria Wolff doch nicht sofort wieder gehen lassen, nachdem sie sie erst mühsam auf die Insel gelockt hat."

Grimm nickte. „Das leuchtet mir ein. Maria Wolff war also wahrscheinlich mit ihrer Tochter bei den Teichen verabredet und überbrückte die Zeit bis dahin in Udas Teestube. Dann geht sie zum verabredeten Treffpunkt und wird erdrosselt. Nach dem Mord nimmt die Tochter den Brief an sich und verschwindet."

„Falls überhaupt die Tochter die Täterin war."

„Klar. Ich denke ja nur laut." Grimm griff zu seinem Hemd. „Ich muss wieder zurück, Lily. Bitte lass mich wissen, wer zu dieser Clique gehört, bevor du dich an sie ranmachst. Ich möchte nicht, dass dir was passiert und ich nicht mal weiß, mit wem du dich rumgetrieben hast."

Lily schenkte ihm ein aufreizendes Lächeln. „Schön, dich so besorgt zu sehen. Ich habe den schwarzen Gürtel in Karate, falls es dich interessiert, und keine Absicht, mich mit diesen Typen *rumzutreiben*. Ein kleiner Plausch in den Dünen war alles, was ich in der Hinsicht geplant hatte."

„In diesem Fall solltest du dir vielleicht besser einen Einteiler anziehen", sagte Grimm. „In diesem Nixenkostüm würde ich mich nicht in die Höhle des Löwen wagen."

„Dann ist es ja gut, dass du hinter deinen Schreibtisch zurückgehst", säuselte Lily und betrachtete interessiert ihre rotlackierten Fußnägel, während er sich ankleidete. „Man könnte fast meinen, du seist eifersüchtig."

Eifersüchtig. Empört stapfte Grimm zurück zur Strandstraße, wo er sich den Sand von den Füßen klopfte und Strümpfe und Schuhe anzog. Sie hatten sich nicht mal geküsst, wie konnte er da eifersüchtig sein? Sie brauchte sich nicht einzubilden, dass sie ihm irgendetwas bedeutete. Außerdem waren sie Kollegen und sie wusste genau, wie er dazu stand.

Und dennoch ...

Er seufzte. Es war an der Zeit, sich einzugestehen, dass alles möglich war, wenn es um Lily ging. Alles.

17

„Natürlich erinnere ich mich an den Fall", erklärte Stefan Schneider, der Vogelfreund, der damals auf Helgoland den Mord an Max Wolff beobachtet hatte. Sein beleidigter Tonfall ließ mitklingen, dass Grimm ihn mit der Frage gekränkt hatte. „Als sei es gestern passiert."

Grimm setzte sein freundlichstes Lächeln auf. Wer beim Telefonieren lächelte, kam garantiert zum Ziel, ein alter Trick beim Telefon-Marketing. „Wären Sie bitte so nett, mir die Gegebenheiten noch einmal zu schildern?"

Es funktionierte, allerdings hätte er sich das Lächeln sparen können. Schneider schien geradezu darauf gewartet zu haben, das Ganze nochmal erzählen zu dürfen. Wahrscheinlich hatte ihm sein Erlebnis von damals zu Ruhm und Ehre im Bekanntenkreis verholfen. Einen Mord beobachtete man schließlich nicht jeden Tag. Jede Wette, dass er die Geschichte bei jeder sich bietenden Gelegenheit vom Stapel ließ.

„Also, es war so ...", setzte er an. „Ich lag oben am Rand der Klippen mit meinem Feldstecher im Gras, hinter der

Absperrung, und wollte Vögel beobachten. Papageientaucher, aber es tauchten keine auf. Stattdessen kamen Max und Maria Wolff den Klippenweg entlang, direkt auf mich zu."

„Sie kannten die beiden?"

„Natürlich", drang Schneiders Stimme durch den Hörer, wieder mit diesem leicht beleidigten Unterton. „Meine Frau und ich wohnten doch bei ihnen in der Pension."

„Sie haben die beiden also schon von Weitem erkannt?"

„Na ja", sagte Schneider. „Auf den ersten Blick, ohne Fernglas, zunächst mal nur Maria Wolff. Sie trug gerne Rot, wissen Sie, und auch an dem Tag. Rote Stiefel und eine lange rote Jacke. Sie hatte die Kapuze gegen den Regen über den Kopf gezogen. Wie Rotkäppchen."

Rotkäppchen.

Grimm schluckte. Er konnte kaum glauben, dass Schneider das gerade gesagt hatte.

„Es regnete zur Tatzeit?"

„Eher Niesel, mit kurzen Unterbrechungen. Schon den ganzen Vormittag lang, aber mit meinem Fernglas hatte ich damit kein Problem."

„Sie haben die beiden mit dem Feldstecher beobachtet?"

„Was heißt beobachtet? Ich bin kein Voyeur, aber die zwei stritten laut und deshalb ..."

„Schon gut", beruhigte ihn Grimm. „Sie sahen also Max und Maria Wolff vor sich am Rand der Klippe stehen und streiten."

„Ja, noch heute sehe ich die Szene deutlich vor mir. Maria hatte ihre Kapuze über den Kopf gezogen und blickte in Richtung Meer, Max war mir zugewandt. Was sie sagten, konnte ich nicht verstehen. Lediglich ein paar Gesprächsfetzen, die zu mir herüberwehten. Maria Wolff sprach von Scheidung, und dass sie ihn umbringen wollte."

„Das waren ihre Worte? ‚Ich bringe dich um'?"

„Ja."

„Und er?"

„Ich weiß nicht. Mehr habe ich nicht verstanden, und dann schossen plötzlich ihre Arme nach vorn und sie stieß ihn runter. Der Ausdruck in seinem Gesicht war so ... so überrascht. Damit hätte er nie gerechnet. Ich habe nie wieder jemanden so grenzenlos erstaunt gesehen wie damals Max Wolff." Einen Moment lang blieb die Leitung still. „Manchmal träume ich davon."

Nachdenklich flippte Grimm seinen Kugelschreiber durch die Finger. „Um wie viel Uhr passierte die Tat?"

„Zwölf Uhr dreißig", antwortete Schneider. „Ich habe auf die Uhr gesehen. Die beiden gingen aber sowieso immer um diese Uhrzeit mit dem Hund am Klippenweg spazieren. Immer nach dem Mittagessen."

„Und trotzdem waren sie kein glückliches Ehepaar, wie es scheint."

„Auf den ersten Blick schienen sie ein nettes Pärchen zu sein, aber als Hausgast merkte man schnell, wie häufig sie stritten. Sie hatte den Verdacht, dass er ein Verhältnis hatte. Was er weit von sich wies, aber sie glaubte kein Wort und fing immer wieder damit an."

„Wurde sie handgreiflich?"

„Nein, alles nur verbal. Meine Frau und ich hörten mehrfach, wie Maria Wolff ihrem Mann drohte, ihn umzubringen, falls er sie betrog. Aber wir nahmen das natürlich nicht ernst. Meine Frau ahnte gleich, dass sie schwanger sein könnte. ‚Alles nur Hormone', sagte sie zu mir. ‚Bestimmt ist sie in anderen Umständen, blass wie sie ist.'" Schneider seufzte. „Damit hatte sie dann ja auch recht."

„Ihre Frau war damals nicht mit beim Vogelbeobachten?"

Schneider lachte spöttisch. „Meine Frau hatte für so was nichts übrig. Sie blieb lieber in der Pension und las. Die Wolffs kannten sich damit übrigens auch nicht aus, aber diese reizende Verkäuferin aus dem Laden gegenüber. Sandra Krabbe. Von ihr wusste ich, von welcher Stelle man auf Helgoland Papageientaucher beobachten kann."

„Sie meinen die Freundin von Maria Wolff?"

„Davon weiß ich nichts, ich habe nur meine Zeitung bei ihr gekauft. ‚Sandras Lädchen' hieß das Geschäft."

Grimm machte sich eine entsprechende Notiz. Die Info, dass Maria Wolff und Sandra Krabbe Nachbarinnen waren, stand nicht in seinen Unterlagen. Kein Wunder, dass die zwei sich nahegestanden hatten, wenn sie für einen kleinen Schwatz nur ein paar Schritte gehen mussten.

„Mehr kann ich Ihnen leider nicht helfen", beendete Schneider das Gespräch. „Aber wenn mir noch etwas einfällt, melde ich mich gerne wieder."

Grimm gab ihm für alle Fälle seine Handynummer und bedankte sich. Dann ging er zur Kaffeemaschine hinüber, um sich einen doppelten Espresso zu ziehen.

Eigentlich merkwürdig, dass Max Wolff dermaßen erstaunt gewesen sein sollte, als seine Frau ihn nach unten schubste. Schließlich hatte sie es ihm mehrfach angedroht, das zu tun, falls er sie betrog. Was bedeutete, dass Maria herausgefunden haben musste, dass ihr Mann tatsächlich eine Geliebte hatte.

Nachdenklich betrachtete Grimm die schwarze brodelnde Flüssigkeit, die die Maschine in den Becher spuckte. Heiß wie die Sünde. Warum hatte damals eigentlich niemand nachgehakt, wer Max Wolffs Geliebte gewesen war?

Frustriert setzte er sich wieder hinter seinen Schreibtisch, den Kaffeebecher vor sich, und griff zu der Akte über den Mordfall von damals. Wie hieß dieser Assistent aus der Wolff'schen Pension noch gleich? Uwe Schmitt, das war's. Grimm ließ die Akte sinken. Ob der Mann nach wie vor auf Helgoland lebte?

Er bat einen der Kollegen aus Aurich, die mittlerweile auf Juist eingetroffen waren, die jetzigen Kontaktdaten dieses Uwe Schmitt ausfindig zu machen. Damals hatte der Mann nicht gerade viel Nettes über seine Arbeitgeber gesagt, wobei seine Beschwerden sich hauptsächlich darum drehten, dass er für wenig Geld viel arbeiten musste und sich ausgenutzt fühlte. Als Maria Wolff damals nach dem Mord nach Hause zurückkam, hatte er gerade eine Zigarettenpause gemacht. Wahrscheinlich unerlaubt, so kurz nach der Mittagspause, aber die Wolffs waren ja spazieren – und so hatte er dann mitgekriegt, wie sie in ihren patschnassen Gummistiefeln und der roten Kapuzenjacke heimgekehrt war. Wenige Minuten später hatte dann die Polizei vor der Tür gestanden ...

Sobald er wusste, wie er diesen Uwe Schmitt kontaktieren konnte, würde er das tun. Nicht, dass allzu viel dabei herauskommen würde, aber sein Gespräch mit Schneider hatte ihm immerhin die Info gebracht, dass Sandra Krabbe gleich bei der Wolff'schen Pension einen Laden gehabt hatte.

Eigentlich verständlich, dass sie ihre Adoptivtochter zu ihrem Bruder und dessen Frau nach Pinneberg gebracht hatte. Wie hätte sie sich als alleinerziehende Mutter um das Kind kümmern sollen, wenn sie den ganzen Tag im Laden stehen musste? Sie hatte bestimmt nicht geahnt, dass die Kleine dort misshandelt wurde. Aber warum hatte sie sie nicht mitgenommen, als sie den Laden aufgab? Hatte sie das Kind nicht aus dem scheinbar glücklichen Familienumfeld reißen wollen, als sie mit ihrem Geliebten ins Ausland zog?

Grimm trank einen Schluck und verbrannte sich prompt die Zunge. Wie blöd konnte man eigentlich sein? Er fluchte noch immer, als sein Handy klingelte.

„Es gibt eine weitere Leiche." Wilkens gab ihm eine Adresse durch. „Ich bin bereits vor Ort. Die Tote ist Carolin Rabe, sie war Kassiererin im Frischemarkt."

18

Grimm stand auf der Terrasse hinter dem Häuschen, das Carolin Rabe mit ihrem Freund bewohnt hatte, und sah auf die Tote hinab. Sie lag auf dem Rücken, das braungelockte Haar fächerförmig über die Steinplatten gebreitet, um den Hals ein buntes Seidentuch. Die Tatwaffe. Genau wie Maria Wolff war sie erdrosselt worden.

„Sie war noch so jung", murmelte Wilkens, der soeben aus dem Inneren des Hauses kam und neben ihn trat, und wandte den Blick von ihrem ehemals hübschen Gesicht ab. „Erst Anfang zwanzig."

„Wer hat sie gefunden?", fragte Grimm, den Blick auf die neonpink geschminkten Lippen der Toten gerichtet.

„Didi Reimer hat sie entdeckt, ihr Freund. Das ist der Typ, der gestern bei uns in der Dienststelle war. Der, der in der Nähe joggte, als Maria Wolff umgebracht wurde."

Grimm sah ihn erstaunt an. „Gestern war er in der Nähe des Tatorts und heute schon wieder?"

„Merkwürdig, ich weiß. Noch dazu hat Reimer etwas gegen die Polizei. Eher beißt der sich die Zunge ab, als dass er uns hilft. Aber das bedeutet noch lange nicht ..."

„Natürlich nicht", unterbrach ihn Grimm. „Trotzdem werde ich mir den Mann gründlich vornehmen. Wenn er ein Alibi hat, braucht er sich keine Sorgen zu machen."

Das *„Aber wenn nicht ..."* schwebte deutlich in der Luft. Grimm glaubte nicht an verdächtige Zufälle, und dass Didi Reimer beide Male in der Nähe war, als die Frauen ermordet wurden, stank nach oberverdächtigem Zufall wie ein vergammelter Fisch.

„Wo ist er jetzt?", fragte er.

„Im *Alten Kapitän*, um sich zu besaufen. Nach seinem Notruf hat er gerade noch meine Ankunft abgewartet, dann ist er aus dem Haus gestürmt. Anzunehmen, dass er mittlerweile total besoffen ist."

„Wo ist die Kneipe?"

„Gleich um die Ecke." Wilkens erklärte ihm den Weg. „Sie können es gar nicht verfehlen. Eine echte Bruchbude, übrigens."

Der *Alte Kapitän* war eine Räuberhöhle erster Güte. Miefig, heruntergekommen und wegen der geschlossenen Holzläden vor den Fenstern viel zu düster für die Tageszeit. Wahrscheinlich ein Trick, damit die Gäste den Dreck nicht sehen konnten. Der präparierte Haifisch, der von der Decke schwebte, hätte auch in einem Horrorfilm gut ausgesehen. Irgendwas mit Piraten-Zombies. Der zahnlose Alte mit der Kapitänsmütze, der hinter dem Tresen lungerte, passte ins gleiche Raster.

Grimm schüttelte sich. Kein Wunder, dass außer ihm nur ein einziger Gast im Raum war.

„Sind Sie Didi Reimer?", fragte er den jungen Mann, der mit trüben Augen vor einer Flasche Korn saß und vor sich hinstierte. „Der Freund von Carolin Rabe?"

Keine Antwort.

Grimm zog sich einen Holzstuhl heran und setzte sich daneben. Er legte seinen Dienstausweis auf den Tisch. „Ich würde Ihnen gerne ein paar Fragen stellen."

„Lassen Sie mich in Ruhe", sagte Reimer. „Caro ist tot, ich habe sie gefunden. Glauben Sie, ich hätte Lust, darüber zu reden?"

„Es tut mir leid", sagte Grimm. „Ihr Verlust tut mir wirklich leid, aber wir müssen ihren Mörder schnappen, bevor es noch weitere Mordfälle gibt. Das verstehen Sie doch, oder?"

Reimer starrte weiter vor sich hin, würdigte ihn keines Blickes. „Sie war schwanger", sagte er schließlich. „Wir wollten heiraten. Und jetzt ist sie tot ..."

Grimm schwieg betroffen. Mit Carolin Rabe war also auch ihr ungeborenes Kind gestorben, obwohl die Schwangerschaft noch nicht sichtbar gewesen war.

„Herr Reimer, ..."

„Caro und ich waren glücklich. Wenn ich den Kerl erwische, der das getan hat ... Ich bringe das Schwein um, das schwöre ich Ihnen." Reimer kippte den Korn, füllte das Glas sofort wieder auf und trank erneut auf ex. „Verschwinden Sie. Es gibt nichts, über was ich mit euch Scheißbullen reden will. Jetzt sowieso nicht."

Grimm erhob sich. Es hatte keinen Sinn, er kannte Männer wie Reimer. Der musste erstmal seinen Schock über den Tod seiner Lebensgefährtin im Suff ertränken, bevor er wieder ansprechbar war. Die Kornflasche war schon halb leer. Reimers Kater morgen wollte er nicht haben.

„Ihrem Gast dort drüben geht's heute nicht so gut", sagte er zu dem zahnlosen Alten hinter der Bar. „Könnten Sie zusehen, dass er in die Kajüte kommt, bevor er sich ins Koma säuft?"

„Sieh an", grinste der Alte und schob seine Kapitänsmütze aus der Stirn. „Ein Bulle mit Herz."

„So was soll's geben. Ist der Bulle so offensichtlich?"

„Das Gespür habe ich in den Knochen. Euch erkenne ich tausend Meilen gegen den Wind."

Grimm seufzte. Der Wirt der *Schönen Müllerin* hatte das Gleiche gesagt. So wie es aussah, konnte er sich abschminken, noch einmal undercover zu arbeiten.

„Oh Gott, oh Gott, wie schrecklich", sagte Frau Trotter, die Nachbarin der Toten, zum wiederholten Mal. „Die arme Frau Rabe."

Aufgeregt wischte sie die Handflächen an ihrer geblümten Kittelschürze ab. „Gestern ein Mord auf der Insel und heute schon wieder. Meinen Sie, das kann ein Verrückter gewesen sein?"

Grimm nahm die Augen von der halbleeren Putzmittelflasche auf dem Glastisch und wandte ihr wieder seine ungeteilte Aufmerksamkeit zu. „Wir sind noch ganz am Anfang unserer Ermittlungen, Frau Trotter. Ich kann wirklich nicht sagen ..."

„Selbstverständlich", sagte sie. „Ich bin nur nervös, wissen Sie? Wer wäre nicht nervös, wenn direkt nebenan ein Mord geschieht."

„Sie haben nichts gesehen?" Grimm blickte in Richtung Fenster. Hinter den Häkelstores konnte man den Trotter'schen Garten erkennen und seitlich die Terrasse des Nachbarhäuschens, auf der es momentan von Polizei wimmelte.

„Ich habe geputzt und nicht nach draußen gesehen. Gott sei Dank ... ich meine ... ich könnte nie wieder ein Auge zu tun, wenn ich das beobachtet hätte." Ihr Mundwinkel zuckte. „Wie ... wie wurde sie umgebracht?"

„Erdrosselt", sagte Grimm leise. „Mit einem Seidentuch."

„Oh Gott", hauchte Frau Trotter erneut. „Sie hatte sich erst neulich eins gekauft, so ein hübsches buntes."

„Ihr Freund hat sie gefunden, Didi Reimer. Er lebte auch nebenan, soweit ich weiß."

Frau Trotters Mund verengte sich zu einer schmalen Linie. „Ein unangenehmer Kerl, dieser Reimer. Ich habe mich immer gefragt, warum eine nette junge Frau wie Carolin Rabe bei diesem Fiesling blieb. Ständig hörte man die beiden streiten, und wie oft ging sie mit Sonnenbrille aus dem Haus. Sogar im Winter ..."

„Reimer schlug sie?"

Sie biss sich auf die Unterlippe. „Ich will nichts Schlechtes über ihn sagen, aber wenn sie unter der Sonnenbrille kein blaues Auge verstecken wollte, was dann?"

„Trotzdem blieb sie bei ihm?"

„Wo die Liebe hinfällt", sagte sie. „Wie man sich bettet, so liegt man. Aber anscheinend hat sie einen guten Kern in ihm gesehen, sonst hätte sie sich das nicht angetan. Dieser Reimer hat nicht mal einen Beruf. Außer Fernsehen und Saufen treibt der den Tag lang nichts. Frau Rabe musste das Geld verdienen."

Und jetzt war sie schwanger geworden. Hatte die Schwangerschaft zu Streit zwischen dem jungen Paar geführt? Hatte Reimer seine Freundin im Zorn getötet?

„Wer wohnt auf der anderen Seite von Frau Rabe und Herrn Reimer?"

Frau Trotter machte eine abwehrende Handbewegung. „Der alte Herr Sebold, aber der ist seit Wochen im Krankenhaus. Beckenbruch. Seitdem steht das Haus leer. Es soll verkauft werden. Er ist so tatterig, dass seine Kinder beschlossen haben, ihn ins Altenheim zu stecken."

Blieben die Nachbarn von gegenüber, dachte Grimm. Vielleicht hatte einer von denen gesehen, wie Frau Rabe ihren Mörder ins Haus ließ oder wie jemand über den niedrigen Gartenzaun stieg, um auf die Terrasse hinter dem Haus zu kommen.

Nach seinem Besuch bei der Nachbarin unterhielt sich Grimm kurz mit dem Arzt, der die Todeszeit mehr oder weniger auf zehn Uhr vormittags festlegte, dann kehrte er in die Polizeistation zurück und organisierte einen Hintergrundcheck über Didi Reimer. Er trank gerade den lang verdienten Espresso, nach dem von vorhin, an dem er sich den Mund verbrannt hatte, da kam das Ergebnis: Reimer war bereits mehrfach wegen Gewalttätigkeiten vorbestraft.

Grimm runzelte die Stirn. Wenn ihm jemals ein Täter auf dem Silbertablett präsentiert worden war, dann dieser Didi Reimer mit seiner Vorgeschichte und dem Hang, seine Lebensgefährtin zu prügeln. Beides Mal war er am Tatort aufgetaucht, in Maria Wolffs Fall war er zumindest in der Nähe gewesen, aber irgendwie passte etwas nicht ins Bild. Grimm schaffte es nicht, sich Reimer vorzustellen, wie er eine Frau erdrosselte. Mit den Fäusten auf sie einschlagen, sie windelweich prügeln ... Ja, das konnte er vor sich sehen, aber nicht, wie der Mann ein buntes Seidentuch um ihren Hals schlang und zuzog.

Grimm fluchte. Er war schon so schlimm wie Lily. Seine persönliche Vorstellungskraft spielte hier keine Rolle. Es ging darum, die Wahrheit herauszufinden. Ärgerlich auf sich selbst schob er den leeren Pappbecher von sich und stand auf.

Er musste herausfinden, was Reimer heute Morgen um zehn gemacht hatte – und er musste Lily informieren.

19

Lily stand im Bikini in ihrer Wohnküche und beugte sich über das Backbuch. Sie hatte alles perfekt so gemacht, wie es in Betty Behrensens Anleitung stand. Jetzt mussten die Muffins nur noch zwanzig Minuten in den Ofen.

Ein letztes Mal prüfte sie, dass auch die Temperatur stimmte, dann schob sie das Blech in die Mitte und schloss die Klappe des Backofens. Wehe, die Muffins wurden nichts. Effi Johnssons Warnung klang ihr noch im Ohr und sie selbst hatte ja schon ähnliche Erfahrungen mit Kochbüchern gemacht.

Ihr Handy klingelte. Nick.

„Wo bist du gerade?", fragte er.

„Zu Hause."

„Ich bin sofort da."

Schon hatte er aufgelegt.

Lily runzelte die Stirn. Nick und sie hatten doch gerade erst gesprochen, im Strandkorb. Knapp zwei Stunden war das her. Wenn er jetzt schon wieder mit ihr reden wollte, und nicht übers Telefon, musste sich etwas Wichtiges ergeben haben. Hatten sie Maria Wolffs Mörder gefasst?

Als es läutete, riss sie die Tür auf. Nick stand in voller Pracht vor ihr, breitschultrig und unverschämt männlich, und erst jetzt wurde ihr bewusst, dass sie immer noch ihren Bikini trug.

„Sag schon, was ist los?"

„Lass mich erst mal reinkommen.“ Er schob sich an ihr vorbei in den Flur. „Es braucht nicht die ganze Nachbarschaft mitzukriegen, was ich zu sagen habe.“

„Tut mir leid“, murmelte sie und deutete auf die Tür zum Wohnraum. „Am besten, wir reden in der Küche. Ich backe gerade Muffins.“

„Es riecht köstlich.“ Er warf einen Blick auf den Ofen. „Sind sie bald fertig?“

„In zehn Minuten“, antwortete Lily ungeduldig. „Jetzt sag schon: Was ist passiert?“

„Eine junge Frau wurde erdrosselt. Carolin Rabe, eine Kassiererin aus dem Frischemarkt.“

Lily sah ihn geschockt an. „Rundes Gesicht, braune Locken, neonpinker Lippenstift ... *Diese* Kassierin?“

Grimm nickte. „Stimmt, sie hatte auffällig geschminkte Lippen. Kennst du sie?“

Lily krabbelte auf einen Barhocker an der Küchenbar. „Sie hat mich gestern bedient, ein paar Worte mit mir gewechselt. Mehr nicht. Später sah ich sie dann in Udas Teestube beim Muffin-Testen wieder. Sie hat ein Backbuch gekauft.“

„War dort nicht auch Maria Wolff?“

Sie schüttelte den Kopf. „Nein, die war vormittags in der Teestube. Ich spreche vom Nachmittag. Maria Wolff muss zu der Zeit bereits tot gewesen sein. Außerdem hat Carolin Rabe vormittags gearbeitet. Sie saß an der Kasse, als ich im Frischemarkt einkaufte.“

„Okay, sie waren also zu verschiedenen Zeiten in der Teestube.“

„Falls die beiden sich überhaupt kannten, haben sie sich jedenfalls nicht dort kennengelernt. Es sei denn ...“ Sie sah Grimm nachdenklich an. „Meinst du, Carolin Rabe könnte Marias angebliche Tochter gewesen sein?“

Er zögerte. „Vom Alter her könnte es stimmen, aber warum ist Maria Wolff dann nicht zu ihr in den Frischemarkt gekommen? Sie hatte es doch total eilig, ihre Tochter zu treffen. Und warum ging Frau Rabe nach der Arbeit in die Teestube, statt mit ihrer Mutter um die Goldfischteiche zu spazieren?“ Er schüttelte den Kopf. „Das passt nicht, Lily.

Diese beiden hatten kein Interesse aneinander. Ihre Wege führen zu weit voneinander vorbei."

„Das kommt mir auch so vor", sagte Lily. „Carolin Rabe tänzelte die ganze Zeit um Betty Behrensen herum. Sie wollte ein Autogramm, nehme ich an. Klar, das war ihre Gelegenheit, eine Berühmtheit von Nahem zu sehen, aber wenn sie tatsächlich Maria Wolff auf die Insel gelockt hatte, hätten ihre Interessen anders gelegen."

„Egal, es wird nicht lange dauern, herauszufinden, ob sie eine Verbindung zu Maria Wolff hatte oder vielleicht sogar die überlebende Krabbe-Tochter ist."

Grimms Handy läutete. Er sah aufs Display.

„Was gibt's, Wilkens?"

„Ich dachte, das würde Sie interessieren. Es hat sich gerade herausgestellt, dass Didi Reimer gestern nicht allein beim Joggen war. Sein Kumpel war dabei."

„Dieser Hundebesitzer hatte doch aber ausgesagt ..."

„Ich weiß", unterbrach ihn Wilkens. „Aber jetzt fiel ihm ein, dass da noch jemand war."

„Haben wir den Namen von Reimers Kumpel?"

„Ja. Ich habe den Mann sofort angerufen und herbestellt. Haben Sie Zeit, zu kommen?"

Grimms Blick traf sich mit dem von Lily, die in nichts als ihrem knappen Bikini und zwei dicken Ofenhandschuhen vor dem Herd stand. Irritiert wandte sie sich ab, öffnete die Ofentür und zog das Backblech heraus.

„Kein Problem. Ich bin in zehn Minuten da." Grimm klappte das Handy zu.

„Ich muss los. Reimer scheint für den Mord an Maria Wolff ein Alibi zu haben. Ein Freund war mit ihm joggen. "

„Du willst mit ihm reden?" Lily nahm vorsichtig einen heißen Muffin vom Blech und wickelte ihn in eine Papierserviette. „Hier, für dich. Ich hoffe, er schmeckt so gut wie er aussieht."

„Bestimmt", sagte er und nahm den Muffin entgegen. „Wenn er nur halb so appetitlich ist, wie du in diesem Bikini aussiehst ..."

Einen winzigen Augenblick lang stand sie stocksteif, unsicher, ob er das womöglich ernst meinte. Aber nein, ein

Sonnyboy wie Nick sagte so was im Spaß. Brüderlich-flapsig, ohne Hintergedanken.

Sie riss sich zusammen, dann schenkte sie ihm ihr bestes kollegiales Lächeln. „Danke, dass du mir Bescheid gesagt hast."

„Bitte melde dich nachher, damit ich weiß, wie es mit den Jungs aus der Koks-Clique lief."

„Natürlich."

Lily sah ihm hinterher, wie er durch die Nachmittagssonne in Richtung Polizeidienststelle ging, den muskulösen Rücken gestrafft, den Sommerwind im dunklen Haar.

„Es hat mich erwischt", rief sie ihm hinterher, wissend, dass er sie nicht mehr hören konnte. „Es hat mich total erwischt. Und was, bitte, soll ich jetzt machen?"

Taten lenkten ab, und so befand Lily sich kurz darauf auf dem Weg in Richtung Ortsmitte. Der Kurplatz war ihr Ziel, genauer gesagt Clarissa Johnssons Einrichtungsladen.

„Das ist aber eine Überraschung, dass Sie mir selbst gebackene Muffins mitbringen", sagte Clarissa, nachdem Lily mehrere Muffins aus ihrer geräumigen Strandtasche hervorgezaubert hatte. „Sie sehen köstlich aus."

„Ich wollte unbedingt das neue Backbuch ausprobieren", gestand Lily. „Auf Erdbeeren und Buttercreme habe ich verzichtet. Ehrlich gesagt hatte ich keine Lust, schon wieder einkaufen zu gehen."

„Einen Moment, ich hole schnell Teller von hinten. Ich bin richtig neugierig, wie die Muffins schmecken."

Minuten später war Clarissa wieder da und die zwei Frauen ließen sich auf einem Sofa im Verkaufsraum nieder, jede ein Tellerchen mit einem Muffin auf dem Schoß.

„*Viel* besser als die von gestern, selbst ohne Creme", schwärmte Clarissa, nachdem sie den ersten Bissen gekostet hatte. „Irgendwie lockerer. Haben Sie das Rezept verändert?"

Lily freute sich über das Lob, obwohl Clarissa natürlich nur höflich war. Betty Behrensens Muffins hatten unwiderstehlich geschmeckt. Lily hatte eine Schwäche für alles mit Erdbeeren.

„Es tat mir so leid zu hören, dass Sie eine Tote bei den Goldfischteichen gefunden haben." Clarissa sah betreten zu Lily hinüber. „Ich meine, da ich Ihnen doch den Tipp gegeben hatte, dorthin einen Spaziergang zu machen. Nie hätte ich mir träumen lassen, dass Ihnen dabei so etwas passiert."

Lily legte beruhigend ihre Hand auf Clarissas Arm. „Machen Sie sich bitte keine Vorwürfe. Daran haben Sie doch keine Schuld, und wenn ich die arme Frau nicht gefunden hätte, wäre es ein anderer gewesen."

„Sie ist erwürgt worden, nicht wahr?"

Lily schüttelte den Kopf. „Nicht erwürgt, sondern erdrosselt. Das sagte mir zumindest heute Mittag der Kommissar, der den Fall bearbeitet."

„Sie waren in der Polizeistation?"

„Zufällig haben wir nebeneinander liegende Strandkörbe." Lily spielte mit einer Locke, die ihr über die Schulter gefallen war. Eine verräterische Angewohnheit, wenn sie nicht ganz die Wahrheit sagte. Allerdings wusste das niemand außer ihrer Adoptivmutter. „Da habe ich ihn heute getroffen. Er machte gerade Mittagspause."

„Er hat einen Strandkorb? Ich dachte, er bearbeitet einen Mordfall."

„Schon, aber er kam nach Juist, um Ferien zu machen. Gestern erst. Wir haben uns auf der Fähre kennengelernt und anscheinend die beiden einzigen Strandkörbe gemietet, die noch zu haben waren."

Clarissa sah sie überrascht an. „Was für ein Zufall, dass Sie dann diese tote Frau fanden und er den Fall übernahm."

„Ja, nicht wahr?" Lily hatte keine Absicht, das Thema zu vertiefen. „Mir passiert so was ständig, Zufälle sind meine Spezialität. Neulich war ich zu Besuch bei meiner Mutter auf Sardinien und da lief mir am Strand doch tatsächlich eine Klassenkameradin aus der Grundschule über den Weg, die ich seitdem nicht mehr gesehen hatte."

Clarissa lachte und tischte ihrerseits eine ähnliche Geschichte auf.

„Wissen Sie was?", fragte sie schließlich. „Warum kommen Sie heute nicht zum Essen zu uns? Jeden Freitagabend laden Tommy und ich die Hausgäste meiner Mutter zu uns ein, dazu noch ein, zwei andere Leute aus dem Ort. Ich würde mich freuen, wenn Sie zu uns stießen. Schon allein, um die Sache mit dem Spaziergang bei den Teichen wiedergutzumachen."

„Gerne, danke für die Einladung."

„Sie kommen also?" Clarissa war sichtlich erfreut. „Ist Ihnen halb acht recht?"

Lily nickte. „Die Hausgäste Ihrer Schwiegermutter kommen ebenfalls? In dem Fall ist dann auch Nick Grimm dabei, der Kommissar, der den Mordfall bearbeitet. Sie wissen, dass er bei ihr abgestiegen ist, oder?"

Clarissa sah sie überrascht an. „Nein, ich hatte keine Ahnung. Seit gestern in der Teestube habe ich nicht mehr mit meiner Schwiegermutter gesprochen, sonst hätte sie mir das bestimmt gesagt." Sie sah Lily verschwörerisch an. „Das ist total interessant. Meinen Sie, er lässt sich über den Fall ausfragen?"

Innerlich grinste Lily. Im Gegenteil, Nick würde massenweise Infos aus den Gästen herauslocken, ohne selbst viel über den Fall zu verraten.

„Probieren geht über studieren", antwortete sie ausweichend, wobei sie langsam die Locke auf ihren Zeigefinger wickelte. „Wir können unser Glück ja mal testen."

Falls es heute Abend bereits bekannt war, dass es noch eine zweite Tote gab, konnte sie sich jetzt schon lebhaft vorstellen, worum sich die Konversation bei Tisch drehen würde.

Auf dem Weg zum Strand, wo sie nach der fröhlichen Koks-Clique Ausschau halten wollte, piepte ihr Handy. Sie zog es aus der Tasche und prüfte das Display. Nick hatte ihr eine SMS geschickt.

Carolin Rabe ist kein Krabbe-Kind. Sie hat einen langen Juister Familienstammbaum.

Danke, antwortete sie. *Bis heute Abend bei Johnssons.*

Eine Minute später kam seine Antwort.

Du kommst? Gut. Ich brauche Vertretung, falls ich ausfalle.

Sie klappte ihr Handy zusammen und steckte es zurück in die Tasche, nachdem sie die Nachrichten gelöscht hatte. Ein Gefühl der Enttäuschung machte sich in ihr breit. Selbstverständlich würde sie Nick vertreten, falls er heute Abend nicht kommen konnte, aber wie viel schöner wäre es, mit ihm gemeinsam dort zu sein. Schon aus professioneller Sicht, log sie sich selbst vor. Er war erfahrener als sie. Sie konnte nur davon lernen, ihn in Aktion zu sehen.

Mach dir nichts vor, schalt sie sich selbst und zog sich am Ende der Strandstraße die Sandalen von den Füßen. Du bist verrückt nach ihm. Von wegen professionelles Interesse.

Ihr Blick fiel auf ein Volleyballnetz, das am Strand gespannt war. Sieh an, die Koks-Clique hielt sich fit, und es fehlte ein Mitspieler.

Sie warf ihre Sachen in den Strandkorb, streifte ihr knappes Minikleid über den Kopf, sodass ihr Bikini wieder zum Vorschein kam und spazierte hüftschwingend zum Rand des Volleyballfelds.

„Hey, Sexy, willst du mitspielen?“, tönte es erwartungsgemäß zu ihr herüber. Die Jungs hatten angebissen.

„Klar“, antwortete sie und nahm ihre Position auf dem Spielfeld ein.

Spätestens in zehn Minuten würden sie ihr zu Füßen liegen. In Volleyball war sie unschlagbar.

20

Didi Reimers Joggingfreund war ein rotgesichtiger Hüne mit Ankertätowierung auf dem Unterarm und kurz geschorenem Haar. Grimm schätzte ihn auf Mitte zwanzig.

„Ihr Name ist Werner Bloß?“, fragte Grimm, der von Wilkens bereits im Vorzimmer einige Infos über den jungen Mann erhalten hatte.

„Richtig“, antwortete Bloß. Zur Betonung seiner Worte knackte er lautstark seine Fingerknöchel, einen nach dem anderen. „Ich war gestern Mittag zusammen mit Didi joggen. Das wollten Sie doch wissen, oder?“

Grimm nickte. „Wann sind Sie aufgebrochen?"

Das unangenehme Geräusch knackender Knöchel drang durch den Raum. Bloß schien über die Antwort nachdenken zu müssen.

„Um zwölf habe ich Didi zu Hause abgeholt", sagte er schließlich. „Er war nicht fertig, musste noch seine Joggingsachen von der Leine holen und sich umziehen. Also, alles in allem war es wohl so zehn nach, bis wir loskamen."

„Und dann joggten Sie durch den Ort zu den Goldfischteichen?"

„Nein, am Strand lang, da ist die Luft frischer. Am Abgang ‚Goldfischteiche' sind wir dann abgebogen, ein Stück am Teich lang und dann wieder zurück zum Strand." Er warf einen sehnsüchtigen Blick auf Wilkens Keksdose, die offen auf dem Schreibtisch stand. „Darf ich?"

„Natürlich." Grimm schob ihm die Dose hin. Wilkens würde schon nichts dagegen haben. „Möchten Sie einen Kaffee?"

Die Schokokekse und der sahnige Cappuccino schienen Bloß gutzutun. Entspannt lehnte er sich im Stuhl zurück und ließ endlich seine Knöchel in Ruhe. Wahrscheinlich hatte ihn die ungewohnte Atmosphäre nervös gemacht. Man ging ja nicht jeden Tag zur Polizei, um eine Aussage zu machen.

„Also, gesehen haben wir niemanden", fuhr Bloß fort. „Jedenfalls ich nicht. Nur diesen Typ, der seinen Köter spazierenführte. Keine Ahnung, wie er heißt. Hauke oder so ähnlich. Er ist Stammgast in der *Spelunke*."

Grimm wusste, wer gemeint war. Schließlich hatte der Hundebesitzer ihnen die Namen der beiden Jogger verraten.

Im Kopf kalkulierte er die Wegstrecke, die die beiden zurückgelegt hatten.

„Bis zu den Goldfischteichen müssten Sie so zwanzig Minuten gebraucht haben ..."

Bloß zuckte die Achseln. „Eher fünfundzwanzig, dreißig Minuten, schätze ich. Weniger bestimmt nicht, Didi war nicht so gut drauf. Wir haben viel länger gebraucht als sonst, bis wir am Teich waren, aber wie gesagt, da war niemand zu sehen."

Maria Wolff musste also spätestens um halb eins getöten worden sein, folgerte Grimm. Bis die beiden Jogger und der Hundebesitzer auf der Bildfläche erschienen, hatte sich der Täter bereits verkrümelt. Wahrscheinlich in Richtung Ort, wo er in der Menge untertauchen konnte, oder an den belebten Strand.

Bloß fischte einen weiteren Keks aus der Dose. „Echt schlimm, das mit Carolin."

„Sie wissen es schon?"

„Didi hat mich vorhin angerufen, damit ich ihn aus dieser Kneipe abhole. Dem *Alten Kapitän*. Er war so voll, dass er kaum noch laufen konnte. Jetzt ist er bei mir zu Hause und schläft seinen Rausch aus." Er schob sich den Keks in den Mund. „Ich hatte mich schon gewundert, wo er bleibt. Er wollte nur kurz mal mittags zu Hause vorbeischauen, weil Carolin heute ihren freien Tag hat, und dann gleich wiederkommen. Als er nicht kam, dachte ich schon, er hätte mal wieder die Löffel geschmissen. Didi ist es nicht gewöhnt, zu arbeiten."

Grimm hob interessiert den Kopf. „Sie haben heute Morgen zusammen gearbeitet?"

„In der Schule. Während der Ferienzeit wird da jetzt renoviert. Der Hausmeister hat Didi und mich als Maler angeheuert, nur vorübergehend, um die Klassenzimmer zu streichen." Ein Lächeln zog über sein gerötetes Gesicht. „Hellgelb, hübsche Farbe. Nett für Kinder."

„Von wann bis wann war Herr Reimer mit Ihnen dort?"

„Wir haben um acht angefangen. Um zwölf ist Didi dann heimgegangen. Von zwölf bis eins hatten wir Pause. Nur, dass er dann nicht wiederkam." Die sehnigen Finger seiner rechten Hand umgriffen seine Linke, dann kam wieder das klackende Geräusch knackender Knöchel. „Sie denken doch nicht, dass Didi sie umgebracht hat?"

„Gibt es jemanden, der das Alibi bestätigen kann?"

„Alibi?" Bloß sah ihn verständnislos an.

„Ich meine, ob jemand gesehen hat, dass Ihr Freund den ganzen Vormittag lang dort in der Schule war."

Über das Gesicht des jungen Mannes huschte ein erleichtertes Lächeln. „Ach so, *das* meinen Sie. Kein Problem.

Der Hausmeister kann das bestätigen, der war die ganze Zeit mit uns zusammen und hat mitgestrichen."

„Wo finde ich den Mann? Ist er jetzt in der Schule?"

Bloβ nickte. „Ich muss auch zurück, sonst werden diese Klassenzimmer nie fertig. Besonders jetzt, wo Didi ausgefallen ist."

„Wissen Sie was?" Grimm erhob sich. „Ich komme mit. Dann kann ich ihn gleich selbst befragen."

Der Hausmeister machte gerade eine Zigarettenpause auf dem Schulhof, als sie dazukamen. Wie Bloβ bereits vorausgesagt hatte, war er sichtlich erleichtert, seinen Maler wiederzusehen. Grinsend drückte er die Kippe aus, warf sie in eine leere Saftflasche neben der Tür und kam ihnen entgegen.

„Moin", sagte er und streckte seine mit gelber Farbe bekleckerte Hand aus. „Hat Werner Sie zum Helfen mitgebracht? Ich kann jeden Mann gebrauchen."

Grimm schlug ein, während Werner Bloβ ins Schulhaus ging, vermutlich um nach der langen, ungeplanten Unterbrechung einen guten Eindruck zu machen und zügig weiterzuarbeiten.

Die Enttäuschung war dem Hausmeister ins Gesicht geschrieben, nachdem Grimm seinen Dienstausweis gezückt und sich vorgestellt hatte. Kein Maler.

Der Mann würde schon einen Ersatz für Reimer finden, entschied Grimm. Vielleicht war der morgen sogar froh über die Ablenkung und kam wieder zur Arbeit.

„Schrecklich, das Ganze", beeilte der Hausmeister sich zu versichern, nachdem er gehört hatte, was passiert war. „Didi wollte nur mal kurz während der Pause nach Hause zu seiner Frau, und dann so was. Ich komme mir richtig fies vor, weil ich sofort annahm, er habe keine Lust mehr auf den Job, als er nicht wiederkam. Didi ist unzuverlässig, und als Werner ihn vorschlug, war ich nicht sehr überzeugt."

„Er ist heute Morgen aber zur Arbeit erschienen?"

„Jau. Pünktlich auf die Minute. Er verstand auch was vom Streichen, ich war ganz erstaunt." Er vergrub die Hände in den Taschen seines gelbgefleckten Overalls. „Scheinbar hat Didi mal eine Malerlehre angefangen. Nie beendet, aber irgendwie hat er genug mitgekriegt, um prima Arbeit zu leisten."

„Bis wann blieb er?"

„Bis zur Mittagspause um zwölf." Der Mann sah Grimm misstrauisch an. „Worauf wollen Sie hinaus? Sie denken doch nicht, dass er seine Carolin auf dem Gewissen hat, oder?"

„Wir müssen sein Alibi überprüfen", sagte Grimm. „Die Fakten zusammentragen."

„Nun, er war jedenfalls den ganzen Vormittag lang hier. Von acht bis zwölf. Ist er damit aus dem Schneider?"

„Sieht ganz so aus", bestätigte Grimm. „Gilt das auch für Werner Bloß?"

„Was denn? Ist der auch verdächtig?"

„Nein, aber da die zwei befreundet sind ..."

„Mann oh Mann, Sie trauen ja niemandem." Der Hausmeister schüttelte fassungslos den Kopf. „Aber wenn's um Mord geht ... Der Werner war jedenfalls auch hier, die ganze Zeit. Um zehn haben wir eine kurze Zigarettenpause gemacht, so eine Viertelstunde lang, aber wir sind zu dritt auf dem Schulhof geblieben."

„Danke für Ihre Hilfe", verabschiedete sich Grimm und sah auf die Uhr.

Bis zu der Abendesseneinladung bei Tommy und Clarissa Johnsson gab es noch viel zu tun und er sah ziemlich schwarz, es überhaupt dorthin zu schaffen. Gott sei Dank hatte Lily es irgendwie bewerkstelligt, dort eingeladen zu werden. Er hatte keinen Zweifel, dass sie dort geschickt alles herausfinden würde, was es herauszufinden gab. Allerdings war sein Plan gewesen, beim Essen die Bombe von Carolin Rabes Tod platzen zu lassen.

Er zögerte. Lily konnte das unmöglich übernehmen, schließlich arbeitete sie undercover. Irgendwie musste er selbst dafür sorgen, dass diese Nachricht ins Johnsson'sche Esszimmer gelangte.

Die Lösung lag auf der Hand. Kurzentschlossen wechselte er die Richtung. Er hatte sowieso das Ladegerät für sein Handy zu Hause liegengelassen.

„Das wäre aber *sehr* schade, wenn Sie heute Abend nicht mit dabei sein könnten", flötete Effi Johnsson, deren graue Löckchen wie immer bei jedem Wort mitwippten. „Ist etwas dazwischengekommen?"

„Heute Vormittag wurde eine weitere Frau ermordet. Carolin Rabe, die Kassiererin aus dem Frischemarkt."

„Carolin ..."

Effi wurde bleich. Zitternd sank sie auf einen Küchenstuhl, genau wie gestern, nachdem er ihr von Maria Wolffs Tod erzählt hatte. Grimm schenkte ihr einen Cognac ein, auch genau wie gestern. Wie erwartet brachte der Alkohol Farbe in Effis Wangen zurück.

„Carolin war noch so jung und auch noch schwanger. Mein Gott, es ist unfassbar."

„Sie wussten, dass sie ein Kind erwartete?"

Effi nickte. „Carolin war so glücklich. Ich glaube, sie hat es jedem erzählt, der zu ihr an die Kasse kam."

„Ihr Freund hat sie gefunden", sagte Grimm. „Didi Reimer. Die Beziehung war turbulent, scheint es, aber zum Todeszeitpunkt war er in der Schule, um die Klassenzimmer zu streichen. Der Hausmeister und ein Freund von ihm waren mit ihm zusammen."

Effi barg das Gesicht in ihre Hände. „Ich kann nicht glauben, dass so etwas auf unserer friedlichen Insel passiert. Zwei Frauen ermordet, in zwei Tagen. Meinen Sie, der Mann, der das gemacht hat, wollte sich an ihnen rächen?"

Grimm zuckte die Achseln. „Es könnte genauso gut eine Frau gewesen sein. Im Moment tappen wir noch im Dunkeln. Es gibt keine Anhaltspunkte, dass die Fälle zusammenhängen oder die Opfer sich kannten. Die einzige Verbindung ist, dass beide erdrosselt wurden, aber das kann purer Zufall sein."

„Beide erdrosselt", wiederholte Effi mit nervösem Flackern in den Augen. „Sie haben doch Erfahrung mit so was, Herr Grimm. Glauben Sie wirklich an puren Zufall?"

„Nein", antwortete er. „Ehrlich gesagt nicht."

21

Das Johnsson'sche Doppelhaus sah genauso aus wie auf der Pensionswebseite abgebildet: ein schlichter roter Backsteinbau mit winzigem Vorgarten und weißgestrichenen Türen und Fenstern. Über die Fassade rankten gelbe Kletterrosen und Lily konnte nicht umhin, sich über eine Blüte zu beugen, um daran zu riechen, bevor sie den goldenen Türklopfer an Tommy und Clarissa Johnssons Tür betätigte.

„Wie reizend, dass Sie gekommen sind", begrüßte sie Clarissa und ging ihr voraus in das helle Wohnzimmer, in dem die übrigen Gäste bereits versammelt waren.

Effi Johnsson, Clarissas Schwiegermutter, kannte sie bereits. Ebenso Betty Behrensen, die Fernsehköchin, die bei der abendlichen Beleuchtung geradezu festlich strahlte. Ihr blondes Haar fiel ihr elegant und locker auf die Schultern und ihr lachsfarbenes, gut geschnittenes Kostüm tat ihr Übriges. Lily war erstaunt, wie viel jünger und attraktiver sie wirkte als noch gestern in der Teestube. Aber welche Frau sah mehlbestäubt, in Backschürze und Ofenhandschuhen, schon gut aus?

Zwei urlaubende Ehepaare, scheinbar ehemalige Schulfreunde von Tommy Johnsson, waren ebenfalls da, sowie ein blendend aussehender Mann ganz in Schwarz – Jeans, T-Shirt und Blazer – und ebenfalls schwarzem Haar.

Wow, der Alpha-Mann schlechthin. Einer, bei dem ihr das Wasser im Munde zusammenlaufen könnte, wenn ihr vorher nicht bereits Nick über den Weg gelaufen wäre. Nick mit seinem Sexappeal, dem schiefen Grinsen und dem Grübchen am Kinn.

Tommy Johnsson, den Lily noch nicht kennengelernt hatte, war optisch weniger beeindruckend. Er stellte sich als strohblonder, freundlicher Hüne heraus, dessen Gesichtszüge Ähnlichkeit mit denen seiner Mutter hatten. Ihre wippenden Löckchen hatte er nicht geerbt, aber ihr Lachen und den Humor in den Augen.

„Darf ich Ihnen Anton Brenner vorstellen", sagte er und steuerte mit Lily auf den Alpha-Mann zu, der am

Fenster stand und sich mit Betty Behrensen unterhielt. Besser gesagt, sie plapperte auf ihn ein, während er gelangweilt einen Fussel vom Ärmel seines Jackets entfernte. Lily runzelte die Stirn. Es war nicht gerade höflich, so deutlich zu zeigen, dass das Geplappere seiner Gesprächspartnerin ihn nicht interessierte. Der Mann war also doch nicht so umwerfend, wie er auf den ersten Blick wirkte.

Brenners Augen leuchteten auf, als die beiden dazutraten, und Betty nahm den Moment wahr, sich diskret zurückzuziehen und den Gesprächspartner zu wechseln.

„Anton hat ebenfalls einen Andenkenladen auf Juist", erklärte Johnsson. „Gleich um die Ecke von unserem Geschäft, in der Wilhelmstraße."

„Oh. Dann habe ich heute Postkarten bei Ihnen gekauft." Lily streckte zur Begrüßung die Hand aus. „Ein junger Mann hat mich bedient."

„Mein Neffe." Galant beugte Brenner sich über Lilys Hand und hauchte einen Kuss auf ihren Handrücken.

Der Mann konnte also charmant sein, wenn er sich nicht gerade langweilte.

Völlig unverhofft überzog Lily eine Gänsehaut. *Gefahr*. Ein eiskaltes Gefühl machte sich in ihr breit, als habe sich ein Pfeil durch ihr Herz gebohrt. Sie wandte den Kopf, unsicher, was diese starke Empfindung verursacht hatte, und überflog den Raum, bis ihre Augen sich mit den kalten von Clarissa Johnsson trafen.

Wenn Blicke töten könnten ...

Hastig senkte Lily den Blick. Als sie eine Sekunde später wieder aufsah, plauderte Clarissa freundlich mit Betty Behrensen. Unsicher biss Lily sich auf die Unterlippe. Hatte sie sich den bösen Blick nur eingebildet?

„Mein Neffe ist meine rechte Hand im Laden. Meistens bin ich hinten im Büro und kümmere mich um den Onlinehandel." Brenner ließ ihre Hand sinken, ohne sie loszulassen. „Wir verkaufen an Händler in ganz Deutschland, nicht nur hier im Norden. Maritime Wohnaccessoires und norddeutsche Spezialitäten."

Lily entzog ihm die Hand, begleitet von einem Lächeln, das ihn hoffentlich bei Laune halten würde. Wenn der Mann flirten wollte, kein Problem. Umso leichter würde sie ihn ausfragen können – aber ohne Berührungen jeder Art. Der Einzige, mit dem sie gerne Händchen halten würde, war Nick, und der war an Kolleginnen nicht interessiert.

Sie versuchte, sich Brenners Laden wieder vor Gesicht zu führen. Die Einrichtung hatte sie beeindruckt. Weißgestrichenes Holz und Messing hatten das Gesamtbild dominiert, die Wände von hohen Regalen gesäumt, auf denen geschmackvolle Gläser, Vasen und Kerzenleuchter ausgestellt waren. Eins der Regale war regionalen Spezialitäten vorbehalten gewesen. Tee, Kandiszucker, Schokosardinen ...

„Clarissa erzählte, dass Sie sich einen Lieferwagen teilen."

„Viel praktischer als zwei Wagen zu unterhalten, fanden wir." Er grinste. „Trotz der Konkurrenz."

„Ich habe einen Dauerparkplatz in Norddeich, dort steht der Transporter", warf Johnsson ein. „Wir bringen die Waren per Fähre rüber, laden alles in den Wagen um, und los geht's."

„Und wer fährt? Müssen Sie drei nicht hierbleiben, besonders während der Saison?"

„Wir haben einen zuverlässigen Fahrer aus Norddeich, der für uns ausliefert", erklärte Brenner. „Schon seit Jahren. Das klappt prima, und wir können uns auf Juist um Verkauf und Lagerhaltung kümmern."

Lagerhaltung. Das war ihr Stichwort.

Lily war heilfroh, dass sie sich für den Abend extra die Wimpern getuscht und blauen Lidschatten aufgelegt hatte, passend zu ihrer Augenfarbe. Sie sah anhimmelnd zu ihm auf. „Onlinehandel interessiert mich brennend. Wenn ich Sie in Ihrem Laden besuchte , in der Mittagspause ... wären Sie so nett, mir alles näher zu erklären?"

Der Maskara schien den gewünschten Erfolg zu haben. Brenner versank quasi in Lilys Augen. „Ich zeige Ihnen gerne, wie das Onlinegeschäft funktioniert. Morgen Mittag, vielleicht? Anschließend könnten wir einen Happen essen gehen."

Jaaa!

Er hatte angebissen.

„Meine Schwiegertochter hat mir vorhin einen Ihrer selbst gebackenen Muffins vorbeigebracht", sagte Effi Johnsson, die beim Essen neben ihr saß. „Viel besser als die Cremegefüllten, die Betty Behrensen gebacken hat."

Lily warf einen besorgten Blick auf Betty, die am anderen Tischende Hof hielt.

„Keine Angst, dort kann sie uns nicht hören", sagte Effi mit Zwinkern in den Augen. „So unhöflich bin ich nun doch nicht, aber Sie haben das Kompliment verdient. Ihre Muffins zergingen mir quasi auf der Zunge."

Lily lachte. Was für einen Sinn hatte es schon, Tommys Mutter zu sagen, dass sie nach Bettys Rezept gebacken hatte. Dem gleichen, das sie gestern für ihre Erdbeermuffins mit Buttercreme verwendet hatte. So nett Effi Johnsson war, irgendetwas schien sie gegen Fernsehköche zu haben. Lily fühlte sich nicht dazu berufen, sie vom Gegenteil zu bekehren. Ihr gefiel das Backbuch, das sie gekauft hatte. Das war die Hauptsache.

„Wo ist eigentlich dein Feriengast?", wandte sich Tommy Johnsson an seine Mutter. „Dieser Herr Grimm. Er wollte eigentlich vorbeikommen."

Effi schlug sich die Hand vor den Mund. „Oh, dass ich das vergessen konnte ... Er lässt sich herzlich entschuldigen, aber es gibt einen weiteren Mordfall: Carolin Rabe, die junge Kassiererin aus dem Frischemarkt. Ich war völlig geschockt, als er es mir sagte."

Erschreckte Stille senkte sich über den Raum, dann begannen alle gleichzeitig zu sprechen.

„Oh Gott ..."

„Wann? Wieder bei den Goldfischteichen?"

„Zwei Morde in zwei Tagen ..."

Lily beobachtete die Reaktionen der Tischgäste, während Effi wortreich berichtete, was Nick ihr erzählt hatte. Die Einheimischen – Tommy, Effi und Clarissa Johnsson sowie Anton Brenner – wussten genau, um wen es sich bei der jungen Frau handelte, die ermordet worden war. Die übrigen Gäste runzelten die Brauen.

„Auffälliger Lippenstift, sagen Sie? Braune Locken ... gut möglich, dass ich sie schon einmal beim Einkaufen gesehen habe“, aber hundertprozentig sicher war sich niemand.

Kein Wunder, dachte Lily. Wer beachtete schon die Kassiererin, wenn man gleichzeitig die Einkäufe verstauen und sein Portemonnaie aus der Tasche fischen musste? Sie selbst hätte Carolin Rabe auch nicht in Erinnerung, wenn die sie nicht so besorgt angesprochen hätte.

Das Wolfstattoo fiel ihr wieder ein. Das deutliche Gefühl der Gefahr, das sie dort im Laden ergriffen hatte. Genau wie vorhin, als Anton Brenner ihre Hand küsste und Clarissa ihr diesen hasserfüllten Blick zugeworfen hatte. Merkwürdig eigentlich. Fast hätte man denken können, Clarissa sei auf sie eifersüchtig gewesen. Dabei war sie doch sehr glücklich verheiratet, oder nicht?

„Lasst uns das Thema wechseln“, bat Tommy und füllte die Gläser mit dem köstlichen Wein auf, der zum Essen gereicht wurde. „Diese Morde machen einen ganz bedrückt.“

Gerne folgten die anderen seinem Vorschlag und schon bald war das Zimmer von angeregten Gesprächen gefüllt. Unter gesenkten Lidern warf Lily einen vorsichtigen Blick zu Clarissa hinüber. Sie schien sich bestens mit einer der Urlauberinnen zu unterhalten. Anton Brenner, der ihr genau gegenüber saß, lauschte derweil hingerissen den Schwärmereien der anderen Urlauberin über die Schönheiten der Insel. Insbesondere der Hammersee hatte es ihr angetan. Langweiliger konnte es für einen Playboy wie Brenner kaum noch werden, doch die Ausschweifungen der Frau schienen ihn erstaunlich zu fesseln. Irgendetwas an seinem Ausdruck gab Lily zu denken. War es dieses gewisse Lächeln, das um seinen Mund spielte, oder waren es seine geweiteten Pupillen, die darauf schließen ließen, dass ihm etwas völlig anderes als der Hammersee durch den Kopf ging?

Ein Lächeln der Erkenntnis huschte über Lilys Lippen.

„Oh, meine Serviette", murmelte sie und beugte sich nach unten.

Es war genau wie sie es sich gedacht hatte. Clarissas sexy bestrumpfter Fuß hatte unter dem Tisch ihren Weg zwischen Anton Brenners muskulöse Oberschenkel gefunden und massierte ihn an seiner empfindsamsten Stelle. Kein Wunder, dass der Mann schnurrte wie ein Kätzchen.

Zufrieden setzte sich Lily wieder auf.

„Interessant, unsere Freitagabendessen", sagte Effi und tauchte ihren Löffel in die Zitronencreme. „Finden Sie nicht?"

Lily ließ die Serviette über ihren Schoß gleiten.

„In der Tat", antwortete sie. „Sehr interessant."

22

Strahlender Sonnenschein, der durch die Ritzen in der Gardine auf ihr Gesicht fiel, weckte Lily am kommenden Morgen. Verschlafen reckte sie sich und warf einen vorsichtigen Blick auf die Uhr. Halb neun, höchste Frühstückszeit.

Als sie endlich, frisch geduscht und in weißen Jeans mit passendem weißen T-Shirt, auf die Straße trat, war es bereits kurz nach neun. Zügig schlug sie den Weg zum Bäcker ein. Ein knackfrisches Brötchen war jetzt genau das, was sie brauchte. Mit Butter und Honig.

Wie erwartet, war der neue Mordfall Thema Nummer Eins in der Bäckerei. Carolin Rabe war allseits bekannt gewesen. Eine waschechte Juisterin mit sonnigem Wesen, und natürlich wurde auch das eine oder andere über ihren Freund gesagt. Didi Reimer schien nicht sehr beliebt zu sein, wenn man den Gesprächen in der Warteschlange Glauben schenken konnte. Die Anschuldigungen reichten von „Schlägertyp" über „Harz IV-Empfänger" zu „Mal ganz unter uns: Mich würde es nicht wundern, wenn er sie umgebracht hätte."

Lily selbst hütete ihre Zunge. Ob es einen Grund gab, dass die Leute nicht wussten, dass Reimers für die Tatzeit ein Alibi hatte? Hatte Nick diese Info absichtlich zurückgehalten, um den Täter in Sicherheit zu wiegen, oder waren

Presse und Klatschmäuler schlichtweg nicht fix genug gewesen, das herauszufinden?

Über ihrem Honigbrötchen machte Lily Pläne für den Tag. Mittags war sie mit Anton Brenner verabredet. Ein Treffen, für das sie das schlichte weiße T-Shirt gegen ihre tief ausgeschnittene Chiffonbluse wechseln würde. Die durchsichtige, die wenig der Fantasie überließ. Ein wenig Makeup und Parfum waren auch angebracht. Brenner mochte ein heißes Verhältnis mit der verheirateten Clarissa Johnsson haben, aber so wie er gestern Abend in ihre Augen geblickt hatte, war er gegen ihre Reize auch nicht unempfänglich.

Es wäre doch gelacht, wenn sie nicht herausfand, wann der Lieferwagen das nächste Mal zum Einsatz kam – und ob sich Buddelflaschen in Brenners Lager befanden. Aber es war noch längst nicht Mittag ...

Falls Sie Zeit haben, sollten Sie unbedingt zur Domäne Bill gehen und unseren Juister Rosinenstuten essen. Mit Erdbeermarmelade. Köstlich.

Carolin Rabes Worte gingen ihr durch den Kopf. Die Empfehlung, die sie der Kundin mit dem Wolfstattoo gegeben hatte. Durch Lily ging ein Ruck. Ein Ausflug zur Domäne Bill war genau das Richtige, die Zeit bis zu ihrer Verabredung mit Anton Brenner zu überbrücken. Sie hatte zwar schon ihr Brötchen gegessen, aber eine Scheibe Rosinenstuten ging immer noch rein.

Die Fahrt in der Pferdekutsche erinnerte Lily an sonnige Kindertage auf Juist. Ihre Adoptivmutter hatte eine Schwäche für Pferde, Kutschen und das Geklapper der Hufe auf dem Pflaster. Kaum ein Tag, an dem sie nicht mit der Kutsche gefahren waren, wenn sie hier ihre Ferien verbracht hatten.

Ihr Handy vibrierte. Eine Nachricht von Nick.

Auf dem Weg nach Helgoland. Melde mich später. N

Helgoland. Das war doch ewig weit weg. Er würde den ganzen Tag brauchen, um dort hinzukommen. Schnell verwarf sie den Gedanken. Nein, er würde natürlich fliegen.

In ihrer Einfalt hatte sie zunächst nur an die Fähre und den Landweg gedacht.

Maria Wolff stammte aus Helgoland, fiel ihr ein. Dort hatte sie mit ihrem Mann die Pension geführt und dort hatte sie ihn die Klippen hinuntergestoßen. Nachdenklich blickte Lily über die Wiesen und Dünen. Ob Maria wirklich unschuldig war, wie sie immer beteuert hatte? Sie sah die zarte Frau wieder vor sich, mit ihrer roten Kapuzenjacke, die sie so an Rotkäppchen erinnert hatte. So nervös vor der Überfahrt nach Juist, so unscheinbar, so *harmlos*. Aber wer sollte es sonst getan haben? Schließlich gab es einen Zeugen für den Mord, diesen Vogelbeobachter.

Ob Nick wusste, warum Maria erst jetzt entlassen worden war? Bei guter Führung war das nach fünfzehn Jahren Freiheitsentzug doch durchaus auch schon möglich.

Das „Brrrr" des Kutschers brachte ihre Gedanken zum Halt. Sie waren da.

Ein wenig steif vom Sitzen auf der Holzbank sprang Lily vom Wagen. Am besten, sie machte erst mal einen Spaziergang am Meer. Anschließend würde sie dann einkehren, um Tee zu trinken. Dazu selbstverständlich der köstliche Stuten.

Zügig schritt sie aus, die Espandrilles, die sie von den Füßen gezogen hatte, hielt sie locker in der Hand. Es gab nichts Schöneres als einen Strandspaziergang, fand sie. Ganz vorne, dort wo Wasser und Strand sich trafen, die Knöchel von Wellen umspült. Es dauerte nicht lange, bis sie die Kaffeebesucher hinter sich gelassen hatte, die sich nicht unnötig weit vom Gasthaus und den dortigen Genüssen entfernen wollten. So langsam kam sie in ruhigere Gefilde, nur wenige andere Spaziergänger teilten sich mit ihr die Weite. Vor ihr lief ein Pärchen, händchenhaltend und sichtlich verliebt. Er war groß und blond, der typische norddeutsche Hüne, sie kleiner, dunkelhaarig, in einem roten Sommerkleid.

Lily runzelte die Stirn. Sie sah die beiden nur von hinten, aber irgendwie kamen sie ihr bekannt vor, ganz als ob ...

Die Erkenntnis traf sie, als die zwei Turteltauben stehen blieben und in einen innigen Kuss versanken.

Tommy Johnsson und Uda Hansen.

Na so was. Von wegen glückliche Ehe. Während Clarissa einen heißen Flirt mit Anton Brenner genoss, hatte ihr Tommy etwas mit der Besitzerin der Teestube. Interessante Einblicke, die sich hier boten. Nicht, dass sie es etwas anging, wie Tommy und Clarissa Johnsson ihre Ehe führten. Aber wenn sie in getrennte Betten stiegen, hieß das dann auch, dass sie getrennt Rauschgift schmuggelten – falls sie das überhaupt taten?

Lily drehte sich diskret um, bevor das Liebespaar sie bemerken konnte, und kehrte zum Gasthaus zurück. Den Kopf in den Nacken gelegt, sog sie die klare Nordseeluft ein und wappnete sich im Geiste gegen die Strafpredigt, die Neuberger ihr halten würde, sobald er merkte, wie wenig sie vorankam. Ihre Ahnungen beschränkten sich auf den Rotkäppchenfall, sonst nichts.

„Was, bitte schön", würde Neuberger fragen, „hat dieser Ausflug zur Domäne Bill mit koksgefüllten Buddelflaschen zu tun?"

Selbst mit der Clique vom Strand war sie nicht weitergekommen. Außer Volleyball war nichts gewesen.

„Immerhin habe ich eine Verabredung mit Anton Brenner", hörte sie sich lahm antworten. „Er hat auch einen Andenkenladen auf Juist."

„Und? Was machen Sie bei dem, nachdem Johnsson genauso eine Buddelflasche im Laden hatte wie die Rauschgiftflasche, die wir haben? Johnsson ist der Verdächtige, falls Ihnen das entgangen sein sollte."

„Ich dachte, wir sollten zumindest mal prüfen ..."

„Prüfen Sie, Lily, aber verplempern Sie nicht Ihre Zeit mit Rosinenstuten und Tagträumereien über gutaussehende Kollegen."

Seufzend verbannte Lily Neubergers kritische Worte aus ihrem Hirn. Er hatte recht, beziehungsweise ihr schlechtes Gewissen hatte recht, das ihr diesen kleinen Disput eingeflüstert hatte. Sie musste in die Gänge kommen und beweisen, was in ihr steckte. Und zwar pronto.

Sie sah auf die Uhr. Zeit, nach Hause zu gehen und sich für das Treffen mit Brenner aufzupeppen. In das Gasthaus würde sie ein andermal gehen. Der Appetit auf Rosinenstuten war ihr sowieso vergangen.

23

Das Wetter auf Helgoland war lausig. Ganz anders als auf Juist, wo die Sommersonne vom Himmel knallte. Hier war es regnerisch und graue Wolken hingen über der Insel wie eine schmuddelige Daunendecke.

Nick Grimm drückte auf den Klingelknopf neben der Haustür von Uwe Schmitt, von der die Farbe blätterte. Wahrscheinlich war das Haus einmal weiß gestrichen gewesen, aber über die Jahre hatte sich eine Art Grauschleier darüber gelegt.

Schmitt machte sich nichts aus Äußerlichkeiten, schloss Grimm aus dem heruntergekommenen Zustand des Anwesens. Im Vorgarten wuchs Gestrüpp, zwischen den Platten des Fußwegs spross Löwenzahn durch die Ritzen. Eine große Hilfe war der Mann bestimmt nicht für die Wolffs gewesen, aber wahrscheinlich hatten sie ihm auch kein großzügiges Gehalt geboten.

Als die Tür sich öffnete, sah Grimm sich einem etwa fünfzigjährigen Mann gegenüber, der ihn argwöhnisch anblickte. Er trug ein ausgebleichtes Sweatshirt mit dem Aufdruck „I love Helgoland“ und Bermuda-Shorts.

„Herr Schmitt?“, fragte Grimm und zeigte seinen Dienstausweis. „Ich habe gestern angerufen. Es geht um den Fall Wolff.“

„Sie sind spät“, brummte Schmitt und trat zurück in den engen Hausgang, sodass Grimm eintreten konnte. „Das Wohnzimmer ist gleich hier rechts. Nehmen Sie Platz.“

Grimm ließ sich auf einen braunen Veloursessel sinken, der bessere Tage gesehen hatte. Ein verkohlter Fleck auf der Armlehne verriet, dass Schmitt hier mal ein Malheur mit seiner Zigarette passiert war. Dass der Mann starker Raucher war, merkte man seinen gelb verfärbten Fingern an, den gefüllten Aschenbechern, die überall verteilt waren, und nicht zuletzt dem Nikotingeruch, der über allem hing.

„Sie haben Glück“, sagte Schmitt. „Ich habe vormittags frei. Meine Schicht im Hotel beginnt erst um zwei.“

„Sie arbeiten an der Rezeption?“

Die Frage war eigentlich unnötig, denn gestern hatte Schmitt ihm das bereits am Telefon erzählt.

„Mein Traumjob. Ein ruhiger Posten, gute Bezahlung und es gibt keine Nachtschicht. Kein Vergleich zu den lausigen Konditionen, für die ich bei Max und Maria Wolff gearbeitet habe.“

„Sie waren nicht zufrieden?“

„*Zufrieden*?“ Er machte eine abwehrende Handbewegung. „Das soll wohl ein Witz sein? Ich musste mich für einen wahren Hungerlohn zum Affen machen lassen, für den bombastischen Titel ‚Assistent‘. Aber ich war so blöd, auf das Angebot reinzufallen. So viele Alternativen gab's auch nicht.“

„Und die Wolffs? Kamen Sie mit denen aus?“

„Klar kam ich mit denen aus, aber dicke waren wir auch nicht gerade miteinander. Max Wolff war ein echter Sklaventreiber. Ständig saß er mir im Nacken, damit ich ja keine Minute länger Pause machte als ausgemacht, und wenn mir mal aus Versehen etwas zu Bruch ging, wurde mir der Wert sofort vom Gehalt abgezogen.“ Er beugte sich vor und fischte eine Zigarette aus der Schachtel auf dem Couchtisch. „Der einzige Moment des Tages, an dem ich wirklich mal meine Ruhe vor ihm hatte, war nach dem Mittag. Dann gingen seine Frau und er immer mit dem Köter spazieren, auf dem Spazierweg am Kliff.“

„Sie machten das jeden Tag, obwohl sie ständig stritten?“

Schulter zuckend zündete Schmitt die Zigarette an und warf das Feuerzeug neben die Packung auf den Tisch. „Sie stritten nicht ständig, nur oft. Vor allem in der letzten Zeit vor dem Mord.“

„Maria Wolff nahm an, dass ihr Mann ein Verhältnis hatte?“

„Sie war überzeugt davon“, bestätigte Schmitt. „Es war wie eine fixe Idee. Dauernd fing sie davon an, aber er wollte davon nichts hören.“

„Sie drohte ihm, ihn umzubringen, sagten Sie damals aus."

Schmitt nickte. „Ich war nicht der einzige, der das gehört hat. Die Nachbarn, die Hausgäste ... Maria hat ihn bei verschiedenen Gelegenheiten öffentlich angeschrien. Sie würde sich scheiden lassen. Sie würde ihm den Hals umdrehen. All so was. Wie man das eben so sagt."

Wie man das eben so sagt ...

Vor Gericht hatten ihre Drohungen klar gegen sie gesprochen.

„Sie war schwanger, daran lag's, denke ich", fuhr Schmitt fort. Er lehnte den Kopf zurück und blies einen Ring aus Rauch zur Zimmerdecke hoch. „All die Hormone ... Die Frau war ja ganz durchgedreht. Sogar nicht mehr zu wissen, dass sie gerade ihren Mann umgebracht hat ..."

„Die Schwangerschaft hat sich doch aber erst in der Untersuchungshaft herausgestellt", wandte Grimm ein.

„Ehrlich?" Schmitt sah ihn erstaunt an. „Also, mir war das klar, so wie die sich aufgeführt hat. Aus der Küche ist sie gestürmt, die Hand vor den Mund gepresst, und ins Bad ... und nicht nur einmal. Blass war sie auch seit Wochen, richtige Schatten hatte sie unter den Augen, und dann das ständige Geheule und Gezeter. Jeder Blinde hätte bemerkt, dass sie schwanger ist."

„Meinen Sie, sie selbst wusste das auch?"

„Bei all der Kotzerei? Natürlich wusste sie das. Die Frau war doch nicht blöd." Ein weiterer Ring aus Rauch schwebte zur Zimmerdecke. „Er muss sich auf das Baby gefreut haben, so vorsichtig wie er plötzlich mit ihr umging. Wie mit einem rohen Ei, egal, wie viele Vorwürfe sie ihm gemacht hat."

„Er wusste also von der Schwangerschaft?"

„Natürlich. Warum sollte sie ihm das nicht gesagt haben? Das macht man doch so unter Eheleuten." Schmitt entfuhr ein rauhes Lachen. „Max tat zwar cool mit seinem Dreitagebart und diesem Wolfstattoo im Nacken, aber dass Maria ein Kind von ihm erwartete, machte ihn sentimental. Wie eine Glucke tanzte er um sie herum, damit sie sich schonte. Alles auf meinem Rücken, natürlich. Ich musste mehr arbeiten denn je." Schmitt warf Grimm einen vorwurfsvollen Blick zu, so als sei er schuld daran, dass Maria Wolff schwanger geworden war.

„Und die Geliebte?", fragte Grimm. „Gab's die überhaupt?"

Schmitt zuckte die Schultern. „Mir hat Max seine Geliebte nicht vorgeführt, falls Sie das meinen. Keine Ahnung, ob es überhaupt eine gab. Er musste die Pension leiten und konnte nicht großartig in ein Liebesnest mit einer anderen Frau verschwinden. Höchstens, wenn seine Maria mal beim Einkaufen war, oder so. Keine Ahnung, wie er das gemacht haben soll, obwohl ..." Er kratzte sich am Kopf. „Diese Freundin von seiner Frau, diese Sandra Krabbe ..."

„Was ist mit der?"

„Na ja, diese Sandra war in jeder freien Minute in der Pension, um mit Maria zu tratschen. Aber, wenn ich so darüber nachdenke ... Eigentlich war sie auch da, wenn Maria gar nicht zu Hause war."

„Sie meinen, dass sie bei den Gelegenheiten Marias Mann besucht hat? Dass Sandra Krabbe die Geliebte von Max Wolff war?"

Schmitt drückte seine Zigarette in einem der übervollen Aschenbecher aus. Er verzog den Mund. „Ich stand nicht daneben, als die beiden es miteinander trieben. Im Gegenteil, ich habe nie das geringste bisschen mitgekriegt. Aber wenn Max Wolff nebenraus ging, dann wette ich, dass es mit dieser Sandra war. Die wohnte doch gleich nebenan, und was hätte die sonst ohne ihre Freundin im Haus gewollt?"

Grimm fragte sich das auch, als er sich durch den Nieselregen auf den Weg zu Sandra Krabbes ehemaligem Laden machte.

Unten im Haus war noch immer ein Laden, der Zeitschriften und dies und das für den täglichen Bedarf verkaufte. Ein paar wassergefüllte Plastikeimer mit Blumensträußen standen vor dem Schaufenster, tropfnass vom Regen.

„Lisas Lädchen" stand Rot auf Weiß über der Tür. Nicht sehr originell, aber wahrscheinlich billig. Die neue Eigentümerin hatte lediglich das „Sandra“ im Schild übermalen lassen müssen. Er blickte nach oben, zu den Fenstern im ersten Stock, gegen die der Regen trommelte. Dort hatte Sandra Krabbe gewohnt, direkt über ihrem Laden. Praktisch, eigentlich.

Dann drückte er auf die Klingel.

Der Mann, der jetzt hier wohnte, konnte ihm nicht weiterhelfen. Er hatte die Wohnung über einen Makler gemietet, nicht von Sandra Krabbe. Die Frau kannte er nur dem Namen nach und interessierte ihn kein Stück. Grimms Ermittlungen auch nicht, zumindest nicht genug, um ihn hineinzubitten.

„Sie war die Vormieterin, mehr weiß ich nicht“, sagte er kurz angebunden und machte Anstalten, Grimm die Wohnungstür vor der Nase zuzuschlagen.

Grimm konnte gerade noch den Fuß zwischen Tür und Rahmen setzen. Fiese Taktik, aber was sollte er machen?

„Sie haben keine Kontaktadresse?“

Der Mann hob den Blick von Grimms Schuh und starrte ihn an, puren Ekel in den Augen. Wie einen Käfer, den er am liebsten mit dem Fuß zerquetscht hätte. Langsam und genüsslich.

„Nein“, zischte er. „Selbst wenn ich eine gehabt hätte ... das Ganze ist fünfzehn Jahre her. So lange hebt man keine Nachsendeadresse auf, und die Maklerfirma gibt's nicht mehr. Da können Sie nicht mehr fragen.“

Grimm wusste, wann er geschlagen war. Er nahm den Fuß aus dem Türrahmen und verabschiedete sich. Der Mann hatte recht. Fünfzehn Jahre waren eine lange Zeit.

Lisa Studer, die den Laden unten im Haus betrieb, hatte Sandra Krabbe ebenfalls nie gesehen, erklärte sie ihm errötend, während sie nervös ihr Haar richtete.

Grimm fragte sich, was er eigentlich an sich hatte, dass so viele Frauen bei seinem Anblick sofort an ihr Äußeres dachten – und ausgerechnet Lily nicht.

„Den Laden habe ich über einen Makler bekommen“, fuhr sie fort.

Wahrscheinlich der gleiche, der auch die Wohnung obendrüber vermietet hatte.

„Sandra Krabbe kenne ich nur vom Hörensagen. Sie wissen ja, was die Kunden so alles erzählen ..."

Sie stockte, zwei feuerrote Streifen auf den Wangenknochen. War sie immer so nervös oder hatte er ihr die Stimme verschlagen?

Grimm lächelte sie aufmunternd an. „Zum Beispiel?"

„Hm, also ... zum Beispiel, dass sie eine Tochter hatte. Ein Adoptivkind, aber das lebte bei ihrem Bruder in Pinneberg. Der hatte auch eine Tochter in dem Alter." Sie stockte erneut, als ob sie nicht wusste, was sie noch sagen sollte.

„Sonst nichts?"

„Sie ging ins Ausland", hauchte sie und schlang ihre Finger ineinander. „Ja, ich glaube, das sagten sie. Dass sie ins Ausland ging."

Sie blickte ihn aus großen Rehaugen an, die Lippen leicht geöffnet, und schwankte kaum merklich. Grimm wurde es mulmig zumute. Sie sah aus, als wollte sie auf der Stelle vor Liebeskummer sterben. War das etwa noch eine, die an die Liebe auf den ersten Blick glaubte?

Die Tür ging auf, ein Kunde trat ein.

„Niedlich, diese Seehunde", sagte Grimm und griff nach einem der Plüschtierchen, die in einem Korb auf dem Tresen lagen. „Genau das Richtige für meine Frau. Sie liebt Seehunde."

„Ihre Frau ..." Ihr Mund schnappte zu. „Ach so, natürlich. Gerne. Das macht drei achtzig, bitte."

Lächelnd nahm Grimm das Tütchen entgegen. Hoffentlich mochte Lily Seehunde.

„Vielen Dank für Ihre Hilfe."

„Gern geschehen", sagte sie mit unausgesprochenem Vorwurf in den Augen.

Warum trägst du keinen Ehering?

Dann wandte sie sich dem nächsten Kunden zu.

Grimm hatte keine Ahnung, was die Leute an Helgoland so toll fanden. Vielleicht lag's auch am Nieselwetter, dass ihn der Spaziergang entlang der Steilküste so wenig begeisterte.

Auf der Karte, die er dabei hatte, war die Stelle klar gekennzeichnet, an der Max Wolff damals zu Tode gekommen war. Auch, wo genau Stefan Schneider im Gras gelegen war, um Vögel zu beobachten.

Hier. Ja, hier musste es sein.

Vorsichtig überstieg Grimm den Zaun und näherte sich dem Rand der Klippe. Ganz schön hoch, der Felsen. Kein Wunder, dass Wolff sofort tot gewesen war, nach dem Fall.

Schaudernd wandte er sich um. Dort drüben, keine zwanzig Meter von hier, hatte Schneider gelegen. Die Entfernung war nah genug, um alles mit bloßem Auge erkennen zu können. Zumindest bei klaren Sichtverhältnissen. Aber Schneider hatte ein Fernglas dabei gehabt und das Geschehen in Großaufnahme beobachtet, Wetter hin, Wetter her.

Grimm stapfte durch das feuchte Gras zu der Stelle, an der Schneider damals auf Ausschau gelegen hatte, und zog einen Feldstecher unter seiner Jacke hervor. Langsam hob er das Fernglas an die Augen.

Perfekt. Obwohl es heute genauso nieselte wie damals vor 23 Jahren, konnte er dort drüben an der Steilkante jeden Grashalm erkennen. Kein Zweifel. Wenn Schneider beobachtet hatte, dass Maria Wolff ihren Mann die Klippen hinunterstieß, dann hatte sie das auch getan. Grimm schob das Fernglas wieder unter seine Jacke und machte sich auf den Rückweg.

So viel zu Lilys unschuldigem Rotkäppchen, dachte er. Er sah auf die Uhr. Zeit genug für einen kleinen Abstecher nach Pinneberg.

Das Haus, in dem die Krabbes ihr Unwesen getrieben hatten, lag in einer ruhigen Seitenstraße auf der falschen Seite der Stadt. Der Geruch nach Kohl und billigem Putzmittel lag in der Luft. „Blum“ stand auf dem Schild neben der Klingel.

„Polizei?“, fragte Frau Blum, eine dürre Blonde in T-Shirt und Minirock, und warf einen gehetzten Blick hinter sich, von wo Kindergeschrei auf die Straße drang. „Ist was passiert?“

„Es geht um Familie Krabbe, die hier früher gelebt hat."

Sie riss die Augen auf. „Die Kinderschänder? Die sind doch im Knast, oder?"

Grimm schüttelte sich den Regen aus dem Kragen. „Dürfte ich vielleicht reinkommen?"

„Oh", sagte sie. „Natürlich. Ich wollte mir gerade einen Kaffee kochen. Wollen Sie einen?"

„Gerne."

Kaum betraten sie die überraschend große Küche, stürzten sich zwei identisch aussehende Kleinkinder heulend auf ihre Mutter und umklammerten ihre Beine. Ein drittes, höchstens ein Jahr alt, thronte im Hochstuhl und schmierte sich Brei ins Haar.

„Lass das, Ole", fauchte sie das Baby an und warf Grimm einen entschuldigenden Blick zu. „Ich setze die Mädchen mal schnell vors Fernsehen."

Sie verschwand mit den Zwillingen ins Nebenzimmer. Kurz darauf klang eine Disney-Melodie an Grimms Ohr. Schneewittchen.

„Theo, komm man runter", hörte er sie nach oben rufen. „Wir haben Besuch. Jemand von der Kripo."

Mit klackernden Absätzen trat sie wieder ins Zimmer und nahm dem Baby die Breischüssel weg.

„So", sagte sie. „Was möchten Sie wissen?"

Während sie mit dem Wasserkocher hantierte und löslichen Kaffee in zwei Becher schüttete, ließ Grimm sich am Küchentisch nieder, in sicherer Entfernung des breiverschmierten Babys.

„Uns interessiert der Fall in Zusammenhang mit einem Mord, der sich kürzlich auf Juist ereignet hat", erklärte er. „Natürlich habe ich die Akten von damals gelesen, aber ..."

„Juist?", unterbrach sie ihn. „Das ist doch ewig weg. Was hat das denn mit dem alten Kinderschänder-Fall in Pinneberg zu tun?"

Er zuckte die Schultern. „Nichts, wahrscheinlich. Trotzdem wäre ich froh, wenn Sie mir alles sagen könnten, was Sie darüber wissen. Vielleicht gibt's ja doch etwas, das wir übersehen haben."

Sie stellte den Kaffeebecher vor ihn und setzte sich neben den Hochstuhl. „Milch und Zucker?"

„Nein, danke. Schwarz."

Sie rührte Zucker in ihren Kaffee, leckte den Löffel umständlich ab und reichte ihn dem Baby, das sofort anfing, unbarmherzig auf das Tablett des Hochstuhls einzuschlagen.

Die Küchentür öffnete sich und ein stiernackiger Mann im Unterhemd kam herein. Theo, wahrscheinlich. Wortlos setzte er sich neben seine Frau an den Tisch und trank einen Schluck von ihrem Kaffee.

„Krabbes", erklärte Frau Blum. „Er will wissen, was wir über die Krabbes wissen."

Der Mann nickte.

„Sie hatten vier Kinder, die Krabbes", sagte sie. „Zwei Jungs und zwei Mädchen. Eins der Mädchen war nur zur Pflege da. Die ist dann gestorben."

„Die Treppe runter", warf Theo ein. „Genickbruch. Aber vorher hatte sie solche Schläge kassiert, dass sie sowieso gestorben wäre."

„Innere Blutungen, stand in der Zeitung." Sie wandte den Kopf und fauchte das Baby an, das nach wie vor den Hochstuhl mit dem Löffel attackierte. „Hör endlich auf damit."

Das Baby reagierte nicht.

„Kannten Sie die Familie?"

Sie nickte. „Die Eltern nicht, aber die Kinder. Wir waren zusammen in der Schule."

Grimm sah interessiert auf. Er hatte sie auf dreißig geschätzt, aber bei näherem Hinsehen konnte sie genauso fünf Jahre jünger sein. Nicht viel älter als Maria Wolffs Tochter.

„Ein Junge war mit mir in der Klasse, der andere war schon weiter, in der Hauptschule. Die Mädchen waren eine Klasse tiefer. Fanny und Laura." Sie biss sich auf die Unterlippe. „So jung sterben zu müssen. Ich sehe Laura noch vor mir wie heute. Schüchtern war sie, mit dunklen Zöpfen, und nie hat sie gelacht. Ehrlich, ich kann mich nicht erinnern, sie jemals lächeln gesehen zu haben. Fanny war da ganz anders."

„Ist ja auch kein Wunder, dass ihr das Lachen vergangen ist. Bei der Behandlung“, warf Theo ein. „Wie schön haben's da unsere Kinder.“

Er schenkte dem Baby einen Das-findest-du-doch-auch?-Blick, das ihn prompt anstrahlte und glucksend seine Breifinger nach ihm ausstreckte.

„Wissen Sie, was aus den Kindern geworden ist, als die Krabbes ins Gefängnis kamen?“

„Keine Ahnung.“ Frau Blum zuckte die Achseln. „Ich habe sie nie wieder gesehen. Nicht in der Schule und auch nicht sonstwo in Pinneberg. Sie werden weggezogen sein. Zu Verwandten, wahrscheinlich.“ Sie rührte in ihrem Kaffee. „Ich durfte die Zeitungsberichte nicht lesen. Meine Mutter fand, ich sei zu jung für so was, und in der Schule durften wir auch nicht darüber reden. Weil das doch Kinderschänder waren ...“

„War auch besser so“, brummte Theo. „Wir waren ja selbst noch Kinder.“

Grimm konnte sich nicht erklären, warum er beim Verlassen des Hauses dieses unbestimmte Gefühl hatte, etwas Wichtiges erfahren zu haben. Eigentlich hatte er doch nichts dazugelernt, was er nicht bereits wusste, oder? Den ganzen Tag schon nicht.

Erst auf dem Rückflug, hoch im Himmel über der Nordsee, kam ihm, was ihn so irritiert hatte: Frau Blums Erinnerung an Lauras dunkle Zöpfe.

Das tote kleine Mädchen auf dem Foto in seiner Akte war blond.

24

Auf Juist herrschte sommerliches Wetter. Kein Vergleich zu dem Nieselregen in Schleswig-Holstein. Es machte Sinn, die durchgeweichte Kleidung durch trockene zu ersetzen. Aus diesem Grund führte Grimms erster Weg nach der Landung zu seinem Pensionszimmer.

„Wie schade, dass Sie gestern Abend nicht mit dabei sein konnten“, flötete Effi Johnsson. „Es war wirklich nett und gemütlich.“

„Freut mich“, sagte Grimm und ging auf die Treppe zu. „Ich muss gleich wieder weg, sonst hätten Sie mir alles über den Abend erzählen können. Auf Helgoland bin ich so nassgeregnet worden, dass ich dringend meine Kleider wechseln muss.“

Als er zehn Minuten später wieder nach unten kam, stand Effi am Fuß der Treppe.

„Ich habe einen Zeitungsartikel für Sie, über Maria Wolff.“ Sie wedelte mit der herausgerissenen Seite durch die Luft. „Ich schreibe nämlich einen Krimi, deshalb hebe ich mir solche interessanten Artikel gerne auf.“

Sie schrieb einen Krimi?

Neugierig nahm er die Seite entgegen und las die Überschrift. *Brutaler Angriff im Frauengefängnis: Insassin mit Gabel attackiert.*

Der Beitrag, den Effi Johnsson rot umrandet hatte, war nicht sonderlich lang. Auch nicht besonders reißerisch. Im Wesentlichen ging es darum, dass die wegen Mordes lebenslänglich inhaftierte Maria Wolff beim Essen eine Mitinsassin attackiert hatte. Nur dem schnellen Eingreifen des Aufsichtspersonals sei es zu verdanken, dass das Opfer nicht das Augenlicht verloren hatte. Bei der attackierten Frau handele es sich um Ruth Krabbe, die erst kürzlich ihre Haftstrafe wegen schwerer Kindesmisshandlung mit Todesfolge angetreten habe.

Nach dem Lesen sah Grimm erstaunt auf. „Von all dem hatte ich keine Ahnung. Vielen Dank. Darf ich den Artikel mitnehmen und kopieren?“

„Natürlich dürfen Sie.“ Effis Löckchen wippten erfreut. „Wie schön, dass ich behilflich sein konnte.“

Zurück in der Polizeistation kopierte Grimm als Erstes den Artikel, den ihm Effi Johnsson gegeben hatte. Anschließend öffnete er die Akte über Ruth und Lars Krabbe.

Er hatte sich richtig erinnert. Das kleine Mädchen, das damals gestorben war, war blond – und ihr Name war eindeutig Laura Krabbe. Nachdenklich fuhr er sich durchs Haar. Warum zum Kuckuck war Frau Blum dann so sicher, dass Laura dunkelhaarig gewesen war?

Fotos der anderen Kinder waren zu seiner Enttäuschung nicht vorhanden, allerdings waren die Vornamen und Geburtsdaten ausgewiesen. Thomas, geboren 1988, Johannes, geboren 1990, und Laura, geboren 1991.

Laura? Das andere Mädchen hieß auch Laura?

Grimm sog scharf die Luft ein. Wie um alles in der Welt ...?

Hastig gab er „Die beliebtesten Vornamen 1991“ in die Suchmaschine ein. Tatsächlich, der Name Laura stand an dritter Stelle.

„Ich glaub', ich spinne“, murmelte er und griff zum Telefon. Hoffentlich konnten ihm die Kollegen aus Aurich die genauen Einträge aus dem Pinneberger Melderegister besorgen. Im Anschluss an sein Telefonat nach Aurich tippte er die Nummer des Lübecker Frauengefängnisses ein.

„Natürlich erinnere ich mich an den Zwischenfall“, sagte Dr. Schmidt-Rilke. „Deswegen konnte Maria Wolff auch nicht frühzeitig wegen guter Führung raus.“

„Hätte sie das sonst gedurft?“, fragte Grimm.

„Mit Sicherheit. Sie hat sich all die Jahre mustergültig verhalten, bis auf die eine Ausnahme. Ihr Angriff kam völlig überraschend. Aus dem Nichts, quasi.“

„Wussten Sie denn nicht, dass das ihr Kind war, das die Krabbes auf dem Gewissen hatten?“

Schmidt-Rilke seufzte. „Wir hatten keine Ahnung, woher auch? Das kam erst später raus, nach der Attacke. Ab dem Moment hielten wir die beiden Frauen streng getrennt.“

Grimm malte mit dem Kugelschreiber Galgenmännchen auf seinen Notizblock. Nicht zu fassen, das Ganze.

„Und Maria Wolff? Woher wusste die, was mit ihrer Tochter passiert war?“

Erneutes Seufzen drang durch den Hörer. „Aus der Zeitung“, bekannte Schmidt-Rilke. „Der Tod des kleinen Mädchens wurde überall lang und breit ausgeschlachtet und als Maria Wolff ein Bild des Kindes in der Zeitung sah, wusste sie Bescheid.“

Grimm zwirbelte den Stift zwischen den Fingern. „Wie kann sie ihre Tochter in der Zeitung erkannt haben? Die Kleine wurde doch als Baby von ihrer Freundin adoptiert und danach hatte sie keinen Kontakt mit dem Kind."

Oder irrte er sich?

„Diese Freundin, diese Sandra Krabbe", setzte Schmidt-Rilke an. „Sie kam viele Jahre lang ins Gefängnis, um Maria Wolff zu besuchen. Immer mit Fotos der Kleinen, bis das Kind so acht, neun Jahre alt war. Dann blieben ihre Besuche aus."

Als sie sich mit dem neuen Lover ins Ausland absetzte, wahrscheinlich.

„Daher wusste sie also, wie ihre Tochter aussah", murmelte Grimm. „Sagen Sie mal, wohnte Maria Wolff eigentlich allein in der Zelle?"

„Ja, sie hatte eine Einzelzelle, aber sie hatte eine Freundin im Gefängnis. Renate Zimmer. Die beiden verstanden sich gut."

„Ruth Krabbe sitzt auch noch bei Ihnen ein, oder? Ich hätte da mal eine Bitte ..."

Erleichtert legte Grimm wenige Minuten später das Handy neben sich auf den Schreibtisch. Dr. Schmidt-Rilke hatte erlaubt, dass er am Montag ins Lübecker Gefängnis kam, um mit den beiden Frauen zu sprechen. Nun konnte er nur hoffen, dass sie bereit waren, den Mund aufzumachen.

25

Anton Brenners teures Aftershave stieg Lily in die Nase, als er sie zur Begrüßung auf beide Wangen küsste.

War das *Bulgari*?

„Schön, dass Sie gekommen sind", sagte er mit einem Lächeln, bei dem man weiche Knie bekommen konnte. „Die erste Frau, die sich für meinen Onlinehandel interessiert."

Lily war froh, ihr T-Shirt gegen die transparente Chiffonbluse getauscht zu haben. Kein Zweifel, dass er ihr Interesse für die Onlinegeschäfte für einen Vorwand hielt; dass sie ihn in Wirklichkeit verführen wollte. Die sexy Bluse passte da gut ins Bild. Wahrscheinlich war er es gewöhnt, jedes weibliche Wesen haben zu können, das er begehrte. Verheiratete Frauen wie Clarissa Johnsson eingeschlossen.

Nun, bei ihr würde er jedenfalls nicht landen. Ihr Interesse galt Buddelflaschen. Außerdem konnte Brenners gelackter Playboy-Charme nie und nimmer gegen Nicks magnetische Anziehungskraft ankommen.

Einen Moment lang betrachtete sie die goldene Rolex, die an Brenners Handgelenk blitzte. Dann hob sie die Lider und sah lächelnd zu ihm auf. „Ich bewundere Ihren Erfolg. Sie müssen einer der innovativsten Geschäftsmänner der Insel sein."

Zwei Stunden später ging Lily quasi auf dem Zahnfleisch. Hundertzwanzig Minuten, in denen Brenner Seite an Seite mit ihr vor dem Computer gesessen und in epischer Breite jedes noch so kleine Detail seines Onlinehandels erklärt hatte – und die ganze Zeit hatte seine gebräunte Hand wie zufällig auf ihrem Oberschenkel gelegen, bis Gott sei Dank sein Neffe mit einer Anfrage hereingekommen war. Lily hatte den Moment genutzt, aufzuspringen und die versprochene Führung durchs Lager zu erwähnen.

„Gerne", sagte Brenner nonchalant. Dann informierte er seinen Neffen, dass sie ein Weilchen weg sein würde.

Lilys Handflächen wurden feucht. Hoffentlich plante er nicht, ihr in einer dunklen Ecke näherzukommen.

Ihre Befürchtungen entpuppten sich als unbegründet. Brenner zeigte sich von seiner besten Seite, ganz der gewandte Geschäftsmann, obwohl er keineswegs so erfolgreich war, wie er tat. Die Aufträge, die Brenner online an Land zog, waren nicht gerade bemerkenswert. Kein Wunder, dass er den Lieferwagen mit Tommy und Clarissa Johnsson teilte. Allein hätte er die Ladefläche nie voll gekriegt.

„Erstaunlich, was hier in den Regalen liegt", schwärmte Lily beim Anblick all der Kisten und Vorräte. „Vorne im Laden verkaufen Sie das aber nicht alles. Diese flauschigen

Riesenkissen, zum Beispiel. Die liegen doch nicht in der Auslage, oder?"

„Die sperrigen Waren verkaufen wir ausschließlich online. Hier auf Juist kriegen wir sie nicht los. Die Urlauber möchten kein Mordsgepäck zurück aufs Festland schleppen."

„Das haben Sie perfekt gelöst." Lily schenkte ihm ein bewunderndes Lächeln. „Den Onlinekäufern ist das Transportproblem egal, da Sie nach Hause liefern. Sehr geschickt von Ihnen. Kein Wunder, dass Sie so gute Geschäfte machen."

Brenners Handy klingelte.

„Tut mir leid", sagte er, nachdem er den Anruf entgegengenommen hatte. „Ich werde kurz vorne im Laden gebraucht. Ein unzufriedener Kunde. Wenn Sie einen Moment hier warten, ich bin gleich wieder da."

Brenners Abwesenheit kam Lily höchst gelegen. Der Karton, der ihr vorhin aufgefallen war ... Der mit dem Aufkleber, dass er hundert Buddelflaschen enthielt. Schnell huschte sie zu einem Regal zurück, das sie mit Brenner passiert hatte, und zog den Karton zu sich heran. Mittlerweile lagen noch circa dreißig Flaschen in der Kiste, stellte sie fest. Etwas mehr als zwei Drittel fehlten.

Sie zog eine Flasche heraus, warf einen kurzen Blick auf den Schoner mit den stark geblähten Segeln und der Aufschrift *Juist Ahoi,* und steckte die Buddel in ihre geräumige Tasche. Dann eilte sie zu der Stelle zurück, an der Brenner sie verlassen hatte.

Keine Sekunde zu spät.

„Da bin ich wieder", klang seine Stimme an ihr Ohr. „Wie wär's, wollen wir etwas essen gehen? Das Wetter ist viel zu schön, um die Zeit in muffigen Lagerräumen zu verbringen, finden Sie nicht?"

„Gute Idee", antwortete sie und hakte sich bei ihm unter. „Ich kenne ein nettes Restaurant am Kurplatz, wo man draußen in der Sonne sitzen kann."

Der Nachmittag mit Anton Brenner war netter, als Lily es sich vorgestellt hatte. Sie hatten gemeinsam zu Mittag gegessen – wenn man um drei Uhr nachmittags überhaupt noch von Mittagessen sprechen konnte – und waren dann fließend zu Kaffee und Kuchen übergegangen. Die ganze Zeit hatte das Gespräch freundschaftlich vor sich hingeplätschert, ohne große Höhen und Tiefen. Zu ihrer Enttäuschung hatte Lily nichts Neues erfahren, was für den Fall relevant sein könnte – weder für den Rauschgifthandel, noch für die Morde – aber sie war erleichtert, dass Brenner den Rest des Nachmittags seine Hände bei sich behalten hatte. Auch sein überschäumender Playboy-Charme, den er zu Beginn ihres Besuchs reichhaltig über sie ergossen hatte, hielt sozusagen Mittagsschlaf.

Komisch eigentlich, dachte Lily, bis in ihr der Verdacht keimte, dass der unzufriedene Kunde, wegen dem Brenner vorhin aus dem Lager gerufen wurde, Clarissa Johnsson gewesen sein könnte. Hatte Clarissa ihm eine Szene gemacht? Falls es so war, wäre es kein Wunder, dass Brenner sich ab dem Moment bedeckt gehalten hatte. In dem Restaurant am Kurplatz sowieso, draußen im Sonnenschein und direkt vor Clarissas Einrichtungsgeschäft.

Ja, entschied sie. Das musste der Grund für sein plötzlich zahmes Auftreten gewesen sein. Nicht, dass ihr das leid tat ...

Mittlerweile war es fünf Uhr nachmittags und Nick hatte getextet, dass er am Strand auf sie wartete. Ein erwartungsvoller Schauer ließ sie erzittern. Wie schaffte Nick es bloß, tausend Mal attraktiver zu sein als hundert Anton Brenners zusammen?

Lily saß im Bikini in Nicks Strandkorb, den süßen kleinen Seehund neben sich, den er ihr mitgebracht hatte, und starrte auf die Fotos in ihrer Hand.

„Beide Krabbe-Mädchen hießen Laura?“, wiederholte sie fassungslos. „Im Ernst?“

„Als sie geboren wurden, war Laura einer der beliebtesten Vornamen.“ Er tippte auf ein Bild, das beide Mädchen nebeneinander auf einem schäbigen Sofa zeigte. „Maria Wolffs Tochter hieß nach der Adoption Laura Krabbe. Die leibliche Krabbe-Tocher hieß auch Laura, aber sie hatte noch einen zweiten Vornamen. Fanny. Unter dem Namen war sie in der Schule bekannt, erzählte mir eine Mitschülerin."

„Fanny und Laura, also", sagte Lily. „Und Laura fiel dann die Treppe runter ..."

„Das frage ich mich." Nachdenklich fuhr sich Nick durch das Haar.

Krampfhaft hielt Lily sich an den Fotografien fest. Wie es sich wohl anfühlte, mit den Fingern durch seine Locken zu streichen? Ihre Kehle wurde trocken.

„Du meinst, Maria Wolffs Tochter ist gar nicht gestorben, sondern die andere Laura?", brachte sie heraus. „Wie kommst du darauf?"

„Sie dir doch mal das Bild des toten Mädchens an, und dann die Fotos der anderen."

Lily betrachtete die Fotografien erneut, eine nach der anderen.

Die erste Abbildung zeigte das Ehepaar Wolff vor ihrer Pension. Maria ganz in Rot, mit fast dunkelbraunem Haar, das ihr über die Schultern fiel. Max Wolff einen halben Kopf größer als seine Frau, ebenfalls dunkelhaarig. Beide lachten in die Kamera.

Das nächste Foto zeigte Ruth und Lars Krabbe, beide blond und blauäugig, mit ihren blondgelockten Söhnen. Die Jungs hatten Zahnlücken und waren nicht älter als sechs oder sieben. Das Bild musste Jahre vor dem Tod der kleinen Laura aufgenommen worden sein. Außer dem Foto mit den beiden Mädchen auf dem Sofa gab es noch ein weiteres, das das tote Kind am Fuß der Treppe zeigte.

Lily zog das Foto aus dem Stapel und legte es obenauf. Nachdenklich betrachtete sie den zusammengekrümmten Kinderkörper.

„Sie ist blond", sagte sie schließlich. Fragend sah sie Nick an. „Ist es das, was du meinst?"

Er nickte. „Auf den Fotos sind die Krabbes blond und Wolffs sind dunkelhaarig. Ist es da nicht wahrscheinlich, dass ..."

„Doch", sagte Lily. „Mir kommt es auch wahrscheinlicher vor, dass die Wolff-Tochter das dunkelhaarige Kind ist und die Krabbe-Tochter die Blonde. Nur, warum sind dann alle so sicher, dass damals das Pflegekind gestorben ist?"

„Genau das verstehe ich auch nicht", gestand Nick. „Aber warum sonst attackierte Maria Wolff Ruth Krabbe im Gefängnis? Sie wusste, dass ihre Tochter gestorben war. Sie hatte das Foto des toten Mädchens in der Zeitung gesehen und sie einwandfrei wiedererkannt."

„Das weißt du von dem Gefängnisdirektor?"

„Ja, aber diese Schulfreundin der Mädchen sagte auch, dass Laura damals gestorben sei, das Pflegekind. Nicht Fanny."

Lily machte eine abwehrende Handbewegung. „Woher weißt du, ob das stimmt? Wenn sie mit den Mädchen zusammen in die Schule ging, war sie damals doch selbst noch ein Kind. Wer weiß, ob ihre Eltern ihr erlaubt haben, die grausigen Details in der Zeitung nachzulesen. Viel eher, dass ihre Eltern ihr das Ganze so schonend wie möglich mitteilten – und da hat sie es vielleicht falsch verstanden, welches Kind zu Tode kam."

Nick verzog nachdenklich den Mund. „Genau so war es, sie durfte die Zeitungsartikel nicht sehen und in der Schule wurde anscheinend auch nicht darüber gesprochen, um die Kinder zu schonen. Aber irgendwie scheint jeder zu glauben, dass das tote Mädchen das Pflegekind war."

„Kein Wunder, wenn sie beide Laura hießen", sagte Lily. „Stell dir das doch mal vor: In der Zeitung wird berichtet, dass das tote Mädchen Laura hieß – ohne zu erwähnen, dass sie eigentlich unter dem Namen Fanny bekannt ist. Da glaubt doch jeder, der das liest, dass die andere Laura gestorben ist. Die, die als Laura bekannt war."

„Klingt einleuchtend. Aber es erklärt nicht, warum Maria Wolff ihre Tochter erkannt hat, als sie das Bild des toten Mädchens sah. Das Bild der Blonden." Nick nahm die Fotografien wieder an sich und erhob sich. „Am Montag fahre ich nach Lübeck, um mit Ruth Krabbe zu sprechen. Wenn die nicht weiß, welches Kind damals umgekommen ist, wer dann?"

Lily wusste die Antwort schon jetzt. Es konnte kein Zufall sein, dass das dunkelhaarige Mädchen, das neben der kleinen Blonden auf dem Sofa saß und ernst in die Kamera guckte, von Kopf bis Fuß in Rot gekleidet war.

Sie lehnte den Kopf zurück und betrachtete die Schäfchenwolken, die über den Spätnachmittagshimmel zogen.

„Wenn damals Fanny Krabbe gestorben ist ..."

„Dann ist die Wolff-Tochter nach wie vor am Leben." Nick schob die Daumen in die Taschen seiner Jeans. „Und ist in diesem Moment auf Juist."

26

Der Sonntagmorgen begann für Lily mit dem melodischen Klippklapp der Pferdehufe, das von der Straße in ihr Schlafzimmer drang. Verschlafen drehte sie sich um und blinzelte in Richtung Wecker. Schon Viertel nach neun. Wenn sie pünktlich im Zehn-Uhr-Gottesdienst der Inselkirche sein wollte, musste sie sich sputen.

Sie schwang die Beine über die Bettkante und tappte auf nackten Füßen ins angrenzende Badezimmer.

In ein sommerliches Trägerkleid gekleidet, genoss sie zwanzig Minuten später ihr Frühstück auf der Terrasse. Was gab es Herrlicheres als seinen Morgenkaffee unter einem Sommerhimmel zu trinken, der blau war wie auf einer Postkarte? Ein wahrhaft fantastischer Morgen.

Ein strohblonder Kopf erschien hinter der Rosenhecke des Nachbargartens. Jakob von nebenan, ein zehnjähriger Junge, mit dem Lily schon mehrfach über den Gartenzaun hinweg geplaudert hatte.

„Guten Morgen, Jakob", rief sie fröhlich und griff nach dem Toast. „Du hast bestimmt schon vor Stunden gefrühstückt."

Er warf einen argwöhnischen Blick auf ihren Teller. „Mögen Sie keine Brötchen?"

„Oh, du meinst, weil ich Toast esse?" Sie lächelte. „Ich war mir nicht sicher, ob es heute am Sonntag Brötchen zu kaufen gibt."

„Wenn Sie wollen, besorge ich Ihnen morgen welche zum Frühstück“, bot er an. „Meine Mutter hat gesagt, ich müsste selbst etwas für die Wii dazuverdienen, die ich mir wünsche. Deshalb liefere ich jetzt in den Ferien Brötchen aus. Gegen Geld.“ Er nannte eine moderate Summe. „Wollen Sie?“

„Was für ein Service“, lachte Lily. „Da bestelle ich gleich zwei Brötchen für morgen. Bringst du auch Milch vorbei? Die ist nämlich bald alle.“

„Klar“, sagte er. „Ich habe einen Korb am Fahrrad. Da passt alles rein. Sie müssten mir aber jetzt schon das Geld geben, damit ich alles einkaufen kann.“

Zufrieden verschwand Jakob im Nachbarhaus, nachdem er mit Lily die Finanzen geklärt hatte. Er würde die Einkäufe morgen früh vor die Tür stellen, hatte er versprochen. Lily grinste. Luxus schlechthin. Ihr Aufenthalt auf Juist wurde immer besser.

„Ein wahrhaft prächtiger Morgen“, flötete Betty Behrensen, die gemeinsam mit der Rothaarigen von der Kurverwaltung vor der Kirche stand und schwatzte. Erfreut gesellte Lily sich zu den beiden.

Betty sah aus wie aus dem Ei gepellt, in einen leichten Hosenanzug aus Leinen gekleidet, dessen Blau mit dem Sommerhimmel wetteiferte. Mit farblich passendem Modeschmuck und ihrem seidigen, schulterlangen Bob sah sie aus wie die souveräne TV-Berühmtheit, als die man sie kannte. Die Rothaarige verblasste neben ihr geradezu.

Lily wünschte nicht zum ersten Mal, selbst nordischblond zu sein, statt mit diesem grässlichen Mausbraun geschlagen zu sein. Immerhin hatte sich die Farbe dank der Sardinischen Sommersonne aufgehellt, sodass sie nun fast schon als honigblond durchgehen konnte. Dennoch, gegen Betty Behrensens damenhaften Haarstil kam ihrer nicht an. Weder farblich, noch sonstwie.

Aber selbst VIPs hatten ihre schlechten Momente. Bei der Erinnerung an den Muffin-Wettbewerb musste Lily innerlich grinsen. Betty hatte wie eine altbackene Hausfrau in der Menopause gewirkt, erhitzt und mehlbestäubt mit dem Backblech in den Händen. Dagegen war das Bild, das sie heute abgab, das Musterbeispiel für perlweißes Strahlelächeln und den gewissen Schick, der kein Alter kannte. Genau wie im Fernsehen eben.

„Nach dem Gottesdienst möchte ich unbedingt einen Ausflug machen", ließ Betty sie wissen. „Das Wetter ist so herrlich und bisher habe ich außer Strand und Ort nicht viel gesehen."

„Fahren Sie doch mit der Pferdekutsche, das macht rasenden Spaß", empfahl ihr Lily, begleitet von dem zustimmenden Nicken der Rothaarigen. „Es ist richtig idyllisch, über die Insel kutschiert zu werden. Der Hammersee ist eine Oase der Ruhe und die Domäne Bill ist auch einen Besuch wert."

„Domäne Bill ... Den Namen habe ich schon mal gehört."

„Ein Gasthaus im Westen der Insel, wo es köstlichen Rosinenstuten gibt", schaltete sich die Rothaarige ein. „Mit Erdbeermarmelade schmeckt er besonders gut."

„Carolin Rabe hat auch so davon geschwärmt", murmelte Lily. „Die junge Frau, die ermordet wurde."

„Die Kassiererin?" Die Rothaarige sah erstaunt auf. „Kannten Sie sie?"

Lily schüttelte den Kopf. „Nein, aber vor ihrem Tod empfahl sie einer Kundin, einen Ausflug zur Domäne Bill zu machen. Die Frau hatte Muffins gekauft und Carolin sagte, sie solle lieber etwas typisch Ostfriesisches probieren. Rosinenstuten mit Marmelade."

Ein Schatten glitt über Bettys Gesicht. „Wenn diese Frau Rabe das so warm empfohlen hat, gehe ich gerne dorthin. In memoriam, sozusagen. Hätte eine von Ihnen Lust, mich zu begleiten?"

Die Rothaarige sagte begeistert zu, doch Lily entschuldigte sich mit der etwas lahmen Ausrede, sie müsse Postkarten schreiben. Nicht, dass sie nicht gerne mit den beiden Frauen den Tag verbracht hätte, aber sie musste an ihren Auftrag denken und außerdem ein Treffen mit Nick in die Wege leiten. Gestern hatte sie vergessen, ihm die Buddelflasche zu geben, die sie bei Anton Brenner eingesackt hatte.

Bei näherer Betrachtung sah die Flasche genauso aus wie die mit Rauschgift gefüllte aus Aurich, aber hatte das nicht auch die Flasche getan, die Nick bei Tommy Johnsson gekauft hatte?

Je eher sie Nick ihre Beute übergeben konnte, desto besser.

„Der Gottesdienst fängt gleich an", unterbrach Betty Behrensen ihre Gedanken. „Wir suchen uns wohl am besten einen Platz, bevor nichts mehr frei ist."

Tatsächlich war die Kirche rappelvoll. Betty strebte zügig nach vorn in die ersten Reihe, wo noch ein Platz neben Uda Hansen frei war, während Lily sich mit der Rothaarigen in eine der hinteren Bänke quetschte. Sie blickte sich um. Direkt vor ihr saß Anton Brenner, stellte sich heraus, neben ihm entdeckte sie Clarissa, Tommy und Effi Johnsson.

Bevor Lily sich durch freundschaftliches Tippen auf die Schultern bemerkbar machen konnte, begann der Gottesdienst. Sie griff zu ihrem Gesangbuch und schlug das Eingangslied auf; Lied Nummer 131, das auf der Anschlagtafel angegeben war.

Während der Organist die ersten Takte spielte, fiel ihr Blick auf Brenners Gesangbuch. Statt Lied 131 hatte er Nummer 545 aufgeschlagen.

Merkwürdig.

Irritiert wanderten Lilys Augen weiter zu Clarissa, die Lied 90 in Händen hielt.

Nanu? Welches Lied stimmte denn jetzt?

Die klangvollen Stimmen, die durch die Kirche schallten, bestätigten, dass gerade Lied 131 gesungen wurde. Auch Tommy Johnsson und seine Mutter sangen aus vollem Halse mit, und jetzt stimmten auch Clarissa und Anton Brenner mit ein.

Was zum Kuckuck ...?

Lily sog scharf die Luft ein. Hatten die beiden gerade diskret Informationen ausgetauscht? Ihre Handflächen wurden feucht. Was hatte dieses kleine Intermezzo bedeutet? War sie etwas Wichtigem auf der Spur?

Vielleicht nicht ganz so wichtig, wie du annimmst, dämpfte ihr Sinn für Realität ihren Enthusiasmus. *Vergiss nicht, dass die beiden ein Verhältnis miteinander haben.*

Lily bohrte die Zähne in ihre Unterlippe. Gut möglich, dass es lediglich um eine diskrete Verabredung für ein Rendezvous ging. 545 könnte 5 Uhr 45 bedeuten. Aber die Zahl 90? Neunzig Küsse, vielleicht? Oder eine Hausnummer?

Sie schlug Lied 545 auf. Vielleicht ergab sich eine Nachricht aus dem Text? Nachdenklich starrte Lily auf das Gedruckte. Nichts, zumindest nichts, das ihr aufgefallen wäre. Ebensowenig bei Nummer 90. Nichts im Text stand heraus und sie war sicher, dass weder Clarissa noch Anton eine Textstelle in ihren Gesangbüchern markiert hatten. Lily wog leise den Kopf.

Die Info steckt in den Liednummern, sagte ihr Bauchgefühl, und es dreht sich hier nicht um ein Rendezvous von zwei Verliebten. Eine ahnungsvolle Gänsehaut überzog sie. Gut, dass sie es abgelehnt hatte, nach dem Gottesdienst den Ausflug mitzumachen. Sie musste herausfinden, was die Liednummern bedeuteten, und zwar schnellstmöglich. Wenn 545 tatsächlich eine Uhrzeit war, blieb nicht mehr viel Zeit zum Tüfteln.

Nick und sie trafen sich am gewohnten Platz am Strand.

Als sie ankam, saß er bereits wohlig auf seinem Handtuch im Strandkorb und genoss die Sonne, das Inbild der Behaglichkeit. Wäre er ein Kater, dachte Lily, würde er jetzt schnurren. Sie stellte eine Tasche neben seine Füße.

„Vorsicht, zerbrechlich", sagte sie und ließ sich neben ihm im Strandkorb nieder. „Darin ist eine Buddelflasche aus Anton Brenners Lager. Die habe ich gestern mitgehen lassen."

Nicks anerkennender Blick streichelte ihre Polizistenseele.

„Gut gemacht, Jäger." Er zog die Tasche auf seinen Schoß und spähte hinein. „Sieh an. Noch eine, die so aussieht wie die aus Aurich."

Lily zuckte die Schultern. „Wahrscheinlich werden die zu Tausenden so produziert, irgendwo in China. Von dort aus landen sie in Souvenirläden in aller Welt und werden weiterverkauft."

„Manche davon mit Rauschgift gefüllt." Nick stellte die Tasche zurück in den Sand und schraubte den Deckel einer Sonnencremetube auf. „Ich nehme an, dass das erst direkt vor dem Weiterverkauf passiert."

„Du meinst, sie werden nicht so angeliefert, sondern erst hier präpariert?"

Seelenruhig begann Nick, sich einzucremen. Lily wurde es abwechselnd heiß und kalt. Irritiert senkte sie die Augen. Wie sollte sie sich auf den Fall konzentrieren, wenn Nick direkt neben ihr Sonnencreme auf seinem sexy Waschbrettbauch verteilte?

„Irgendwie macht es wenig Sinn, koksgefüllte Buddelflaschen auf die Insel zu schmuggeln, um anschließend alles wieder von hier wegzuschaffen." Er hielt ihr die Tube hin. „Könntest du mir bitte den Rücken einschmieren?"

Oh Gott.

Lily spürte eine verräterische Röte in ihre Wangen kriechen. Nervös biss sie auf ihre Unterlippe. Das fehlte gerade noch, dass Nick mitkriegte, wie sie auf ihn reagierte. Beim bloßen Gedanken an ihn bekam sie Schmetterlinge im Bauch wie ein verliebter Teenager.

Zum Glück schien er nichts zu bemerken.

„Gib her." Sie nahm ihm die Sonnencreme aus der Hand und verrieb einen großen Klecks auf ihren Handflächen. „Wenn du mich nicht hättest ..."

„... fände ich eine andere Strandnixe, die mir gerne zur Hand ginge", grinste er und drehte sich mit dem Rücken zu ihr. „Aber keine macht es so sanft wie du, wette ich."

Von wegen ...

Vehement verteilte sie die Creme auf seinen Schulterblättern und wünschte sich weit, weit fort. Irgendwohin, wo keine muskulösen Traumtypen atemberaubend nah neben einem im Strandkorb saßen und einem die Luft zum Atmen raubten. Sie würde Neuberger sagen, dass sie nie wieder mit Nick ...

„Ah, doch nicht so sanft", unterbrach Nick ihre Gedanken. „Ich hätte ahnen können, dass du leidenschaftlicher veranlagt bist."

„Leidenschaftlich? Davon träumst du“, zischte Lily und klatschte ihm mit der flachen Hand auf die Wirbelsäule, zum Zeichen, dass sie fertig war.

Er drehte sich um und der Ausdruck in seinen Augen ließ die kleinen Härchen in ihrem Nacken hochstehen. Begierde. Mein Gott, er wollte sie genauso wie sie ihn. Die Schmetterlinge in ihrem Bauch gerieten in Aufruhr. Oh Gott, oh Gott, oh Gott.

„Stimmt, davon träume ich jede Nacht.“ Seine Finger berührten leicht ihre Wange. „Es wäre gut zwischen uns, Lily. Leidenschaftlich, sanft ... perfekt.“

Ihre Kehle wurde trocken.

„Wir ... wir sind Kollegen“, stammelte sie.

Sie hätte sich ohrfeigen können.

Kollegen.

Warum, um Himmels Willen hatte sie das gesagt? Seit Tagen dachte sie an nichts anderes als an Nick, und jetzt das. Sie musste von Sinnen sein, ihn auf seine dumme Kollegenregel hinzuweisen. Vor Verliebtheit verrückt geworden.

Aber es war zu spät. Nicks Augen überschatteten sich, er zog seine Hand zurück.

„Tut mir leid“, murmelte er. „Du hast völlig recht. Ich hätte das nicht sagen sollen.“

Hatte sie jetzt alles verpatzt? Er wirkte so distanziert, als trüge er eine Maske.

„Vergiss es.“ Sie machte eine fahrige Handbewegung, als könne sie damit die Spannung fortwischen, die zwischen ihnen schwebte. „Ich muss etwas mit dir besprechen. Etwas, das ich beim Gottesdienst beobachtet habe.“

Er lehnte sich im Strandkorb zurück und schloss die Augen.

Der Mann hatte Nerven. Lily wünschte, sie könnte ebenso entspannt sein wie er. Hatte er tatsächlich bereits vergessen, was eben passiert war? Einfach so?

Wie auch immer. Ihre Entscheidung, nach ihrem Fauxpas das Thema zu wechseln, war richtig.

Sie erzählte Nick von den Liednummern. „Mir kam das merkwürdig vor. Meinst du, das bedeutet etwas?“

Nick schlug die Augen auf. Sie blitzten. Erleichtert atmete sie auf, er war zu dem gleichen Schluss gekommen wie sie. Clarissa und Brenner hatten Infos ausgetauscht.

„545 ist wahrscheinlich eine Uhrzeit“, bestätigte er ihre Vermutung.

„Und die 90? Eine Hausnummer?“

„Ich nehme an, Clarissa hat ihm mitgeteilt, wie lange sie Zeit für ihn hat.“

„Du meinst, es dreht sich um ein Rendezvous? Ein 90-Minuten Stelldichein?“ Lily sah ihn stirnrunzelnd an. Anderthalb Stunden, die Clarissa sich von ihrem Ehemann wegstehlen konnte?

Er lachte. „Nichts für dich?“

Sie verdrehte die Augen. „Ich glaube nicht, dass es um ein Schäferstündchen geht ... Und nein, solche Heimlichkeiten wären nichts für mich.“

„Ein verliebtes Tête-à-tête macht aber Sinn. Natürlich hätte es ein kurzes Zuraunen auch getan, um sich zu verabreden, aber dieser Trick mit den Gesangbüchern gibt der Sache den gewissen Reiz, so direkt vor den Augen von Clarissas Ehemann, findest du nicht?“

„Nein“, antwortete Lily, obwohl sie zugeben musste, dass etwas daran sein konnte. Die Art, wie die beiden bei einem gesetzten Essen mit dem Raum voller Gäste unter dem Tisch .... „Mein Bauchgefühl sagt mir, dass es um Rauschgift geht.“

„Und mein Bauchgefühl sagt mir, dass mein Magen knurrt. Ich muss erst mal einen Happen essen, bevor wir diese Sache angehen.“

„*Wir?*“ Lily sah ihn erstaunt an. „Ich dachte, du hältst meine Ahnungen für unsinnig.“

„Das hält mich nicht davon ab, der Sache gemeinsam mit dir auf den Grund zu gehen. Wenn das wirklich Drogendealer sind, wäre es für dich viel zu gefährlich, dort allein rumzuschnüffeln.“ Er warf einen Blick auf sein linkes Handgelenk. „Viel Zeit haben wir nicht bis Viertel vor sechs – und keine Drogenhunde vor Ort.“

„Weißt du, wann die nächste Fähre geht?“

Nick zog einen Fahrplan aus der Tasche und studierte die Tabelle. „Heute Abend um sieben."

„Das passt. Sie packen das Rauschgift zur verabredeten Zeit auf eine Karre, bringen das Zeug mit der Fähre rüber nach Norddeich und laden dort alles in den Lieferwagen."

„Oder sie verschwinden 90 Minuten lang in Brenners Schlafzimmer und haben heißen Sex, während Clarissas Ehemann die sonntägliche Abrechnung macht."

Lily funkelte ihn an. „Wollen wir wetten, dass es um Rauschgift geht?"

Er erwiderte ihren Blick. „Du willst wetten?" Seine Pupillen vergrößerten sich. Er war so nah, dass Lily die Hitze, die von ihm ausströmte, spüren konnte. „Was bekomme ich, wenn es nur eine harmlose Verabredung ist?"

Lieber Herr im Himmel, wieviel größer konnten seine Pupillen noch werden?

„Ich koche dir etwas. Heute Abend. Spaghetti, Rotwein, Kerzenschein ..."

Seine Augen waren jetzt fast schwarz. „Verlockend."

„Und du? Was willst du, wenn ich gewinne?" Lilys Handflächen wurden feucht. Dieser gierige Ausdruck in seinen Augen konnte eigentlich nur heißen ...

„Frühstück", sagte er. „Frühstück im Bett und die Nacht davor."

„Oh."

„Die Nacht nach den Spaghetti, dem Rotwein und dem Kerzenlicht." Er hob die Hand und strich mit dem Daumen über ihre zitternde Unterlippe.

„Aber ..."

„Schhhh, Lily, sag es nicht. Eine Nacht, in der wir einfach vergessen, dass wir Kollegen sind. Ist das so schlimm?"

„Nicht schlimm, nur unklug", flüsterte sie. „Ich habe Angst, es zu bereuen."

Er legte die Hände auf ihre Schultern, den Blick auf ihren Mund fixiert. „Verdammt unklug", sagte er. „Aber ich verspreche dir, dass du nichts bereuen wirst. Keine Sekunde."

Dann senkte er seine Lippen auf die ihren.

Stunden später sang die Erinnerung an den Kuss immer noch wie Musik in Lilys Ohren. Mein Gott, der Mann konnte küssen ...

Sie riss sich zusammen. Im Moment gab es Wichtigeres als erotische Tagträumereien.

„Es gibt drei Möglichkeiten", hatte Nick gesagt, während sie mit nackten Füßen am Strand entlangspaziert waren. Sie in ihrem Sommerkleid, er mit hochgerollten Hosenbeinen, jeweils eine Tüte Fritten mit Mayo in der Hand.

„Drei Möglichkeiten?" Sie schob sich eine Pommes in den Mund.

„Ich meine Brenner und Clarissa", erklärte er. „Wenn die beiden sich tatsächlich um Viertel vor sechs treffen, um koksgefüllte Buddelflaschen zu verladen, gibt es drei mögliche Orte. Die drei Lager hinter den Verkaufsräumen."

Lily hob nachdenklich die Brauen. „Wenn nicht noch ein viertes Lager existiert."

„Unwahrscheinlich", entschied Nick. „Alle drei sind alleiniger Herr über ihren Lagerbestand. Selbst wenn Brenners Neffe oder diese Aushilfe von Tommy und Clarissa Johnsson in die Lagerräume dürfen, gibt es immer noch genug Mittel und Wege, bestimmte Bestände für ihre Augen unsichtbar zu machen."

„Okay. Wir haben also das Lager hinter Tommy Johnssons Laden, das Lager von Clarissa Johnsson gleich nebenan und das Lager von Brenner." Lily fischte eine weitere Pommes aus der Tüte. „Drei Möglichkeiten und wir sind zu zweit. Oder können wir noch jemanden abzweigen, der mithilft?"

„Unmöglich." Nick zerknüllte seine leere Frittentüte. „Sämtliche Kollegen sind vollauf mit den beiden Mordfällen beschäftigt. Ich sollte eigentlich auch an meinem Schreibtisch sitzen und ranklotzen, aber was tut man nicht alles für eine sexy Kollegin ..."

Lily knuffte ihn in die Seite. „Jetzt hör aber auf. Du wolltest doch unbedingt mitkommen. Ich habe nie gesagt, dass ich Hilfe brauche."

„Ich weiß", gab er zu. „Aber du brauchst sie. Keine Ahnung, was Neuberger sich dabei gedacht hat, dich hier ohne zweiten Mann arbeiten zu lassen, nachdem ich abgezogen wurde."

„Wahrscheinlich denkt er, dass die Dealer sich still verhalten, solange ein Mörder auf der Insel umgeht."

Nick verzog den Mund. „Das ist denen doch scheißegal. Das Einzige, was die interessiert, ist, wie sie ihre Schäfchen ins Trockene kriegen. Außerdem müssen sie den Stoff pünktlich liefern, sonst verlieren sie ihre Abnehmer."

„Trotzdem macht es Sinn, vorübergehend die Lager zu räumen." Mit der Hand hielt Lily ihr Haar zurück, das der Wind ihr von hinten ins Gesicht blies. „Zumindest solange so viele Kripobeamte auf Juist sind."

„Stimmt. Sobald die Morde aufgeklärt sind, kehrt hier wieder Ruhe ein. Dann kann der Handel wieder normal weiterlaufen." Nick sah auf die Uhr. „Lass uns umdrehen."

Sie entsorgten die Pommestüten in einem Mülleimer und liefen zurück in Richtung Ort. Diesmal gegen den Wind, sodass Lily ihre Hand sinken und ihr Haar im Wind nach hinten flattern lassen konnte.

„Zwei Personen sind völlig ausreichend", entschied Nick. „Einer von uns beobachtet die Läden von Tommy und Clarissa Johnsson, der andere den von Anton Brenner. Das sollte genügen, es sei denn ..."

„Es gibt keinen Hinterhof, falls du das meinst", sagte Lily. „Zumindest nicht bei Brenner. Wenn der etwas aus dem Lager holt, muss er es durch das Geschäft nach vorne auf die Straße tragen."

Nick sah sie anerkennend an. „Gute Arbeit, Jäger. So weit habe ich gar nicht gedacht, als ich bei Johnsson im Laden war. Ich war nicht mal im Lager ..."

Sie zuckte die Achseln. „Wann auch? Wir waren kaum angekommen, als der erste Mord geschah. Aber mal ehrlich: Wenn da etwas offiziell verladen wird, also Kisten mit Buddelflaschen, würde das sowieso vor aller Augen geschehen. Hinterhöfe braucht man nicht, selbst wenn Tommy oder Clarissa Johnsson einen hinter ihrem Laden hätten."

„Dein Wort in Gottes Ohr", murmelte Nick. „Obwohl ich immer noch glaube, dass Brenner und Clarissa nichts im Sinn haben als heißen Sex. Genau wie ich, übrigens."

Das verheißungsvolle Grinsen, das er ihr schenkte, brachte ihre Knie zum Zittern. Wie um Himmels Willen sollte sie es bis heute Abend aushalten, wenn er es nicht lassen konnte, schamlos mit ihr zu flirten? Sie ballte die Hände zu Fäusten, um der Versuchung zu widerstehen, ihn zu berühren, und kassierte dafür ein Lachen.

„In deinem Gesicht kann man lesen wie in einem Buch, Lily. Du musst genauso oft an diesen Kuss von vorhin denken wie ich“, sagte er. „Aber keine Sorge: Von jetzt ab benehme ich mich mustergültig. “

„Kein Geflirte?“

„Kein einziges Wort, großes Ehrenwort“, versprach er. „Bis heute Abend.“

Nick hatte sich an sein Versprechen gehalten, was Lilys Bauchgefühl keineswegs beruhigt hatte.

Sie sah auf ihre Armbanduhr, bereits das fünfte Mal in ebenso vielen Minuten. Fünf Uhr vierzig und auf dem Kurplatz war alles ruhig. Womit natürlich nicht die Scharen von lärmenden Touristen und Einheimischen gemeint waren, die beim Schiffchenteich und in den Cafés den Sommer genossen, sondern die Aussicht auf die sonntäglich geschlossenen Türen von *Schnick & Schnack* und dem angrenzenden Laden von Clarissa.

Ihr Handy vibrierte. Nick. Sie zog es aus der Tasche und öffnete die SMS, die er ihr geschickt hatte.

Brenner verlädt gerade. C auch hier. Bleib wo du bist.

Unruhig wippte sie mit dem Fuß.

Bleib wo du bist.

Nick hatte gut reden. Am liebsten wäre sie von dem Mäuerchen, auf dem sie saß, aufgesprungen und nervös auf und abgelaufen wie ein werdender Vater vor dem Kreissaal.

Nach wie vor war ihr ein Rätsel, was Neuberger auf die Schnapsidee gebracht hatte, sie undercover arbeiten zu lassen. Niemand in der ganzen Kripo Aurich war so wenig geeignet wie sie. Sie hatte sich nicht nur unsterblich in einen Kollegen verknallt und war vor lauter Verliebtheit herzlich wenig mit ihrem Fall vorangekommen. Zusätzlich musste sie sich eingestehen, dass sie – von ihrer Schwärmerei für Nick mal abgesehen – auch sonst nicht mit dem Fall weitergekommen war. Sie war weder bei der Koks-Clique gelandet, noch hatte sie Einblick in Tommy und Clarissa Johnssons Onlinehandel erhalten.

Gib's zu, du hast es nicht mal versucht, sagte ihre innere Stimme. *Versagerin.*

Lily stöhnte. Sie war so siegessicher gewesen, als Brenner sich bereiterklärt hatte, ihr sein Onlinegeschäft zu erklären und sie durch sein Lager zu führen. Darüber hatte sie die beiden anderen sträflich vernachlässigt. Vor allem Tommy Johnsson und seine Machenschaften.

Sie starrte auf den verdunkelten Laden. Was machte Clarissas Ehemann eigentlich gerade? Hatte der keine Onlinelieferungen zu verschicken? Er war doch derjenige, der in Neubergers Augen von Anfang an verdächtig gewesen war.

Mit den Fingerspitzen trommelte Lily einen nervösen Takt auf das Mäuerchen. Wo zum Kuckuck blieben Brenner und Clarissa? Und wo war Nick?

Erleichtert sah sie die beiden Turteltäubchen wenig später auf Clarissas Laden zugehen, gefolgt von einem teilweise beladenen Pferdewagen. Gemeinsam verschwanden sie im Inneren. Erneut vibrierte ihr Handy.

Hmm, Strohhut und Sonnenbrille, schrieb Nick. *Hübsch.*

Sie verzog den Mund.

Wo bist du? Du wolltest nicht flirten.

Am Schiffchenteich. Kein Flirt, sondern ein Kompliment.

Sie legte das Handy neben sich auf die Mauer, gerade als Brenner sich daran machte, gemeinsam mit dem Kutscher drei Riesenpackungen eingeschweißter Kissen auf die Transportfläche des Pferdewagens zu laden, die er mit Clarissa aus ihrem Laden geschafft hatte. Clarissa verschwand derweil in *Schnick & Schnack,* von wo sie zwei Pappkartons zutage förderte und auf den Transporter hievte. Dann schloss sie beide Läden ab und füllte gemeinsam mit Brenner ein Formular aus, das der Kutscher ihnen hinhielt. Die Papiere für die Verladung aufs Schiff, wahrscheinlich.

Waren in den Kartons aus Tommy Johnssons Laden etwa Buddelflaschen?

Lily ärgerte sich, dass sie kein Fernglas mitgebracht hatte. Sie hätte vortäuschen können, die Möwen zu beobachten, und dabei die Aufkleber auf den Kartons lesen. Sie runzelte die Stirn. Nie im Leben passten in die beiden Kartons neunzig Flaschen. Wenn's hochkam, vielleicht vierzig.

Was hat Brenner geladen?, tippte sie in ihr Handy.

Fotos, kam Nicks Antwort. *Hinter Glas, rahmenlos.*

Lily sog scharf die Luft ein. Brenner schmuggelte schon mal kein Rauschgift aufs Festland rüber, und Tommy Johnsson ziemlich sicher auch nicht.

Ihr Blick heftete sich auf die drei in Plastikfolie eingeschweißten Stapel Kissen. Rosa Seide, jedes wahrscheinlich 50 x 50 cm, wenn sie das richtig sah. Sehr elegant, aber keine Buddelflaschen.

Mist.

Sie hatte sich geirrt.

Frustriert sah sie dem Pferdetransporter nach, der sich in Richtung Hafen in Bewegung setzte, während Brenner und Clarissa gemeinsam in Richtung Wilhelmstraße zurückschlenderten.

Lily folgte ihnen mit Blicken. Die Turteltauben gingen turteln. Kein Zweifel, was bei ihnen als Nächstes auf dem Programm stand. Nick hatte die Wette gewonnen.

Pech, sagte Nicks SMS. *Keine Buddelflaschen. Muss los. Um acht bei dir?*

Mit gedämpftem Enthusiasmus ging Lily zurück zu ihrer Ferienwohnung in Richtung der Goldfischteiche. Wieso hatte ihr Gefühl sie so getäuscht? Sie war sich sicher gewesen, dass die beiden Rauschgift schmuggelten, obwohl Nick ihr gleich gesagt hatte, dass dieser ganze Umstand mit den Liednummern einen harmlosen Hintergrund hatte. Eine Verabredung direkt unter den Augen des Ehemanns.

Pah!

Auf so etwas hereinzufallen ... Ärgerlich über sich selbst schritt sie aus, bis die Anspannung von ihr fiel. Dumm, sich von einem kleinen Misserfolg dermaßen beeinflussen zu lassen, aber dass Nick das Ganze hautnah miterlebt hatte, war natürlich nicht gerade schmeichelhaft für ihr Ego.

Beim Gedanken an Nick musste sie lächeln. Sie, Lily mit dem mausbraunen Haar und der Märchenmacke, hatte tatsächlich ein Rendezvous mit dem attraktivsten Kriminalhauptkommissar, der je auf Erden gewandelt war. Dem attraktivsten Mann schlechthin. Die ganze Nacht lang.

Udas Teestube tauchte vor ihr auf, einladend wie immer, aber Lily verzichtete lieber auf Tee und Kuchen. Vor Nicks Besuch gab es einiges vorzubereiten, sie war nicht mal sicher, ob sie heute früh nach dem Aufstehen das Bett gemacht hatte.

Die kleine Seitentür zum Garten hinter der Teestube öffnete sich und Uda Hansen trat auf die Straße. Bei Lilys Anblick kroch eine zarte Röte über ihre Wangen. Irritiert lächelnd strich sie ihr dunkles Haar zurück und senkte die Lider.

Ertappt, durchzuckte es Lily. Sie sieht aus, als habe ich sie bei etwas ertappt, das nicht für die Augen der Welt bestimmt ist. Doch was? Als Sekunden später Tommy Johnssons schlaksige Hünengestalt durch die Gartentür trat, wusste sie die Antwort – und wo Tommy vorhin gewesen war, während seine Frau und Anton Brenner die Waren verluden.

Lily lächelte den beiden zu und setzte ihren Weg fort.

Interessant. Dies war heute bereits das zweite Mal, dass sie Johnsson und Uda Hansen zusammen sah. Heute Vormittag in inniger Umarmung bei der Domäne Bill und jetzt hier. Ob sie den ganzen Sonntag zusammen verbracht hatten?

Sofort verwarf sie die Idee. Die Teestube war sonntags geöffnet. Es war unwahrscheinlich, dass Uda sich den ganzen Tag lang wegstehlen konnte. Besonders jetzt, wo sie Geld für die Gartengestaltung brauchte. Wie auch immer, die Johnsson-Ehe bestand mehr oder weniger nur noch auf dem Papier. So wie es aussah, würde Clarissas auf seinen Ruf bedachter Vater nicht mehr lange Tommys Schwiegervater sein.

Lily grinste. Neuberger konnte sich freuen, wenigstens eine Sorge los zu sein.

Es war so warm, dass man auf der Terrasse essen konnte. Lily betrachtete das Resultat ihrer Bemühungen. Ein zufriedenes Lächeln spielte um ihre Lippen. Das gläserne Windlicht war das Tüpfelchen auf dem i für den liebevoll gedeckten Tisch. Sehr romantisch, wenn die Sonne erst mal unterging. Sie sah auf die Uhr. Viertel vor acht. Am besten, sie zündete die Kerze erst direkt vor Nicks Ankunft an.

Lily hob den Topfdeckel und kostete die Spaghettisauce, die sie vorbereitet hatte. Als Vorspeise hatte sie Tomaten mit Mozzarella und Basilikum geplant, die bereits fertig angerichtet auf einer Platte neben dem Herd standen. Den vollmundigen Rotwein hatte sie zum Atmen geöffnet. Das Einzige, das jetzt noch fehlte, waren die Spaghetti. Und Nick.

Ihr Blick glitt über den Wohnraum. Reichlich unpersönlich für ein Rendezvous mit einem Traummann wie ihm, aber immerhin machten die Blumen das Zimmer heimeliger. Die Vase stand neben der Weinflasche auf dem niedrigen Couchtisch vor dem Sofa. Ob sie die Kissen noch einmal aufschütteln sollte?

Sie nahm eins in die Hand und erstarrte. Ein kribbelndes Gefühl der Erkenntnis kroch eisig über ihre Wirbelsäule.

Waren sie beide blind gewesen?

Wie von Furien gehetzt gab sie Clarissa Johnssons Firmennamen in ihr Handy ein. Sekunden später erschien die Webseite. Der Onlinehandel ...

Sie überflog das Angebot.

Als Nick endlich abhob, schrie sie fast in den Hörer. „Clarissa Johnsson führt keine rosa Kissen – und die Fähre kommt bald an."

Er brauchte einen Moment, um zu kapieren, was sie gesagt hatte. „Du meinst, das Koks steckt diesmal gar nicht in Buddelflaschen?"

Sie ersparte sich die Antwort. „Kannst du den Zoll informieren, bevor die Fähre in Norddeich ankommt? Jede Wette, dass ich mich diesmal nicht täusche."

„Ich hätte schon eine fabelhafte Idee, worum ich mit dir wetten würde."

Sein melodisches Lachen klang noch immer in ihrem Ohr, als er schon längst aufgelegt hatte.

27

Grimm schlug die Augen auf und drehte sich zu Lily, die neben ihm im Bett lag, das Kinn in die Hand gestützt, und ihn verträumt betrachtete.

„Guten Morgen, Jäger." Er umwickelte eine Strähne ihres karamellfarbenen Haars mit dem Finger. „Gut geschlafen?"

„Wie ein Baby." Sie lächelte. „Aber zu wenig. Deutlich zu wenig."

Er zog sie an sich. „Komm her, ich brauche einen Morgenkuss."

Kichernd fiel sie in seine Arme.

Eine halbe Stunde später konsultierte Grimm den Wecker auf Lilys Nachttisch. Einen schlecht unterdrückten Fluch auf den Lippen, schwang er die Beine aus dem Bett.

„Ich fürchte, ich habe keine Zeit mehr zum Frühstücken, Lily. Bis du die Brötchen geholt hast, muss ich längst unterwegs sein." Gehetzt verschwand er im Badezimmer.

Als er wieder herauskam, fand er zu seiner Überraschung einen perfekt gedeckten Frühstückstisch an der Bar in der Wohnküche vor, mit Brötchen und allem Drum und Dran.

„Der Nachbarjunge hat einen Brötchendienst", strahlte Lily und schenkte ihm frisch gebrühten Kaffee ein. „Nur Milch kann ich nicht anbieten. Dummerweise habe ich die Flasche umgestoßen, die Lukas auf die Schwelle gestellt hat. Die Nachbarkatze hat sich gefreut."

„Macht nichts", antwortete er und griff zu einem Brötchen. „Ich trinke meinen Kaffee sowieso schwarz."

Sie sah auf die Uhr. „Es ist erst sieben. Fängst du immer so früh an?"

„Ich muss nach Lübeck“, erklärte er Brötchen kauend. „Ins Gefängnis.“

„Wegen Maria Wolff?“

Er nickte. „Ich will die Frau sprechen, mit der sie sich im Gefängnis angefreundet hat, und außerdem Ruth Krabbe. Die Frau, bei der Marias Tochter in Pflege war.“

Lily sah ihn über den Rand ihres Kaffeebechers hinweg an, ihre Linke fingerte unruhig an der bunten Papierserviette neben dem Teller. „Wann kommst du zurück?“

„Heute Nachmittag, länger wird's nicht dauern.“ Er legte seine Hand auf die ihre. „Lily, diese Nacht ... Ich möchte nicht, dass das unsere einzige Nacht bleibt, verstehst du? Natürlich nur, wenn du das auch willst.“

Ein Schimmer der Erleichterung glitt über ihr Gesicht.

„Ich will“, sagte sie und ihre Augen schienen ihm so blau wie nie zuvor. „Du glaubst gar nicht wie sehr.“

Dr. Schmidt-Rilke stellte sich als schlanker Mittfünfziger mit goldgerahmter Brille und grauem Anzug heraus, dem man die Effizienz von Weitem ansah. Wenn jemand ein Gefängnis leiten konnte, dann er. Das Personal schien ihn anzubeten, fiel Grimm auf. Besonders Schmidt-Rilkes Sekretärin, eine mütterliche Blondine in ähnlichem Alter, flatterte um ihren Boss herum wie ein aufgeregter Schmetterling. „Dr. Schmidt-Rilke dies, Dr. Schmidt-Rilke das ...“

Grimm seufzte. Wahrscheinlich träumte sie jede Nacht davon, wie er ihr einen Ehering an den Finger steckte.

„Setzen Sie sich doch.“ Schmidt-Rilke deutete auf einen gepolsterten Lehnstuhl vor seinem Nussbaumschreibtisch, hinter dem er auf seinem eigenen, deutlich imposanteren Sessel thronte. „Kann ich Ihnen einen Kaffee anbieten?“

Grimm bedankte sich und nahm Platz. Eine Portion Koffein kam ihm gerade recht. Er war in der letzten Nacht so gut wie nicht zum Schlafen gekommen.

„Frau Wolffs Freundin ist gerne bereit, mit Ihnen zu sprechen“, fuhr Schmidt-Rilke fort, nachdem der flatternde Schmetterling sie mit Kaffee und Keksen versorgt hatte. „Aber Ruth Krabbe war nicht so begeistert.“

Grimm runzelte die Stirn. „Ich kann sie nicht sprechen?“

„Doch, nach anfänglichem Zögern hat sie eingewilligt. Allerdings hat sie erst heute Nachmittag Zeit. Vormittags macht sie eine Fortbildung, sie möchte die Mittlere Reife abschließen." Er räusperte sich. „Sie sollten sich darauf gefasst machen, dass sie das Gespräch abbrechen wird, falls Sie die falschen Fragen stellen."

„Ich verstehe", murmelte Grimm. Hoffentlich trat er bei ihr nicht sofort ins Fettnäpfchen. „Auf welche Fragen reagiert sie denn allergisch?"

Schmidt-Rilke zuckte Achseln. „Frau Krabbe ist eine volatile Frau. Man weiß nie genau, mit welchem Fuß sie aufgestanden ist."

„Also kein Thema, das ich gezielt vermeiden sollte?"

„Nicht, dass ich wüsste. Sie wollen doch aber sowieso nur über Frau Wolff sprechen, oder?"

„Auch über Laura, das kleine Mädchen, das gestorben ist." Grimm schlug die Beine übereinander. „Ehrlich gesagt, vermute ich, dass eine Verwechslung vorliegt. Dass das Kind, das damals zu Tode kam, die Krabbe-Tochter war. Nicht die von Maria Wolff."

Schmidt-Rilke kniff die Lippen zusammen. „Das kann ich kaum glauben", sagte er. „Wie kommen Sie denn auf die Idee, dass bei der Untersuchung damals so ein kapitaler Fehler gemacht wurde?"

Der kühle Blick, mit dem er ihn bedachte, erinnerte Grimm stark an längst vergangene Strafpredigten im Zimmer des Schuldirektors des Hamburger Gymnasiums, auf dem er sein Abi gemacht hatte. Er war das Gegenteil eines Musterschülers gewesen und ständig wegen irgendwelcher Prügeleien auf der schwarzen Liste des Direktors. Dass er immer auf der Seite der Schwachen gewesen war, war dem Mann egal gewesen. Man prügelte sich nicht. Punkt. Vielleicht war er deshalb bei der Polizei gelandet.

Grimm fischte einen Schokokeks vom Teller. „Es ist nur eine Vermutung, aber ich habe vor, Frau Krabbe darauf anzusprechen. Wenn jemand die Wahrheit weiß, dann sie."

„Was bringt das?", fragte Schmidt-Rilke.

„Wir wollen herausfinden, ob es wirklich Maria Wolffs Tochter war, die diesen Brief an ihre Mutter ins Gefängnis geschrieben hat, oder jemand anders. Schließlich hießen beide Mädchen Laura Krabbe. Es ist nicht unmöglich, dass sie verwechselt wurden. Solche Irrtümer kommen vor, besonders wenn die Krabbes damals die Identität des toten Kindes nicht infrage stellten."

„Warum sollten sie das getan haben?"

Grimm wusste es auch nicht. „Desinteresse vielleicht?"

„Wie gesagt, ich kann mir das nicht vorstellen, aber fragen Sie Frau Krabbe, wenn Sie es nicht lassen können", sagte Schmidt-Rilke. „Gut möglich, dass sie Sie deshalb raussetzt, aber wenn Sie das Risiko eingehen wollen ..."

Grimm sah ihn dickköpfig an. „Es bleibt mir nichts anderes übrig, oder? Sonst finden wir nie heraus, ob Maria Wolffs Tochter noch am Leben ist."

Er biss in seinen Schokokeks. Eine Portion Zucker war genau das, was er jetzt brauchte.

Renate Zimmer, Maria Wolffs Freundin, war eine immer noch hübsche, aber reichlich verlebt aussehende Frau von Ende fünfzig, die bereits in dem Besuchsraum auf ihn wartete, in den er geführt wurde. Bis auf eine Aufsichtsperson, die sich etwas abseits positioniert hatte, war das Zimmer leer.

„Jetzt ist normalerweise keine Besuchszeit", informierte ihn die Gefangene mit vor der Brust verschränkten Armen. „Du bist Bulle von der Kripo in Aurich, oder?"

Renate Zimmer war nervös, entschied Grimm. Sie wusste nicht, was sie von ihm halten sollte. Er lächelte sie aufmunternd an, was den gewünschten Erfolg zu haben schien. Im Gefängnis hatte sie wohl nicht viel Gelegenheit, in männlich-warmem Charme zu baden. Sie ließ die Arme sinken. Ein freundlicher, wenn auch scheuer Ausdruck glitt über ihr Gesicht und er fragte sich, wann sie zum letzten Mal so richtig von Herzen gelacht hatte.

„Ich heiße Grimm", stellte er sich vor und setzte sich auf den Stuhl ihr gegenüber. „Nick Grimm, falls Sie mich mit Vornamen anreden wollen."

„Renate. Aber das weißt du bestimmt schon." Sie legte den Kopf schief, sodass ihr zigeunerschwarzes kurzes

Haar ihre Schulter berührte. „Du willst etwas über Maria wissen?"

„Ich kannte sie auch", sagte er. „Nur vom Sehen. Am Tag nach ihrer Entlassung fuhr ich mit der Fähre nach Juist. Sie war mit auf dem Schiff, ganz in Rot gekleidet."

Renate nickte. „Das war ihre Lieblingsfarbe."

„Wir wohnten sogar in der gleichen Pension."

Sie sah ihn überrascht an. „Im Ernst?"

„Ja, aber sie war schon unterwegs, als ich ankam. Die Wirtin sagte, sie hatte es sehr eilig. Dass sie sofort ihre Tochter besuchen wollte – und dann wurde sie ermordet."

Renate Zimmers Gesicht spiegelte jede ihrer Emotionen wider. Grimm las Erstaunen in ihren Augen, in Sekundenschnelle von Entsetzen abgelöst.

„Die Tochter ...", hauchte sie. „War das etwa Marias Tochter, die sie getötet hat? Mein Gott, sie hatte sich so auf das Treffen gefreut."

Grimm zuckte die Achseln. „Wir tappen immer noch im Dunkeln. Laut unseren Unterlagen fiel die kleine Laura damals die Treppe herunter und starb. Maria Wolffs Tochter, das Pflegekind der Krabbes."

Sie schüttelte heftig mit dem Kopf. „Nein, nein. Das dachte Maria auch immer, jahrelang, aber am Tag ihrer Entlassung erhielt sie einen Brief ihrer Tochter. Aus Juist."

„Sind Sie sicher? Haben Sie den Brief gelesen?"

„Nein, aber sie hat mir ganz aufgeregt erzählt, was drinsteht. Wortwörtlich." Sie beugte sich nach vorn. „Laura hatte erfahren, dass sie entlassen wird, und wollte sie auf Juist treffen. Natürlich hat Maria sofort ihre Pläne geändert. Ursprünglich wollte sie zurück nach Helgoland, aber nach dieser Nachricht ..."

„Hat sie zufällig den Namen der Tochter genannt, oder den Treffpunkt? Oder ob Laura auf Juist lebt oder nur Ferien macht?" Grimm fuhr sich durchs Haar. „Wir wissen zwar, wo sie von der Pension aus hinging, aber mit ihrer Tochter hat sie sich da nicht getroffen."

„Darf ich fragen, was sie gemacht hat, nachdem sie auf Juist angekommen war?"

Warum nicht?, schoss es Grimm durch den Kopf. Wahrscheinlich stand das sowieso längst in der Zeitung.

„Sie brachte ihren Koffer in die Pension, anschließend ging sie in einen Laden und kaufte ein Geschenk. Einen Teddy mit einem roten Herz drauf."

„Für die Tochter?"

„Wahrscheinlich."

„Und danach wurde sie ermordet?"

Er machte eine abwehrende Handbewegung. „Danach ging sie in eine Teestube, wo gerade eine Autorin ihr neues Backbuch vorstellte. Sie trank einen Tee, blieb eine Weile, aber sprach anscheinend mit niemandem, und ging dann wieder."

„Dorthin, wo sie ermordet wurde?"

„Ja, ein Teich am Ortsrand. Wir nehmen an, dass das der Treffpunkt war, wo sie sich mit ihrer Tochter verabredet hatte. Der Brief ist übrigens verschwunden. Gut möglich, dass die Tochter ihn an sich genommen hat."

„Ein Teich ... schrecklich", murmelte sie. „Ist sie ertrunken?"

„Nein, nicht ertrunken. Eine Spaziergängerin hat sie gefunden." Grimm ersparte ihr die grausigen Details. Renate Zimmer wirkte nicht wie eine hartgesottene Frau, die alle Wahrheiten locker vertragen konnte. Er schätzte, dass sie heute Nacht nicht gut schlafen würde.

Renate schloss erschöpft die Lider. Seine Erklärungen mussten ihr nahe gehen. Als sie die Augen wieder öffnete, stand ein irritierter Ausdruck darin.

„Maria hatte sich so gefreut, dass sie Laura wieder hatte, nach all den Jahren, in denen sie sie totgeglaubt hat. Sie hätte sie unbedingt sofort nach ihrer Ankunft auf Juist sehen wollen, da bin ich mir sicher."

Grimm nickte. Er hatte ja bereits gesagt, dass Maria Wolff sofort aus der Pension geeilt war, um ihre Tochter zu treffen.

„Nur warum hat sie das dann nicht getan?", fuhr Renate fort. „Dass sie noch schnell ein Geschenk kauft, kann ich ja verstehen. Aber dann ... Ich meine, warum geht sie erst in Ruhe Tee trinken, wenn sie stattdessen Laura sehen könnte?"

Er hatte genauso wenig Ahnung wie sie. „Wir nehmen an, dass sie erst später mit ihr bei dem Teich verabredet war. Wahrscheinlich wollte sie die Zeit bis dahin überbrücken."

„Dann hätte sie aber nicht so eilig aus der Pension rennen müssen." Renate runzelte die Stirn. „Könnte höchstens sein, dass Laura kurzfristig ihre Pläne ändern musste. Nur, wie hat sie es Maria mitgeteilt? Sie hatte kein Handy, weißt du? Wir haben noch darüber gesprochen, ob sie sich eins kaufen will, aber sie hatte Angst vor der Technik nach all den Jahren im Gefängnis, und sie hatte sonst sowieso keinen, mit dem sie telefonieren könnte." Ratlos verschlang sie die schmalen Hände ineinander. „Ich kann mir das Ganze wirklich nicht erklären."

Ein Handy. Grimm verzog den Mund. Daran hatte er überhaupt nicht gedacht, dass Maria Wolff und ihre Tochter per Handy in Kontakt gestanden haben könnten. Er stöhnte. Jede Wette, dass er es dort finden würde, wo auch der Brief der Tochter hingekommen war. Im Besitz des Täters.

28

Lily hatte zum ersten Mal seit Carolin Rabes Tod im Frischemarkt eingekauft und der Anblick der ihr unbekannten Kassiererin an der Kasse hatte ihre Stimmung auf den Nullpunkt gesenkt. Dabei war bis zu diesem Moment der Himmel über Juist so blau gewesen wie nie, die Luft perlend wie Sekt und der Blick in die Dünen von wahrer Postkartenschönheit. Alles Nicks Schuld, gestand sie sich. Die Nacht mit ihm war etwas Besonderes gewesen und, ohne dass sie das so geplant hatte, war er ihr unter die Haut gekrochen. Sie war hemmungslos verloren – und sie waren nach wie vor Kollegen.

Sie schüttelte ihr Haar im Wind, als sie mit langen, schwungvollen Schritten nach Hause spazierte, eine neue Milchflasche in der Einkaufstasche. Besser, sie hinterfragte ihre Schwärmerei für Nick nicht allzu sehr. Er mochte eine Ausnahme zu der selbstauferlegten Kollegenregel gemacht haben – hatte er heute Morgen nicht sogar gesagt, dass er es nicht bei der einen Nacht belassen wollte? – aber hieß das auch, dass das jetzt ewig so weiterging? Dass er nicht an die große Liebe glaubte, hatte er schließlich gleich an ihrem ersten gemeinsamen Abend in der *Schönen Müllerin* klargemacht.

Sie seufzte. Dumm, dass es sie trotzdem erwischt hatte. Die Beziehung mit Nick – wenn man das überhaupt so nennen konnte – hatte nur ein einziges mögliches Ende, und das lag nicht vor dem Traualtar.

Ihr Ferienhäuschen tauchte vor Lily auf und sie zwang sich, die dunklen Gedanken an das unvermeidliche Ende ihrer Romanze mit Nick zu verdrängen.

Vor der Tür des Nachbarhauses entdeckte sie Lukas und seine Mutter. Lächelnd ging sie näher, um sich bei dem Jungen für die morgendliche Lieferung zu bedanken, doch die beiden bemerkten sie nicht. Stumm beugten sie sich über ein dunkles Häufchen zu ihren Füßen. Lily runzelte die Stirn. Eine Einkaufstasche, vielleicht?

Es war die Katze.

„Ist Ihre Mieze krank?" Schon als Lily die Worte aussprach, bemerkte sie die unnatürliche Ruhe, die von dem Tier ausging. „Oh."

„Sie ist tot", schluchzte Lukas. „Einfach so. Vorhin hat sie noch mit mir gespielt."

Beschützend legte seine Mutter ihre Hand um seine Schultern. „So was passiert einfach, Lukas. Wie das Leben so spielt ... Im Loog sind gerade Kätzchen auf die Welt gekommen, habe ich gehört. Vielleicht können wir eine von ihnen ..."

Lukas nickte mit zusammengebissenen Zähnen und rannte ins Haus.

Mit geröteten Augen sah ihm seine Mutter nach. „Er will nicht, dass wir mitkriegen, wie sehr ihn das trifft. Lukas ist ziemlich empfindsam." Sie hob die Katze vom Boden auf. „Was mache ich denn jetzt mit ihr? Im Garten darf man sie nicht vergraben."

„Möchten Sie, dass ich mich darum kümmere?", bot Lily an. „Am besten, ich bringe sie zur Polizeistation und frage, was man mit dem Tier macht."

„Das wäre nett von Ihnen." Lukas' Mutter wiegte die Katze in ihren Armen wie ein Baby, wobei sie ihr sanft über das Fell streichelte. „Sie war noch so jung, unsere Mieze. Nicht mal ein Jahr alt. Sie wird etwas gefressen haben ..."

Ihre Augen wurden feucht, als sie Lily das Tier übergab. Schnell wandte sie sich ab, dann folgte sie ihrem Sohn ins Haus.

Sie wird etwas gefressen haben ...

Ein Bild tauchte in Lilys Erinnerung auf. Das Bild des Kätzchens, das glücklich die Milch aufschleckte, die sie heute Morgen auf der Türschwelle verkippt hatte. Hastig zog sie den Haustürschlüssel aus der Tasche und eilte in die Küche, wo sie die zerbrochene Milchflasche in einer Ecke deponiert hatte. Ein Rest Milch breitete sich über den Boden der Flasche aus, stellte sie erleichtert fest. Nicht viel, aber es sollte genügen.

Der Juister Kriminalhauptkommissar Peter Wilkens hatte Lily mit tellergroßen Augen angesehen, als sie ihm die Milchprobe mitsamt der toten Katze auf den Tisch gelegt hatte, mit der Bitte, die Milch auf Spuren von Gift untersuchen zu lassen. Tote Haustiere schienen nicht in sein Arbeitsgebiet zu fallen – zu allem Überfluss handelte es sich nicht einmal um ihre eigene Katze. Lily hatte auf ihn eingeredet wie auf einen lahmen Esel und sich verzweifelt das Haar gerauft, aber da sie undercover hier war, konnte sie ihm schlecht sagen, dass sie selbst von der Kripo war und das Ergebnis brauchte.

Als sie gerade losstürmen wollte, um Nick anzurufen, erkannte sie einer der Kommissare aus Nicks Team; Tim Levensen, einer ihrer Kollegen aus Aurich.

„Ich übernehme das", sagte er zu Wilkens und schob Lily samt Katze und Milchprobe in das Besprechungszimmer.

„Worum geht's?", fragte Tim, sobald sie allein waren, und keine zwei Minuten später lag die Milchprobe in seiner Tasche, bereit zum Transport nach Aurich.

„Kein Problem", sagte Tim. „Ich war sowieso auf dem Weg zum Flughafen, um rüberzufliegen."

Erleichtert atmete Lily auf.

„Ich brauche das Testergebnis so schnell wie möglich", flößte sie ihm ein. „Kannst du mir bitte eine SMS schicken, sobald der Befund da ist?"

„Klar doch. Aber um die Mieze muss Wilkens sich kümmern."

Lily verzog den Mund. „Der wird sich freuen."

„Wieso interessiert dich diese Katze eigentlich, Lily? Das ist doch nicht deine, oder?"

„Sie gehörte den Nachbarn. Aber die Milch war für mich bestimmt. Wenn sie vergiftet war ..."

„Du bist in Gefahr?" Tim packte sie an den Schultern. „Hast du Nick informiert? Oder Neuberger? Woran arbeitest du überhaupt?"

„Nicht an den Mordfällen." Sie lächelte ihn beruhigend an. „Es dreht sich um etwas anderes. Nick weiß Bescheid."

Man sah sofort, dass er ihr kein Wort glaubte. „Auch über das Gift?"

„Natürlich nicht", sagte Lily. „Ich muss erst mal rausfinden, ob die Milch überhaupt vergiftet war. Deshalb bin ich ja hier."

„Versprichst du mir, Nick sofort Bescheid zu sagen, falls sich dein Verdacht bestätigt?" Der Druck seiner Hände auf ihren Schultern verstärkte sich. „Und dass du bis dahin nichts im Alleingang unternimmst, das gefährlich werden könnte?"

Sie seufzte. „Ich werde brav wie ein Lämmchen im Strandkorb sitzen und mich sonnen. Kein Alleingang, nichts Gefährliches, immer unter Leuten. Großes Ehrenwort."

„ Ich hoffe, du hältst dich daran. Bei dir weiß man nie, Lily ..."

Sie warf ihm einen anklagenden Blick zu. Also echt, mussten sich Männer immer als Beschützer aufspielen?

Nachdem sie die tote Nachbarskatze bei Peter Wilkens in der Polizeistation gelassen hatte, war Lily nach Hause gegangen, hatte ihre Strandsachen zusammengesucht, ein Picknick dazu gepackt und sich auf den Weg zu ihrem

Strandkorb gemacht. Nun saß sie Brot kauend auf den grün-weißen Streifen der Polsterung und blickte nachdenklich zu Nicks leerem Strandkorb hinüber.

Sie vermisste ihn.

Die Erkenntnis irritierte sie. Warum zum Teufel vermisste sie Nick, wo sie ihr ganzes bisheriges Leben bequem ohne ihn ausgekommen war? Sie hatte bis vor ein paar Tagen nicht einmal gewusst, dass er existierte, und jetzt kreiste alles nur noch um ihn.

Frustriert kaute sie auf das Brot ein, bis auch der letzte Krümel hinuntergeschluckt war. Sie wollte nicht ständig an Nick denken müssen. Keine Ahnung, wie er es schaffte, so wirkungsvoll in ihre Gedanken zu kriechen, muskulös und mit diesem umwerfenden Lächeln, und dort kleben blieb wie Kaugummi.

Ihr Handy vibrierte. Neuberger.

„Was gibt's, Boss?"

„Danke für den Tipp mit den Kissen", sagte Neuberger. „Sie waren bis zum Rand mit Marihuana gefüllt."

„Kein Koks?" Sie runzelte die Stirn. In den Buddelflaschen war doch Kokain gewesen.

„Nein, es war Marihuana", bestätigte Neuberger. „Ich war auch überrascht. Die Versandadressen haben uns übrigens geradewegs zu den Dealern geführt, die den Stoff weitervertreiben. Gute Arbeit, Jäger."

Das Kompliment brachte sie zum Lächeln. „Ich nehme an, die beiden wurden verhaftet?"

„Nur Clarissa Johnsson, gleich im Morgengrauen. Ihr Mann und sie lagen noch im Bett, als wir kamen. Jetzt ist sie in U-Haft und belastet Brenner scharf, aber der will nichts damit zu tun haben. Er sagt, er hätte zwar was mit ihr und würde auch den Lieferwagen mit Johnssons teilen, aber von Rauschgift wisse er nichts." Neuberger seufzte. „Johnsson macht einen Riesenzirkus. Seine Frau sei unschuldig, das Opfer eines Missverständnisses, und du kannst dir ja denken, was ihr Vater mir alles an den Kopf geworfen hat."

„Der VIP?" Lily kicherte. Sie konnte sich lebhaft vorstellen, was sich abspielte. „Anton Brenners Waren waren okay?"

„Völlig. Wir haben heute früh seinen Laden und das Lager durchsucht, aber nichts gefunden. Auch die Räumlichkeiten von Tommy Johnsson; er hat uns freiwillig durchgeführt. Die Spürhunde haben nur mit dem Schwanz gewedelt und sind wieder rausgetrottet. Trotzdem kann ich kaum glauben, dass die Johnsson das allein gemacht hat. Meinst du, ihr Mann steckt doch mit ihr unter einer Decke?"

„Keine Ahnung." Lily zuckte die Achseln. „Aber die Ehe scheint nicht gerade gut zu gehen und gestern, als die Kissen aufgeladen wurden, war er bei seiner Geliebten. Das Ganze kann natürlich eine Art Alibi sein, damit nicht gleich alle zwei hops gehen, falls es so weit kommt, aber ... Wo ist Clarissa denn im Moment?"

„In Aurich. Dort ist sie besser aufgehoben als in der Zelle auf Juist. Wir können die Kollegen dort auch nicht mit dem Fall konfrontieren, die Mordfälle sind mehr als genug." Er zögerte. „Es sieht zwar aus, als sei das Ganze jetzt sozusagen gelöst, aber ehrlich gesagt hätte ich es gerne, wenn du Johnsson und diesen Brenner weiter unter die Lupe nimmst, Lily. Wir konnten zwar nichts bei ihnen finden, aber irgendwie kommt mir die Sache spanisch vor."

„Dass wir Koks suchen und Marihuana finden?"

„Genau. Ist doch merkwürdig, oder? Ein Dealer hat auch schon ausgepackt, dass er seinen Stoff immer von dieser Quelle bekommt. Marihuana, kein Koks."

„Du meinst, Clarissa Johnsson hat mit den Buddelflaschen nichts zu tun?"

„Sieht ganz so aus", brummte Neuberger. „Nur, wer war's dann?"

„Ich versuche mein Bestes", versprach Lily. „Obwohl ich nicht glaube, dass jetzt noch was rauskommt, nach der Verhaftung. Die Hunde schlafen jetzt erst mal, bis die Luft wieder rein ist."

„Oder das Gegenteil ist der Fall." Neuberger war optimistisch wie immer. „Bleib noch ein paar Tage auf Juist und sieh, was sich machen lässt, Lily. Vielleicht haben wir Glück."

Nachdenklich schaltete Lily ihr Handy aus, nachdem ihr Gespräch mit Neuberger beendet war, und steckte es in die Tasche. Ohne lästige Unterbrechungen ließ es sich besser denken. Sie drehte den Verschluss ihrer Apfelsaftflasche auf und hob sie zum Mund.

Vielleicht haben wir Glück. Der Mann hatte gut reden.

Der Saft rann ihr kühl die Kehle hinunter. Zufrieden schloss sie die Augen und legte sich im Strandkorb zurück, die Sonne angenehm warm im Gesicht. Dann sammelte sie ihre Gedanken – die an Nick wurden in die hinterste Ecke ihres Bewusstseins verbannt – und ließ die Geschehnisse der letzten Tage noch einmal Revue passieren. Alles hatte mit Rotkäppchen begonnen, vor der Abfahrt nach Juist, an der Frittenbude im Norddeicher Hafen.

Rotkäppchen?

Die beiden Morde gingen sie nichts an, zumindest hatten sie nichts mit dem Rauschgifthandel zu tun, auf den sie angesetzt war. Und doch ... Wo hörte der eine Fall auf und wo fing der andere an? Familie Johnsson war in beide Fälle verwickelt und auch die tote Kassiererin – erdrosselt wie Maria Wolff – hatte Brenner und Johnsson gekannt. Neben halb Juist, natürlich, aber was tat das zur Sache?

Vielleicht war die Theorie, dass Maria Wolff von ihrer Tochter ermordet worden war, ganz falsch? Vielleicht war Maria auch irgendwie in diesen Rauschgifthandel verwickelt oder hatte etwas gesehen, das sie nicht hätte sehen sollen, und war deshalb ermordet worden – so wie Carolin Rabe.

Müde fuhr Lily sich über die geschlossenen Augen. Wenn alles nur nicht so verworren wäre, dann käme sie mit Sicherheit schneller auf die Lösung. Manchmal sah man einfach den Wald vor Bäumen nicht oder, wie ihre Adoptivmutter beim Tatortgucken gerne sagte: „Du musst die Details hinterfragen, Lily. Jedes noch so kleine Detail."

Also noch einmal von vorn: Alles hatte mit Rotkäppchen begonnen. Mit Maria Wolff, die nach Juist fuhr, um ihre bis dahin totgeglaubte Tochter in die Arme zu schließen.

Nachdenklich kaute Lily auf ihrer Unterlippe. Hatte Maria das wirklich gewollt? Hatte sie sich tatsächlich auf ihre Tochter gefreut?

Die Antwort war ein klares Ja. Sie hatte sowohl ihrer Freundin im Gefängnis als auch Effi Johnsson erzählt, dass sie ihre Tochter treffen wollte. Sofort, so schnell wie möglich. Sobald sie ihren Koffer in der Pension untergebracht hatte, war sie losgeeilt.

Und dann? War sie auf direktem Weg zum Ziel gegangen?

Lily wiegte nachdenklich den Kopf. Nein, Maria war erst noch zu einem Andenkenladen gegangen, um ein Geschenk für ihre Tochter zu kaufen.

Es ging ihr durch Mark und Bein. *Maria war vom Weg abgekommen*. Wie Rotkäppchen.

Warum hatte sie das nicht schon vorher bemerkt?

Rotkäppchen hatte für die Großmutter Blumen pflücken wollen und dabei den Wolf getroffen. Tommy Johnsson. War Tommy etwa der böse Wolf?

Doch nein, korrigierte sich Lily. So ging das Märchen nicht. Es war anders. Rotkäppchen hatte erst den Wolf getroffen, auf dem Weg. Ganz nett und harmlos hatte er gewirkt und sie auf die hübschen Blumen auf der Wiese aufmerksam gemacht. Das sei doch ein schönes Mitbringsel für die Großmutter, hatte er gesagt.

Lily holte tief Luft. Genau das hatte Effi Johnsson getan. Sie hatte Maria auf die interessante Auswahl im Laden ihres Sohnes aufmerksam gemacht und Maria dorthin geschickt. Sie vom Weg abgebracht, wie der Wolf im Märchen.

Aber wozu, fragte sich Lily. Was hätte Effi Johnsson davon gehabt? Der Wolf war dann, während die Kleine ahnungslos die Blumen für die kranke Großmutter gepflückt hatte, schnell zu deren Haus gerannt, um die alte Frau zu fressen. Eine Verzögerungstaktik, also. Er hätte auch das Kind fressen können, gleich dort auf dem Weg, aber eine ausgewachsene Großmutter war reichere Beute für einen Wolf mit Appetit, und das Kind würde früher oder später auch noch auftauchen. Als Nachtisch, sozusagen.

Nein, Effi hatte – außer dem möglichen Profit ihres Sohnes – nichts davon, dass Maria Wolff in seinem Laden vorbeiging, und sie war auch nicht schnell irgendwohin gerannt, um leckere Großmütter zu verspeisen. Effi war daheim geblieben und hatte auf ihren anderen Hausgast gewartet. Auf Nick, mit dem sie dann gemütlich Tee getrunken und Kekse gegessen hatte.

Ganz klar, Effi war kein böser Wolf.

Aber jetzt, gestand Lily sich ein, jetzt verlief die Spur im Sand. Maria war, obwohl sie den niedlichen Bär für ihre Tochter in der Tasche hatte, dann schließlich doch nicht zu ihr gegangen, sondern stattdessen in Udas Teestube. Zu der Buchpräsentation.

Scheinbar hatte Maria mit niemandem gesprochen. Sie hatte einen Tee bestellt und ihn dann allein getrunken, ohne Kontakt mit einem anderen Gast aufzunehmen.

Lily selbst war vormittags nicht dort gewesen, aber wenn es nur halbwegs so voll gewesen war wie am Nachmittag ... Der halbe Ort war in der Teestube versammelt gewesen. Die arme Uda war kaum mit Teeausschenken nachgekommen. Gut möglich – wirklich *sehr* gut möglich – dass Marias Tochter unter den Leuten gewesen war, ohne sich Maria gegenüber erkennen zu geben. War Laura ihr dann, als sie die Teestube verließ, heimlich zu den Goldfischteichen gefolgt, um sie zu ermorden?

Lily schob den Gedanken von sich, bevor sie ihn auch nur richtig zu Ende gedacht hatte. Nein, Maria Wolff wäre nicht einfach so auf ein Tässchen Tee in die Teestube gegangen. Nicht, wenn sie wirklich ihre Tochter treffen wollte. Daran gab es keinen Zweifel. Die beiden mussten dort verabredet gewesen sein, aber dann war Laura nicht gekommen. Oder warum sonst hatte Maria allein vor ihrem Tee gesessen, ohne mit den anderen Gästen ein Gespräch anzuknüpfen, und war dann ebenso allein in Richtung Goldfischteich aufgebrochen?

Oder war Laura doch da gewesen? Hatten die zwei sich in der Teestube verabredet und die Buchpräsentation war dazwischengekommen? All das Gewusel und Geschwatze um Betty Behrensen herum musste bei einer solchen Zusammenführung von Mutter und Tochter gestört haben. Zu viele Menschen, um sich in Ruhe zu unterhalten und sich endlich kennenzulernen.

„Also haben sie ihr Treffen auf später verschoben", sagte Lily leise zu sich selbst und versuchte, sich das Geschehene vorzustellen. Laura, die ihrer Mutter einen Spaziergang am Goldfischteich vorschlägt. Treffpunkt dort, in einer halben Stunde.

Ein Gespür des Unwirklichen nagte an Lily. Die Szene, die sich wie ein Film vor ihrem geistigen Auge abspielte, wirkte falsch. Irgendwie gekünstelt. So konnte es nicht gewesen sein. Niemand würde sich so verhalten, zumindest keine Tochter, die ihre Mutter nach Juist bittet, um sie nach zwanzig Jahren der Trennung endlich wieder zu sehen.

„Was hätte ich an Lauras Stelle gemacht, wenn ich mich dort in der Teestube nicht mit ihr unterhalten könnte?", fragte sich Lily.

Maria und sie hätten sich nichts zugeraunt, wusste sie plötzlich. Sie hätten sich auch nicht verabredet und wären getrennt zu dem Treffpunkt gelaufen. Im Gegenteil, sie wären gemeinsam dorthin spaziert, vielleicht Arm in Arm, vielleicht nebeneinander, aber auf jeden Fall in tiefe Unterhaltung versunken. Schließlich gab es ein Leben zu erzählen ... und dennoch war es so nicht gewesen.

Lily erinnerte sich genau, wie Maria Wolff die Teestube verlassen hatte. Allein, ohne Begleitung. Trotzdem hatte sie extrem glücklich gewirkt und – im Vergleich zu dem Eindruck, den sie noch am Morgen gemacht hatte – wie neugeboren.

Das konnte eigentlich nur eins heißen: Maria hatte ihre Tochter getroffen, irgendwo dort in der Teestube, und hatte sich wie rasend gefreut, sie bald wiederzusehen. Dazu passte auch der verschwundene Brief, fiel Lily ein. Maria musste Laura den Brief gegeben haben. Doch warum war Laura dann nicht an ihrer Seite gewesen, als sie die Teestube verließ? Warum hatte sie ihre Mutter allein loslaufen lassen, ohne sie zu begleiten?

Es konnte höchstens sein, dass ...

Plötzlich sah Lily die Wahrheit vor sich, klar wie den Sommerhimmel über Juist, und wunderte sich, warum Nick und ihr etwas dermaßen Offensichtliches nicht schon früher ins Auge gesprungen war. Das dunkle Haar, das rote Kleid ... Dass sie so blind gewesen waren.

Kaum zu fassen.

29

Grimm saß auf der Terrasse eines Bistros an der Trave und wartete auf den Kaffee, den er im Anschluss an seinen Matjes mit Zwiebeln und Bratkartoffeln bestellt hatte. Er warf einen nachdenklichen Blick auf sein Handy, das lockend neben ihm auf dem Tisch lag. Es juckte ihn in den Fingern, Lily anzurufen, ihre Stimme zu hören, aber war das wirklich richtig? Er sollte es langsamer angehen lassen, ohne verliebte Telefonate während der Mittagspause. Wenn sie ihm nur nicht so unter die Haut gegangen wäre ...

Er steckte das Handy in die Jackentasche, um es nicht mehr sehen zu müssen. Gott sei Dank musste er es im Gefängnis sowieso ausschalten.

Ruth Krabbe war mit dem richtigen Fuß aufgestanden, zumindest begrüßte sie Grimm mit einem milden Lächeln, das in krassem Widerspruch zu ihren harten Zügen stand. Lauernde Augen in Wasserblau, scharf ausgeprägte Wangenknochen, die Lippen kaum mehr als eine dünne, blutlose Linie. Die Frau war ihm sofort unsympathisch.

„Keine Ahnung, was aus Sandra geworden ist", klärte sie ihn auf und schob die Finger durch ihr blondes, strähniges Haar. „Plötzlich war sie nicht mehr da, kein Anruf, kein nichts. Geld für das Balg haben wir ab dem Moment auch nicht mehr gesehen, aber immerhin kam noch das Kindergeld. Am liebsten hätte ich das Gör sofort vor die Tür gesetzt, aber Lars wollte sie unbedingt behalten." Sie zuckte die Achseln. „Familienehre. Er hatte es Sandra versprochen."

Grimm enthielt sich einer Antwort. Nach allem, was er über Lars Krabbe gehört hatte, steckte nicht ein Funken Ehrgefühl in dem Mann.

„Ihre Schwägerin soll mit einem Mann ins Ausland gegangen sein", sagte er stattdessen.

„So was haben wir auch gehört, Lars und ich", antwortete sie lakonisch. „Aber mitgeteilt hat sie uns das nicht. Einfach abgehauen ist sie, auf Nimmerwiedersehen."

„Haben Sie Sandras Freund kennengelernt?"

Sie zeigte ihm einen Vogel. „Die hätte doch nie ihren Lover zu uns mitgebracht, fein wie sie immer tat. Wir waren ihr zu proletisch, uns hat sie nicht vorgezeigt. Aber gut genug, um ihr das Balg abzunehmen, waren wir doch ..."

„Sie soll mal einen Freund auf Helgoland gehabt haben", wagte er es erneut. „Wissen Sie etwas über den Mann?"

„Ich hab doch gerade gesagt, dass Sandra uns nichts über ihre Liebhaber erzählt hat. Also nerven Sie mich nicht damit." Sie warf ihm einen ärgerlichen Blick zu. Keine Rede mehr von dem milden Lächeln.

„Tut mir leid, ich wollte Sie nicht nerven. Im Gegenteil. Sie sind uns eine große Hilfe."

„Mein Mann erwähnte mal, dass sie etwas mit einem verheirateten Mann hatte. Ein Hotelbesitzer", sagte sie gnädig. „Keine Ahnung, ob das stimmt."

Halleluja. Die Entschuldigung hatte ihn gerettet. Jetzt oder nie. „Die kleine Laura, das Pflegekind. Sie hatte dunkles Haar, oder?"

„Wir sind alle blond und blauäugig, die ganze Familie." Stolz fuhr sie sich durchs Haar. „Keine Ahnung, warum Sandra ihr Haar unbedingt dunkel färben wollte. Blond ist doch viel schöner. Warum fragen Sie?"

Er fasste in seine Jackentasche und legte zwei Fotos auf den Tisch. Die beiden kleinen Mädchen. Eine blond, die andere dunkelhaarig.

„Weil damals das blonde Kind gestorben ist, deshalb." Er schob das Foto zu ihr rüber. „Sie war Ihre Tochter, nicht wahr? Nicht das Pflegekind."

Sie blickte flüchtig auf das Bild, dann nickte sie. „Stimmt, das ist Fanny, meine Tochter."

„Aber wieso haben Sie gesagt, dass das Pflegekind gestorben sei, das andere Mädchen?“

Sofort bereute er seine Worte. Er war zu weit gegangen. Der Blick, den sie ihm zuschleuderte, war scharf wie eine Messerklinge.

„Ich habe überhaupt nichts gesagt“, zischte sie. „Wenn Sie es genau wissen wollen, die haben nicht mal gefragt, ob das meine Tochter ist. Nur den Namen wollten sie, sonst nichts, und den habe ich ihnen gegeben. Sie hieß Laura. Fanny war der zweite Vorname.“

„In der Zeitung wurde breit ausgeschlachtet, dass Ihr Pflegekind zu Tode gekommen war.“

„Den Schund hab' ich nicht gelesen“, sagte sie abfällig. „Wenn die Idioten die Kinder verwechseln, hat das nichts mit mir zu tun. Ich sag's ja, die Bullen sind alle miteinander Arschlöcher. “

Sie kniff die Lippen verärgert zusammen. „Und du gehörst auch dazu“, sagte ihr Blick.

Grimm tippte mit dem Zeigefinger auf das Bild der blonden Fanny. „Maria Wolff glaubte ebenfalls, dass ihre Tochter tot war. Wegen der Fotos, die damals veröffentlicht wurden. Sandra hatte ihr regelmäßig Bilder des Kindes gegeben, aber in Wirklichkeit waren das Bilder von *Ihrer* Tochter.“ Er fuhr sich müde über die Stirn. „Warum zum Teufel hat sie das gemacht?“

Ruth lachte, ein unschönes Kichern, das ihm durch Mark und Bein ging.

„Ach das“, sagte sie und schürzte die Lippen, als habe sie einen besonders guten Witz gehört. „Sandra wollte, dass sie denkt, dass die Kleine es gut bei ihr hat. Maria Wolff nahm ja an, das Gör sei bei Sandra.“

Grimm sah sie verständnislos an. „Aber wieso ...?“

„Das Mädchen war total verstockt, da halfen keine Prügel und nichts. Aus der war kein Lächeln für ein Foto rauszukriegen. Wie sollte Sandra da so tun, als sei alles bestens?“

„Also gab sie Maria einfach Bilder von Ihrer Tochter ...“

Mein Gott, verschlagener ging's kaum noch.

Ruth nickte. „Fanny hat gern gelacht, und für Fotos sowieso. Sie war eitel, meine Kleine. Mir war's egal, dass

Sandra Bilder von ihr weitergereicht hat. Sollte Maria Wolff doch denken, was sie will. Außerdem hat Sandra dafür bezahlt."

Bezahlt. Ein bitterer Geschmack machte sich in Grimms Mund breit. Soviel zur Krabbe'schen Familienehre. Es gab immer einen lukrativen Weg, das Haushaltsgeld aufzubessern.

„Sie sind wohl einer von denen, der eine wie mich für den letzten Dreck hält", zischte Ruth und schob das Foto ihrer Tochter in die Tischmitte zurück.

Er zuckte zusammen. „Das habe ich nicht gesagt."

„Nein, aber gedacht. Als könnte ich etwas dazu, dass Fanny die Treppe runterfällt. Ein Unfall war das, sonst nichts, aber mit Unsereins kann man's ja machen." Erregt stand sie auf. „Wissen Sie was? Sie können mich mal. Ich sage kein Wort mehr."

Grimm nickte zum Zeichen, dass er ihre Entscheidung akzeptierte, wenn auch widerwillig.

„Wenn Sie das Bild Ihrer Tochter behalten wollen, gebe ich es dem Aufsichtsbeamten."

Wenn Blicke töten könnten ... Bisher hatte er nicht gewusst, dass wasserblaue Augen fast schon dunkel wirken konnten – und dann, ganz plötzlich, wurden sie wieder so klar wie ein Regentropfen.

„Danke", sagte sie zu seinem grenzenlosen Erstaunen. Das kleine Mona-Lisa-Lächeln spielte mild um ihre Lippen. „Ich wollte nicht fragen ... Fanny wäre jetzt Anfang zwanzig, wissen Sie? Eine junge Frau."

Er nickte.

Genauso alt wie die Tochter von Maria Wolff.

Grimm trat durch das Gefängnistor nach draußen in den Lübecker Sonnenschein und schaltete sein Handy ein. Sofort fing es an zu klingeln.

„Endlich erreiche ich dich", drang die Stimme seines Kollegen Tim Levensen an sein Ohr. „Hattest du keinen Handyempfang?"

„Es war ausgestellt", sagte Grimm. „Ich war im Gefängnis. Was gibt's?"

Levensen zögerte. „Ich habe gerade mit Lily telefoniert. Sie sagt es dir bestimmt noch selbst, aber ich glaube, dass sie die Situation nicht allzu ernst nimmt", sagte er schließlich. „Heute Morgen kam sie mit einer toten Katze und einer Milchprobe auf die Polizeistation und wollte, dass wir die Probe auf Gift untersuchen lassen."

Grimm zog die Brauen zusammen. Hatte Lily nichts Besseres zu tun, als sich um tote Katzen zu kümmern?

„Und?"

„Die Milch war vergiftet, und sie stammte von Lilys Türschwelle."

Die umgekippte Flasche.

Grimms Mund wurde trocken. „Du meinst ...?"

„Die Milch war für Lily bestimmt. Sie sollte vergiftet werden", sagte Levensen. „Woran immer sie gerade arbeitet, Nick, der Fall ist gefährlich. Wir müssen sie unbedingt schützen."

Als ob er das nicht selbst wüsste.

Grimm sog scharf die Luft ein. „Von wo aus rufst du an?"

„Aurich. Soll ich Juist anrufen, damit sie zwei Kollegen zu ihrem Schutz abstellen?"

„Mach das", bestätigte Grimm und gab ihm sowohl die Adresse von Lilys Ferienwohnung, als auch ihre Strandkorbnummer. „Ich rufe derweil Lily an und lasse sie schwören, keine Dummheiten zu machen. Danke, dass du mich informiert hast."

Hastig legte er auf und tippte Lilys Handynummer ein. Das Gespräch wurde sofort auf den Anrufbeantworter umgeschaltet. Nackte Angst legte sich um sein Herz. Hoffentlich machte sie keine Dummheiten, hoffentlich passierte ihr nichts – und hoffentlich hörte sie bald ihr Telefon ab.

Sein Handy klingelte erneut. „Alles klar", informierte ihn Levensen. „Die Kollegen sind unterwegs."

Grimm fragte sich, warum ihn diese Nachricht so wenig erleichterte.

30

Lily streifte Jeans und T-Shirt über ihren Bikini, packte die angebrochene Flasche Apfelsaft zurück in die Strandtasche und schaltete ihr Handy wieder an. Sofort blinkte die Botschaft auf dem Display auf, dass sie zwei Nachrichten hatte. Eine von Nick, wie sich herausstellte, die andere von Tim Levensen. Beide über vergiftete Milch und dass sie unbedingte Vorsicht walten lassen sollte.

„Bleib, wo du bist", hatte Nick ihr aufs Band gesprochen, „und mach bloß nichts Unvernünftiges bis ich wieder da bin."

Macho.

Sogar zwei Kollegen wollte er zu ihrem Schutz abstellen. Sie verzog den Mund. Als ob sie sich nicht selbst schützen könnte, schließlich hatte sie genug Trainingskurse in Selbstverteidigung absolviert und den gleichen Rang wie er. Außerdem, was sollte ihr schon passieren, solange sie in aller Öffentlichkeit weilte?

„Polizeischutz unnötig", textete sie zurück. *„U ist Ms Tochter. Gehe jetzt Tee trinken."*

Das mit der vergifteten Milch wollte Lily nicht in den Kopf. Einerseits bedeutete es, dass Clarissa nicht im Alleingang gearbeitet hatte, denn als der Nachbarjunge die Milch vor ihre Tür stellte, war sie bereits verhaftet. Wieso aber hätten Clarissas Komplizen sie, Lily, töten wollen? Warum sich mit einem Mord noch tiefer in den Sumpf begeben, als sie sowieso schon waren? Außerdem konnten weder Johnsson noch Brenner wissen, dass sie auf den Fall angesetzt war – oder hatte sie sich doch irgendwie verraten, als sie bei Brenner gewesen war?

Unwahrscheinlich. Wenn Brenner geahnt hätte, dass sie ihm hinterherspionierte, hätte er die Auslieferung der Kissen verhindert und stattdessen dafür gesorgt, dass nur harmloses Zeug nach Norddeich geschifft wurde.

„Es sei denn, er wollte Clarissa loswerden", murmelte ihre innere Stimme, aber auch das schien nicht überzeugend. Sie als Geliebte oder Geschäftspartnerin abschieben zu wollen, war eine Sache, aber Brenner konnte kein Interesse daran haben, die Frau der Polizei auszuliefern. Er musste gewusst haben, dass es nur eine Frage der Zeit war, bis sie ihn in die Sache mit hineinziehen und auspacken würde. Warum sollte sie allein im Knast sitzen wollen, während er draußen blieb und seine Hände in Unschuld rieb?

Eigentlich hatte Lily vorgehabt, vor ihrem Besuch in der Teestube noch schnell die Strandtasche mit ihren Badesachen nach Hause zu bringen, aber der Gedanke an die zwei Kollegen, die Nick zu ihrem Schutz abstellen wollte, hielt sie davon ab. Womöglich standen die bereits vor ihrer Haustür und würden sie nicht wieder fortlassen, wenn sie dort auftauchte. Es war sicherer, sich gar nicht erst in der Nähe ihres Ferienhäuschens blicken zu lassen.

Schade. Lily hätte sich gerne eine leichte Strickjacke zum Überwerfen geholt. In den letzten Minuten war es unverhofft windig geworden und am Horizont nahten dunkle Wolken. Anscheinend kam ein Gewitter auf. Sie ließ den Blick über die belebte Straße gleiten. Es gab keinerlei Grund zur Panik, unter all den Menschen war sie sicher wie in Abrahams Schoß. Außerdem hatte sie Nick getextet, wo sie zu finden war.

Eine elegante Gestalt im sandfarbenen Hosenanzug löste sich aus der Menge und steuerte auf die Teestube zu. Anscheinend hatte Betty Behrensen Lust auf eine gute Tasse Tee. Lily lächelte. Das passte ihr prima. Sie würde sich zu Betty an den Tisch setzen und harmlos plaudern, während sie gleichzeitig Uda Hansen im Auge behielt, bis Nick aufkreuzte. Sie war sicher, dass er nach ihrer Nachricht nicht lange auf sich warten lassen würde, muskulös und keulenschwingend wie ein Neandertaler, um sie zu ‚retten'.

Eine Wolke schob sich über die Sonne und verdunkelte die Straße. Die Passanten, die von dem aufkommenden Sturm noch nichts bemerkt hatten, sahen erstaunt nach oben. Gerade noch rechtzeitig, bevor eine heftige Windböe durch die Straße peitschte und sie in alle Himmelsrichtungen auseinanderstreben ließ, um Unterschlupf zu finden.

Gefahr.

Lily erstarrte. In grässlichem Neonrot flackerte die Nachricht über Bettys sandfarbener Silhouette auf.

Gefahr. Gefahr. Gefahr.

Lily brauchte einen Moment, um zu kapieren, um was es ging; dass eine ähnliche blutrote Warnung über Maria Wolff geschwebt hatte, als sie ihrem Tod entgegenlief. Dann kam Leben in sie.

Sie beschleunigte ihre Schritte und hastete auf die Gartentür der Teestube zu, durch die Betty soeben gegangen war. Die Frage, warum sie nicht die Vordertür benutzt hatte, erübrigte sich, als Lily aus den Augenwinkeln heraus das Schild neben dem Eingang bemerkte.

Montags geschlossen.

Lily spürte ein angstvolles Kribbeln in der Magengegend. Was immer Betty bei Uda Hansen wollte, sie schwebte in Lebensgefahr. Uda hatte erst ihre Mutter nach Juist gelockt und umgebracht, jetzt war Betty an der Reihe. Wahrscheinlich aus dem gleichen Grund, aus dem die Kassiererin sterben musste. Hatten die beiden Frauen etwas beobachtet, das Uda als Täterin entlarvte?

Lautlos öffnete Lily die Gartentür und huschte auf die Terrasse hinter dem Haus. Es war still, merkte sie plötzlich, bis auf den Wind, der am Dach des hölzernen Gartenschuppens rüttelte und an den zarten Rosenblüten der Hecke zerrte. Hastig sah sie sich um. Keine Spur von Betty Behrensen.

Durch die geöffneten Fenster drang Udas Stimme an ihr Ohr. Betty und sie waren in der Teestube. Vorsichtig drückte Lily die Klinke der Terrassentür hinab und betrat den leeren Gastraum. Die Stimmen kamen aus der Küche. Sie schlich näher.

Uda Hansen lehnte mit dem Rücken gegen die Spüle, den Blick auf ihre Schuhe gerichtet wie ein verlorenes Kind.

„Ich mache mir Sorgen um Tommy“, sagte sie. „Dass Clarissa mit Rauschgift handelt, hat ihm einen schlimmen Schock versetzt. Sie so wenig gekannt zu haben ...“

Lilys Blick wanderte zu Udas Gesprächspartnerin.

Effi Johnsson?

Sie stand in der Zimmermitte, mit wippenden Löckchen und einem Becher Tee in den Händen. Aber wo war Betty?

„Unterbewusst ahnte er das längst", hörte sie Effi sagen. „Warum hätte er sich sonst in dich verliebt?"

Erstaunt sah Uda auf. „Du weißt ...?"

„Aber natürlich. Ein Blick auf dich und ich wusste, dass du die richtige Frau für ihn bist – und wie er leiden würde, weil er bereits verheiratet war." Effi lächelte Uda warm an. „Ich muss gehen, aber nachher komme ich nochmal vorbei, ja? Dann reden wir weiter."

Diskret verzog Lily sich hinter eine Gardine, während Uda die Vordertür öffnete, um Effi hinauszulassen. Dann verschwand Uda in der Küche.

Betty musste draußen sein, entschied Lily, nachdem sie auch die Toiletten kontrolliert hatte. Leise schlüpfte sie zurück auf die menschenleere Terrasse. Mit etwas Glück hatte Betty sich umentschlossen, als sie gemerkt hatte, dass heute Ruhetag war, und war wieder gegangen. Aber sicher war sicher. Es konnte nicht falsch sein, zu prüfen, ob sie tatsächlich aus der Gefahrenzone war.

Einsam standen die weiß gestrichenen Tische und Stühle im Wind, während erste Regentropfen vom Himmel platschten. Das Gartenhaus fiel Lily ins Auge, dessen Holztür im Wind gegen den Rahmen klapperte. Ob Betty dort drin Unterschlupf gesucht hatte?

Sie zog die Tür auf und betrat den Schuppen. Das Fenster musste blockiert sein, ihre Augen mussten sich erst an das Halbdunkel gewöhnen. Mit den Fingern tastete sie über das raue Holz, bis sie den Lichtschalter fand. Der gleißende Schein der Glühbirne, die von der Decke baumelte, ließ sie blinzeln, doch nach wenigen Sekunden gewöhnte sie sich an die Helligkeit.

Der Schuppen war leer.

Lilys Blick schweifte durch den Raum. In den Regalen entlang der Wände befanden sich Kartons, mindestens fünfzig und alle mit derselben Aufschrift.

Buddelflaschen.

Mein Gott, hier wurde das Koks also gelagert. Kein Wunder, dass die Spürhunde nichts bei Tommy Johnsson gefunden hatten, wenn er das Rauschgift hier in der Teestube versteckte, im Schuppen seiner Freundin. Und was war in der geöffneten Holzkiste neben dem Fenster, das, wie sie es sich bereits gedacht hatte, von Kartons verstellt war? Vorsichtig beugte sie sich hinab und hob den Deckel.

„Mann oh Mann“, murmelte sie und tippte Nicks Nummer in ihr Handy. Er hob sofort ab.

„Lily, ich bin gerade gelandet. Gott sei Dank, dass du ...“

„Das Koks liegt in Udas Schuppen“, unterbrach sie ihn. „Ich gehe jetzt in die Teestube und ...“

Als sie hinter sich den Luftzug von der sich öffnenden Tür bemerkte und sich die Haare in ihrem Nacken warnend aufrichteten, war es bereits zu spät. Der Schlag traf sie mitten auf den Hinterkopf. Dann wurde ihr schwarz vor Augen.

Als Lily wieder zu sich kam, lag sie geknebelt am Boden. Die Hände waren auf ihrem Rücken zusammengebunden, der grobe Strick grub sich schmerzhaft in ihre Handgelenke. Benommen blinzelte sie ins Halbdunkel und kriegte gerade noch mit, wie sich die Tür schloss. Ein kratzendes Geräusch drang an ihr Ohr, Metall auf Metall. Der Riegel. Sie war eingesperrt.

Hastig rappelte sie sich auf, zu hastig, und kurzzeitig war sie von den weißen Blitzen hinter ihren Augen geblendet. Ihr Kopf schmerzte wie rasend. Lily biss die Zähne zusammen und zwang sich zum Handeln. Das Fenster. Einen anderen Fluchtweg gab es nicht. Sie musste raus. Raus aus Udas Schuppen und zurück in die Teestube. Lilys Atem ging stoßweise und konzentriert, während sie die Kartons mit Hilfe ihrer Schultern und Beine zu Boden fegte, bis das Fenster freigelegt war. Ungläubig weiteten sich ihre Pupillen, als sie erkannte, wer gerade von ihrem Verlies aus in Richtung Teestube ging. Wer sie eingesperrt hatte.

Und dann sah sie es.

Die Szene spielte sich wie in Zeitlupe vor ihr ab. Der Wind, der über die Terrasse fegte, riss am Haar ihrer Gegenspielerin, sodass es nach oben flog und den schlanken Nacken freigab. Schwarz und schweigend starrte der Wolf

Lily aus gefährlich kleinen Augen an, dann fiel der blonde Bob wie ein schützender Vorhang über das Untier zurück. Sekunden später war Betty im Haus verschwunden.

Lilys Unterlippe begann zu zittern, als die Wahrheit in ihr Bewusstsein sank. Sie musste raus. Raus, raus, raus. Aber wie? Ein einsamer Sonnenstrahl drang durch das Fenster und erhellte einen Container, der ihr bisher nicht aufgefallen war. Eine Werkzeugkiste. Ohne langes Zögern sank Lily mit dem Rücken zur Kiste auf den Holzboden und schnappte den Verschluss auf. Ihre Finger ertasteten Hammer, Zange, verschiedene Schraubenzieher und – endlich! – eine Säge. Vorsichtig brachte sie den Strick, der sich um ihre Handgelenke wand, in Kontakt mit den scharfen Zähnen, die sich bei jeder Bewegung tiefer in das Seil fraßen. Hin und her, her und hin, bewegte sie ihre zusammengebundenen Hände, wieder und wieder, bis sie spürte, dass der Strick nur noch durch einen dünnen Strang gehalten wurde und die Sägezähne ihrer Haut gefährlich nahe kamen. Vor Schmerzen biss sie auf ihre Unterlippe. Gleich hatte sie es geschafft. Eine letzte Bewegung, dann gab der Strick nach, ihre Hände waren frei. Ohne weiter über ihre wundgescheuerten Handgelenke nachzudenken, richtete sie sich auf, riss sich den Knebel vom Mund und drehte sich zum Fenster.

Vor dem verdammten Fenster war ein Gitter.

Sie krallte ihre Finger in die Stäbe und rüttelte so fest sie konnte, aber sie waren bombenfest verankert. Sie saß in der Falle.

31

Nick Grimm war mit den Nerven fertig. Als er sein Handy nach der Landung auf Juist wieder einschaltete, hatten nichts als Hiobsbotschaften auf ihn gewartet. Die beiden Kollegen, die er zu Lilys Schutz abgestellt hatte, hatten sie nicht gefunden , weder zu Hause, noch im Strandkorb, und Lily selbst hatte mit der Hammernachricht aufgewartet, dass Uda die Tochter von Maria Wolff war – und dass sie in die Teestube gehen wollte. Mitten in die Höhle des Löwen, obwohl sie ihm fest versprochen hatte, nichts Gefährliches zu unternehmen. Es war zum Haareraufen.

Verdammt. Verdammt. Verdammt.

Wieso musste er sich ausgerechnet in eine tollkühne Wahnsinnige verlieben, die Neonwarnungen über Köpfen schweben sah und ihr verdammtes Handy abgeschaltet hatte, wenn man sie brauchte? Er fuhr sich mit der Hand über die Augen. Hatte er sich wirklich in Lily verliebt? Ausgerechnet in eine Kollegin, obwohl Ärger damit vorprogrammiert war? Ausgerechnet er?

Als sein Handy vibrierte, noch während er Lilys SMS las, zuckte er zusammen. Ihr Name erschien auf dem Display.

„Lily, ich bin gerade gelandet. Gott sei Dank, dass du ..."

„Das Koks liegt in Udas Schuppen", unterbrach sie ihn. „Ich gehe jetzt in die Teestube und ..."

Dann brach das Gespräch ab.

„Lily", rief er durch den Hörer. „Lily, was ist? Hörst du mich?"

Keine Antwort, nur eine Art dumpfes Poltern, und plötzlich knackte es in der Leitung. Sie hatte aufgelegt. *Jemand* hatte aufgelegt. Seine Handflächen begannen zu schwitzen. Lily war in Gefahr. Zum Teufel mit dem Fahrverbot auf Juist. Er tippte die Nummer des Notdienstes in sein Handy. Der Rettungswagen war allemal schneller als eine Pferdekutsche und im Moment ging es nur um eins: so schnell wie möglich zu Udas Teestube zu gelangen.

Uda war also Maria Wolffs Tochter, schoss es Grimm durch den Kopf, während er auf dem Beifahrersitz des Krankenwagens in Richtung Ort raste. Klar eigentlich, wenn man es bei Licht betrachtete. Sie hatte das richtige Alter, das dunkle Haar ihrer Eltern, die Vorliebe für rote Kleidung. Eigentlich hätte er das vorher bemerken können, wenn er nicht nur Augen für Lily gehabt hätte.

Lily. Unruhig rutschte er auf dem Sitz hin und her. Wenn sie bloß heil und gesund aus der Sache herauskam ... Er weigerte sich, über die Möglichkeit nachzudenken, dass

Lily etwas passiert sein könnte, zwang seine Gedanken zurück zu dem Fall.

Uda Hansen hatte ihre Mutter mit ihrem Brief auf die Insel gelockt, um sie hinterhältig umzubringen. Nichts einfacher als das. Ein Wiedersehen. Vorgetäuschte Freude. Ein Spaziergang, allein zu zweit am Goldfischteich, und dann das Ende.

Aber warum?

Grimm runzelte die Stirn. Rache. Darauf schien alles hinauszulaufen. Lauras Rache, dass sie bei den Krabbes gelandet war. Rache dafür, dass sie mitansehen musste, wie Fanny zu Tode kam. Er seufzte. Maria hatte nur das Beste für Laura im Sinn gehabt, hatte vermeiden wollen, dass sie als Tochter einer Mörderin aufwuchs. Nur deshalb hatte sie sie weggegeben, aber wer weiß, wie das Kind es gesehen hatte? Gut möglich, dass Laura ihrer Mutter die Schuld dafür gegeben hatte, dass sie in die Pflegefamilie gekommen war. Dafür, was sie dort erlebt hatte.

Und jetzt? Fühlte sie sich erleichtert, nach dem Tod der verhassten Mutter? Hatte sich der Mord gelohnt, und der an Carolin Rabe, die das Ganze offensichtlich beobachtet hatte oder sonstwie eine Belastung geworden war?

Grimm tippte die Nummer der Polizeistation in sein Handy. Es war besser, für alle Fälle Unterstützung anzufordern; die beiden Polizisten, die er für Lilys Schutz abgestellt hatte.

Erleichtert atmete er auf, als der Rettungswagen vor Udas Teestube zum Stehen kam. Schwungvoll riss er die Wagentür auf und sprang über den niedrigen Zaun. Keine Minute später hatte er den Hintereingang erreicht. Aus den Augenwinkeln heraus sah er das hölzerne Gartenhaus, in dem das Koks lagerte, das Johnsson dort versteckt hatte. Sollte es dort liegen bis es schwarz wurde, im Moment ging es um Lily.

Er drückte die Klinke hinunter und trat ein.

Sie waren in der Küche, Uda Hansen und Betty Behrensen, die Auge zu Schlitzen zusammengezogen wie zwei Löwinnen, und kämpften miteinander auf dem Fußboden. So sehr Betty sich auch wehrte, kratzte und an den Haaren ihrer Gegnerin riss, Grimm sah mit einem Blick, dass Uda die Stärkere war. Schwer atmend hielt sie ihre Kontrahentin zu Boden, die schlanken Finger gefährlich nah an deren Hals.

„Du Schlange", presste sie hervor. „Ich bring' dich um, und wenn es das Letzte ist, was ich tue."

„Helfen Sie mir", keuchte Betty, als sie ihn erkannte. „Die Frau ist verrückt."

Grimm konnte sich gerade noch rechtzeitig auf die dunkelhaarige Frau stürzen, sonst hätte sie Gott weiß was getan. Uda wehrte sich wie eine Wahnsinnige mit einer Kraft, die er der zierlichen Frau nicht zugetraut hätte. Sie biss und kratzte und wollte partout nicht von Betty ablassen, aber schließlich schaffte er es doch, sie zu überwältigen.

„Lassen Sie mich los", schrie sie und versuchte erneut, ihn abzuwehren. „Sie haben die Falsche", doch er ignorierte sie.

Wo zum Teufel war Lily?

„Sind Sie okay?", fragte er Betty Behrensen, die sich aufgerappelt hatte, während er Uda Handschellen anlegte und sie an die Aluminiumstange der Ofentür fesselte.

„Alles in Ordnung", antwortete Betty und trat neben ihn. „Mir geht es bestens."

Aus den Augenwinkeln heraus bemerkte er den silbernen Kerzenleuchter in ihrer Hand, der gerade noch auf dem Tisch gestanden hatte. Dann explodierten Tausende von Sternchen in seinem Kopf.

32

Durch die vergitterte Fensterscheibe sah Lily Nick über die Terrasse rennen, direkt auf die Hintertür der Teestube zu. Sie rief seinen Namen und rüttelte erneut an den Stäben, doch er war zu sehr in Eile, um sie zu hören.

„Guter Gott", hauchte sie, als sie realisierte, dass Nick nach allem, was sie ihm mitgeteilt hatt, Uda für die Täterin halten musste – und ausgerechnet jetzt saß sie in diesem Schuppen fest. Hektisch stürzte sie sich auf den Gerätekasten, auf der Suche nach einem geeigneten Werkzeug, um die Tür aufzubrechen. Ihre Finger schlossen sich um einen großen Schraubenzieher. Der würde es tun.

„Wo bin ich?“, fragte Nick, als er endlich die Augen wieder aufschlug. „Im Himmel?“

„Im Kreiskrankenhaus in Norden.“ Lily, die auf der Bettkante saß, lächelte erleichtert auf ihn hinab. „Ich habe mir schon Sorgen gemacht, dass du nie mehr aufwachst. Betty Behrensen hat dir einen ziemlichen Schlag verpasst.“

Er blickte auf die Schläuche und piepsenden Geräte, an die er angeschlossen war, und verzog den Mund. „Mit einem Kerzenleuchter. Als ich merkte, was sie im Schilde führte, war es zu spät. Ich habe mich furchtbar dumm angestellt.“

„Das war meine Schuld. Hätte ich dir nicht getextet, dass Uda die Tochter von Maria Wolff ist, hättest du Betty nicht für das arme Opfer gehalten. Sie hat uns alle total an der Nase herumgeführt. Ich hätte nie gedacht, dass sie überhaupt etwas mit diesen Mordfällen zu tun hat, wenn ich nicht zufällig das Wolfstattoo auf ihrem Nacken gesehen hätte.“

Vorsichtig befühlte Nick den Verband auf seinem Kopf.

„Tut's weh?“

„Ein bisschen“, gab er zu und schloss erschöpft die Augen. „Was ist mit Betty? Konnte sie entkommen?“

„Nein. Sie hatte mich im Gartenhaus eingesperrt, aber in letzter Sekunde kam ich frei, bevor sie Uda etwas antun konnte. Gottlob kamen die zwei Kollegen dazu, die du um Mithilfe gebeten hattest. Keine Ahnung, ob ich es allein geschafft hätte, nach dem Schlag, den sie mir im Schuppen verpasst hat.“

Er öffnete die Lider. „Dich hat sie auch niedergeschlagen?“

„Mit einer Buddelflasche. Sie war leer, deshalb war ich wohl schnell wieder bei mir – was man von dir nicht gerade sagen kann.“ Lily deutete mit den Augen in Richtung Fenster, vor dem sich nächtliche Dunkelheit abzeichnete. „Es ist fast Mitternacht. Du hast geschlafen wie Dornröschen und siehst aus, als würdest du am liebsten sofort wieder einschlafen."

Er grinste. „Das muss daran liegen, dass mich die Prinzessin nicht wachgeküsst hat, wie sich das gehört."

„Das müssen wir schleunigst nachholen." Vorsichtig legte Lily sich neben ihn auf das weiß gestärkte Krankenhauslaken und strich mit den Fingerspitzen über die Bartstoppeln auf seiner Wange. Seine Lippen waren warm und salzig und sie gab sich dem unglaublichen Glücksgefühl hin, das sie durchflutete.

„Und, hat es funktioniert?", fragte sie, als sie nach einem schier endlosen Kuss voneinander abließen.

„Ich weiß nicht recht", murmelte er und zog sie in seine Arme zurück. „Wir sollten es nochmal versuchen. Sicher ist sicher."

Strahlend wie die Morgensonne betrat Lily am nächsten Vormittag Nicks Krankenzimmer.

„Tara, Frühstücksbesuch", verkündete sie und schwenkte eine Papiertüte vor seiner Nase. „Ich habe die Schwester gefragt und sie hat erlaubt, dass ich frische Brötchen mitbringe. Du hast die Wahl: Honig oder Erdbeermarmelade."

Er entschied sich für die Marmelade, was sie heimlich gehofft hatte. Nichts ging über Honig auf dem Brötchen.

„Schön hast du's hier", sagte sie nach einem anerkennenden Blick durch den Raum. „Besser als diese piepsende Überwachungsstation von gestern Abend."

Er grinste. „Ich bin froh, dass ich in ein normales Zimmer verlegt wurde, und morgen darf ich wahrscheinlich nach Hause." Zufrieden biss er in sein Brötchen. „Hmm, zweites Frühstück. Das erste gab's quasi im Morgengrauen. Erzähl, was gibt's Neues?"

„Betty hat alles gestanden, und Brenner auch – und von Uda Hansen wissen wir, was es mit dem Brief auf sich hatte. Erfolg auf der ganzen Linie. Neuberger ist völlig aus dem Häuschen, so selig habe ich ihn selten erlebt." Lily strich die Krümel von seinem Bettlaken. „Lass mich erst mal das Brötchen essen und von irgendwoher einen Kaffee beschaffen, dann erzähle ich dir alles."

Eine Viertelstunde später machte sie es sich auf Nicks Bettkante bequem, einen Becher Kaffee neben sich auf dem Nachttisch, und verschlang ihre Finger mit den seinen.

„Versprich mir, dass du mich nicht dauernd unterbrichst, sonst dauert das ewig“, warnte sie ihn. „Ich muss vor über zwanzig Jahren beginnen, bei der Ermordung von Max Wolff.“

„Versprochen. Ich sage kein Wort.“

„Also es war so“, hob Lily an. „Max Wolff hatte ein Verhältnis mit Sandra Krabbe, der besten Freundin seiner Frau. Er stand auf Brünette, sodass sie extra für ihn ihr Haar dunkel färbte. Sie waren verückt nacheinander und hatten sich sogar in einer Art Liebesschwur die gleichen Tattoos in den Nacken stechen lassen. Zum Zeichen, dass sie zusammengehörten.“

„Einen Wolf.“

Lily warf Nick einen strengen Blick zu. „Du wolltest doch nichts sagen.“

Er hob entschuldigend die Hände. „Tut mir leid.“

„Max hatte Sandra versprochen, sich für sie scheiden zu lassen, aber als seine Frau schwanger wurde, änderte er seine Meinung. Maria und er stritten zwar viel, aber das schob er ihren Schwangerschaftshormonen zu und fand sich damit ab. Ehrlich gesagt glaube ich, dass er gemerkt hat, was für einen miesen Charakter Sandra in Wirklichkeit hatte.“ Lily seufzte. „Auf jeden Fall ließ Sandra es sich nicht gefallen, einfach so abgeschoben zu werden. Max sollte dafür büßen, dass er sein Versprechen nicht gehalten hatte. Sie flößte Maria Schlafmittel ein, sodass die sich nach dem Essen ins Bett legte und sofort einschlief, statt wie sonst mit ihrem Mann und dem Hund spazieren zu gehen – und kaum war Max weg, schlich Sandra in die Wohnung, zog Marias roten Regenmantel und Gummistiefel über und rannte ihm hinterher.“

Nick pfiff durch die Zähne. „Sie hatte alles genau geplant, habe ich recht? Den Vogelkundler, den sie genau an die richtige Stelle geschickt hatte, damit er später den Mord bezeugen konnte, den Kriminalroman, den sie Maria so warm ans Herz gelegt hatte ...“

„Bis ins letzte Detail", bestätigte Lily. „Zu dem Zeitpunkt war Sandra sicher, dass Max nicht zu ihr zurückkommen würde. Also musste er sterben. Es war die pure Rache, die sie trieb."

„Und das Kind?"

„Sandra hatte nie so weit gedacht, dass Maria sie als beste Freundin darum bitten könnte, das Kind zu adoptieren. Als es passierte, sagte sie natürlich zu, um Maria nicht argwöhnisch zu machen. Aber wie wir mittlerweile wissen, gab sie die Kleine sofort an ihren Bruder und seine Frau. Sie hat zugegeben, gewusst zu haben, dass die Kinder dort misshandelt wurden, aber das war ihr egal. Hauptsache, sie hatte mit der Kleinen nichts zu tun."

„Hat sie auch zugegeben, dass sie Maria Wolff Fotos des falschen Mädchens gab, weil deren Tochter so selten lachte?"

Lily nickte. „Schrecklich. Kein Wunder, dass Maria glaubte, ihr eigenes Kind sei gestorben. Die Polizei hatte das ja auch durcheinandergebracht und dann falsch weitergegeben. Selbst die Schuldirektorin hat vor der Presse immer nur von der ‚armen, kleinen Laura' gesprochen, obwohl das Kind Fanny genannt wurde. Keine Ahnung, warum die Krabbe-Eltern den Irrtum nicht aufklärten."

„Weil es sie nicht interessiert hat", sagte Nick. „Diese Ruth Krabbe ist eine beinharte Frau."

„Jedenfalls sah Sandra Krabbe eines Tages die Möglichkeit, sich unsichtbar zu machen und von vorn anzufangen. Sie gab unter dem Pseudonym Betty Behrensen ein Kochbuch heraus und lancierte sich – nach einer Schönheitsoperation und einem Zurück zu ihrer natürlichen Haarfarbe – als Fernsehköchin. Ein Lover hatte ihr das vermittelt, der bei einem Fernsehsender arbeitete."

„Und dann sieht sie Jahre später ausgerechnet auf einer ihrer Buchpräsentationen ihre alte Freundin Maria Wolff wieder. Die Einzige, die wusste, wer sie in Wirklichkeit war."

„Genauso war es. Die kleine Laura wuchs nach der Tragödie, die sich bei ihren Pflegeeltern abgespielt hatte, bei einer anderen Familie auf und bekam einen neuen Namen: Uda Hansen. Im Internet stieß sie zufällig auf den Artikel über Marias Angriff auf Ruth im Gefängnis – und da fiel es Uda wie Schuppen von den Augen, dass Maria einer Verwechslung aufgesessen war. Dass sie die Tochter von Maria Wolff war."

„Deshalb schrieb sie den Brief ins Gefängnis und bat um ein Treffen auf Juist."

„Uda hatte keine Ahnung, dass Betty Behrensen in Wirklichkeit Sandra Krabbe war. Sie hatte Sandra als Dunkelhaarige in Erinnerung und sie sowieso nur selten gesehen. Aber Betty hatte sie erkannt und war geschockt über den Zufall – und dann kam auch noch Maria Wolff in die Teestube." Mit zusammengezogenen Augenbrauen griff Lily zu ihrem Kaffee und trank einen Schluck. „Maria sah sofort, dass Uda im Moment keine Zeit für sie hatte. Deshalb bestellte sie bei Uda einen Tee und schob ihr diskret den Brief in die Hand. So gab sie sich zu erkennen. Uda wusste ja nicht, wie sie aussah."

„Deshalb fehlte der Brief also", murmelte Nick. „Ich nehme an, die beiden haben sich für später verabredet."

Lily nickte. „Sie wollten sich am späten Nachmittag nach dem Muffin-Wettbewerb treffen, in aller Ruhe. In der Zwischenzeit machte Maria Wolff einen Spaziergang zu den Goldfischteichen. Betty ging ihr hinterher. Na ja, du weißt ja, was dann kam."

Nick sah sie fassungslos an. „Aber warum? Maria hatte Betty doch nicht mal erkannt?"

„Das wusste Betty aber nicht", erklärte sie. „Sie hatte keine Ahnung, dass Maria nicht mehr im Gefängnis war und musste spontan handeln. Sie war sicher, dass ihre Freundin mittlerweile darauf gekommen war, mit wem ihr Mann ein Verhältnis hatte – und wer ihn die Klippen hinunterstürzte. Wirklich, Nick, bei aller Freundschaft zu dieser Sandra, hättest du an Marias Stelle nicht auch spätestens dann angefangen, dich zu wundern, wenn deine angeblich beste Freundin dein Kind heimlich an Pflegeeltern abschiebt und wortlos untertaucht?"

„Doch", gab er zu. „Das hätte ich."

„Genau. Betty nahm an, Maria sei ihr in den langen Stunden im Gefängnis, in denen sie genug Zeit zum Nachdenken hatte, auf die Schliche gekommen. Deshalb musste Maria verschwinden, und zwar auf der Stelle. So schnell, dass sie nicht mal eine Tatwaffe organisieren konnte. In ihrer Not benutzte sie den Gürtel des weißen Strickkleids, das sie trug." Lily schüttelte leise den Kopf. „Das Dumme war nur, dass sie keine Zeit zum Muffinbacken hatte, weil sie Maria verfolgen musste. Also ging Betty nach dem Mord in den Frischemarkt, um fertige Muffins zu kaufen. In der Küche ihrer Ferienwohnung brauchte sie die dann nur noch mit Erdbeeren und Creme zu verzieren und auf ein Backblech zu legen."

„Damit ging sie dann zu dem Wettbewerb? So, als hätte sie die Muffins gerade frisch aus dem Ofen gezogen?"

„Sogar Mehl hatte sie sich ins Haar gestäubt", sagte Lily. „Ein Schauspiel, auf das wir alle hereingefallen sind. Ich hätte es wirklich merken müssen. Betty ist dafür bekannt, immer wie aus dem Ei gepellt auszusehen. Pikobello frisiert in jeder Lebenslage, mit oder ohne Backblech – und ausgerechnet bei dem Muffin-Wettbewerb trat sie auf wie eine hausbackene Trutsche. Sogar eine Schürze hatte sie um. Es hätte mir ins Auge springen müssen, dass etwas nicht stimmt; dass uns ein falsches Alibi aufgebunden wird. Alles deutete zu auffällig darauf hin, dass sie während der Mittagspause bis zu den Ellenbogen in Teig und Mehl gesteckt hatte und deshalb keinen Mord begangen haben *konnte*."

Nick lachte. „Mach dir nichts draus, wir sind ihr zum Schluss ja doch auf die Schliche gekommen."

„Aber nur zufällig", stöhnte Lily. „Wenn ich das Wolfstattoo nicht vom Gartenhaus gesehen hätte ..."

„Du hattest es schon vorher gesehen, nicht wahr? Im Frischemarkt."

„Ja, als Betty dort die Muffins kaufte. Damals saß Carolin Rabe an der Kasse und hat sie bedient." Sie fuhr sich mit den Händen über die Stirn. „Deshalb musste sie sterben. Nachmittags beim Wettbewerb machte sie bestimmt eine Bemerkung über die gekauften Muffins zu Betty, irgendetwas Witziges, nehme ich an. Sie muss gedacht haben, Betty habe es sich bequem machen wollen und deshalb fertige Muffins gekauft. Das war ihr Todesurteil."

„Und du?", fragte Nick. „Warum um Himmels Willen wollte sie dich vergiften? Hatte sie herausgefunden, dass du bei der Kripo bist?"

Lily schüttelte den Kopf. „Im Gespräch mit mir wurde ihr klar, dass ich direkt hinter ihr gestanden hatte, als sie die Muffins kaufte – und dass ich gesehen hatte, was in ihrem Einkaufskorb lag. Sie konnte nicht sicher sein, ob ich sie erkannt hatte, deshalb wollte sie auf Nummer Sicher gehen." Sie verzog den Mund. „‚Nach so vielen Morden war einer mehr oder weniger dann auch egal', hat sie Neuberger gesagt. So kann man's auch sehen ..."

„Und das Rauschgift im Schuppen? Steckt Uda mit Tommy Johnsson unter einer Decke?"

„Johnsson hat damit nichts zu tun", sagte Lily. „Uda ebensowenig. Es stellt sich heraus, dass Brenner den Schuppen von Uda gemietet hatte. Deshalb konnten wir bei ihm im Lager nichts finden; alles lag fein aufgestapelt im Garten der Teestube. Wahrscheinlich dachte er, dass er alles auf Uda abschieben kann, falls das Zeugs irgendwann mal gefunden werden sollte." Sie lachte. „Er hat nicht damit gerechnet, dass seine Freundin Clarissa sich nicht so einfach einsperren lassen würde, ohne ihn mit in den Schlamassel zu ziehen. Sie hat geflötet wie ein Sperling, besonders als sie hörte, dass Brenner so tat, als wisse er von nichts."

„Und Tommy und Uda?"

„Sind verliebt." Sie legte sich neben ihn, die Finger ihrer Rechten noch immer mit den seinen verschränkt. „Ich übrigens auch. In einen Kollegen, der nichts von Beziehungen mit Kolleginnen hält. Prinzipiell nicht."

„Ah, ein Mann mit Prinzipien also." Nick lehnte sich auf den Ellenbogen, das Kinn in die Handfläche gestützt, und sah ihr tief in die Augen. „Vielleicht könntest du ihn überzeugen, seine Prinzipien zu brechen?"

Ein Lächeln spielte um ihre Lippen. „Ausnahmsweise?"

„Ausnahmsweise."

„Und warum würde er das tun?"

„Weil er sich auch verliebt hat, sofort am ersten Abend, und weil er zu dumm war, es zu merken." Er lehnte sich vor, so nah, dass sie seinen Atem auf ihren Lippen spüren konnte. „Ein klarer Fall von Liebe auf den ersten Blick."

ENDE

Zu guter Letzt …

Der vorliegende Kriminalroman ist Fiktion, Fiktion und nichts als Fiktion. Das trifft auch auf die Darstellung der Polizeiarbeit zu. Die Kripo in Aurich arbeitet so nicht – genausowenig wie die Polizei auf Juist – und verdeckte Ermittlungen sehen in der Realität reichlich anders aus. Ich hoffe, Sie haben trotzdem Spaß beim Lesen.

Ganz herzlich möchte ich mich bei Frau Elm von Helgoland Tourismus für die telefonische Beratung zum Thema Gattenmord bedanken. Ein großes Dankeschön auch an alle Mörderischen Schwestern, die mir beim Plotten und Morden hilfreich zur Seite standen, und an die reizenden Bedienungen im Starbucks.

Ohne die Unterstützung meiner Familie hätte ich diesen Roman nicht schreiben können. Ihre mörderische Fantasie war Gold wert und besonders mein Schwiegersohn zeigte erstaunliche kriminelle Kreativität. Ein Kuss geht an meinen Mann, den besten aller Männer, der nach so vielen gemeinsamen Jahren immer noch angstfrei an der Steilkante mit mir spazieren geht.

Todesspiel auf Juist

von Bettina von Cossel

Jens Heilmann ist nicht der Einzige, der auf Juist gefährliche Spielchen spielt, und wer ist die Tote in seinem Keller? Während die Feriengäste ahnungslos in der Sommersonne Sandburgen bauen, zieht sich bereits die Schlinge um den Hals des nächsten Opfers zu – ausgerechnet eine Bekannte von Krimiautor Leo Marquart und seiner patenten Haushälterin.
Zum Missfallen von Hauptkommissar Janssen begeben sich die beiden auf Mörderjagd ...

Leo Marquarts zweiter Fall

224 Seiten, Euro 9,80
ISBN: 978-3-939540-69-4

Tod in den Dünen

von Bettina von Cossel

Ganz Juist steckt im Cluedo-Fieber. Beim bevorstehenden Festival dreht sich alles um das bekannte Mörder-Ratespiel. Könnte es deshalb sein, dass Buddel Hansen sich den Toten nur eingebildet hat, den er nachts in einem Hotel gesehen haben will? Krimiautor Leo Marquart lässt die Sache keine Ruhe. Ist es wirklich Zufall, dass die Hotelgäste eine merkwürdige Ähnlichkeit zu den sechs Verdächtigen aus dem Cluedo-Spiel haben? Und wo ist der verschwundene Tote? Plötzlich liegt eine Leiche in der Küche. Bettina von Cossel garantiert einmal mehr atmosphärische Spannung und beste Krimiunterhaltung in der Tradition von Agatha Christie.

Leo Marquarts erster Fall.

200 Seiten, Euro 9,80
ISBN: 978-3-939540-34-2